BSRC
北京斯拉夫研究中心
Beijing Slavic Research Center
Пекинский центр славистики
北京斯拉夫评论
BEIJING SLAVIC REVIEW
ПЕКИНСКАЯ СЛАВИСТИКА
第3辑
VOLUME 3
ВЫПУСК 3

国际斯拉夫研究视域下的20世纪俄罗斯先锋主义文学

RUSSIAN AVANT-GARDE LITERATURE OF THE 20TH CENTURY IN THE CONTEXT OF INTERNATIONAL SLAVIC STUDIES

РУССКИЙ ЛИТЕРАТУРНЫЙ АВАНГАРД XX ВЕКА В СВЕТЕ МЕЖДУНАРОДНЫХ СЛАВЯНСКИХ ИССЛЕДОВАНИЙ

王宗琥 主编
Edited by Wang Zonghu
Под ред. Ван Цзунху

人民东方出版传媒
People's Oriental Publishing & Media
東方出版社
The Oriental Press

图书在版编目（CIP）数据

国际斯拉夫研究视域下的 20 世纪俄罗斯先锋主义文学：北京斯拉夫评论 . 第 3 辑 / 王宗琥主编 . —北京：东方出版社，2023.5
（阅读俄国）
ISBN 978-7-5207-1783-0

Ⅰ. ①国…　Ⅱ. ①王…　Ⅲ. ①俄罗斯文学—文学史研究　Ⅳ. ① I512.09

中国版本图书馆 CIP 数据核字（2021）第 224531 号

国际斯拉夫研究视域下的 20 世纪俄罗斯先锋主义文学：北京斯拉夫评论

主　　编： 王宗琥
责任编辑： 杨　灿
出　　版： 东方出版社
发　　行： 人民东方出版传媒有限公司
地　　址： 北京市东城区朝阳门内大街 166 号
邮　　编： 100010
印　　刷： 北京明恒达印务有限公司
版　　次： 2023 年 5 月第 1 版
印　　次： 2023 年 5 月第 1 次印刷
开　　本： 640 毫米 ×960 毫米　1/16
印　　张： 19.75
字　　数： 221 千字
书　　号： ISBN 978-7-5207-1783-0
定　　价： 79.00 元
发行电话：（010）85924663　85924644　85924641

本书的出版得到国家社科基金重点项目
“20 世纪俄罗斯先锋主义文学研究”（15AWW003）的资助

编者的话

ОТ СОСТАВИТЕЛЯ

EDITOR'S WORDS

先锋主义是20世纪文化的一个重要现象，它与整个现代主义文化思潮的演变密切相关。先锋主义有时被当作现代主义的同义词，但更普遍的观点认为它是现代主义文化思潮中最为激进、最为极端的一翼。先锋主义全面否定主流艺术，拒绝宗教、道德、社会和意识形态的一切准则，不接受19世纪的现实主义美学原则，甚至不接受奠定了欧洲艺术传统根基的亚里士多德的艺术理论。它要求艺术全面解放，摆脱文明和传统陈规的制约，建立全新的艺术文化。这一运动借助哲学科学中的重大转折，开时代风气之先，引领了20世纪现代主义思潮的发展方向，从欧洲走向世界，影响了一个世纪的文化演进。

俄罗斯先锋主义是在20世纪欧洲先锋实验艺术发展的大背景下产生的，但带有鲜明的本土特色。它发端于被誉为俄罗斯"文艺复兴"的白银时代，彼时的俄罗斯处于历史和文化转折时期，正渴望一场摧枯拉朽的社会和文化的变革。先锋主义思潮作为对先前文化经验的反动，借时代之势，迅速占领了绘画、建筑、哲学、诗歌和文学等领域，为世界贡献了一系列彪炳史册的先锋主义大师，比如画家马列维奇、康定斯基、夏加尔，雕塑家塔特林，诗人赫列勃尼科夫、马雅可夫斯基、克鲁乔内赫、哈尔姆斯，学者什克洛夫斯基、雅克布森、蒂尼亚诺夫等。

俄罗斯先锋主义文学在整个先锋运动中地位显著。从20世纪初一直到70—80年代，俄罗斯大地上诞生了大量的先锋主义艺术团体：自我未来主义、立体未来主义、超理性主义、意象主义、生物宇宙主义、表现主义、结构主义、现实艺术协会、彼得堡情感主义、莫斯科概念主义、具体主义等等，尽管各个团体纲领不同，甚至相互矛盾，但是它们都拒斥传统的艺术原则，热衷先锋实验，从不同的侧面丰富了俄罗斯的先锋主义艺术理论和实践，为20世纪世界先锋主义文学增添了一道极为亮丽的俄式风景线。

从我个人的研究来看，俄罗斯先锋主义文学能够在俄罗斯大行其道，发展规模和影响超过欧洲任何一个国家，主要原因在于内因，即民族文化心理和民族性格。我把它归结为三个方面：俄罗斯人的极端主义，性格的矛盾性，以及不确定性，或者说不愿屈从于固定形式的束缚。这三个方面正是20世纪伟大的思想家别尔嘉耶夫在《俄罗斯思想》中提到的俄罗斯民族性中最重要的三个方面。俄罗斯人的极端主义，也叫最大化主义，是指俄罗斯人不喜欢一部分，要么所有，要么零。喜欢追求最大化的终极状态。这在先锋主义中表现为两个方面：一个是最大化的否定传统，一个是追求艺术表现的最大化。性格的矛盾性是指俄罗斯人身上的深刻对立的双重性：残酷、喜欢暴力却又善良、人性、温和；笃信宗教仪式却又追寻真理，个人主义、极强的个人意识同时毫无个性的集体主义；民族主义、自我陶醉同时又推崇普世主义、全人类性；绝对的驯顺却又绝对的叛逆。这种截然对立的两极性是俄罗斯文化的特有现象，我们可以看到19世纪最伟大的作家托尔斯泰身上这种矛盾性的深刻体现——异常强大的肉身性和同样强大的精神性，我们还可以看到在俄罗斯文学中普希金和托尔斯泰的两极对立——艺术的美学典范和艺术的伦理典范，而且两位作家出自同一个源头——自身强大的原始的、自发的力量。在俄罗斯先锋主义文学中，这样的对立矛盾性反映在两个方面：1）先锋、前卫、充满革命性同时又回溯到古老的传统；2）推崇存在主义式的个性化内在体验同时又倾心于集体的、大众的艺术。

至于俄罗斯民族心理中的不确定性，或者说难以定型性，这个更是俄罗斯民族的一个区别性特征。这种形式上的不确定性或者说对形式束缚的摆脱在《俄罗斯思想》中是这样解释的：“俄罗斯大地的广袤无涯和俄罗斯人的心灵之间有相同之处，就是说在自然的地理空间和心灵的地理空间是相通的。俄罗斯人的内心和俄罗斯的草原一样广袤无涯，伸向无尽的远方。所以俄罗斯人很难控制这一巨大的空间并将其固定下来，俄罗斯人自发力量强大，相对难以定型……西欧各民族要稳定和有规矩得多，一切都被分门别类，安排有序。俄罗斯人不是这样的，他们很少确定性，喜欢追求无限，不愿意被归类。”这一特性体现在俄罗斯先锋主义艺术团体和风格的变幻多端、难以形成统一确定的形式等方面。所以我认为，先锋主义运动在俄罗斯之所以能蓬勃发展，一个非常重要的原因是它契合了俄罗斯民族性格和民族文化心理。

俄罗斯先锋主义文学虽然说受到过法国立体主义和野兽派、意大利未来主义、德国表现主义的影响，但从它的发展规模和产生效果来看，它大大超越了西欧的先锋主义，并对西欧整个现代主义和先锋艺术产生了巨大的，甚至是决定性的影响。从整个俄罗斯文学发展来看，1910—1930 年的先锋主义是现代主义文学中成果最为丰硕的，尤其是未来主义、现实艺术协会等团体对后来 60 年代兴起的莫斯科概念主义，甚至是俄罗斯后现代主义都产生了直接的影响。这一影响不可谓不大。如果说贡献，我觉得俄罗斯先锋主义最大的贡献是打破了俄罗斯文学只有经典现实主义的单一模式。它的出现不仅弥补了传统俄罗斯文学过于注重道德教化的不足，而且赋予新俄罗斯文学以深刻的现代性和丰富的哲学美学意蕴。先锋艺术流派通过一系列积极的语言实验和形式探索，拓展了语言的潜能和文学的外延，构建了一幅迥异于19世纪的、美轮美奂的现代文学图景。

俄罗斯先锋主义文学的研究在中国是与对白银时代文学的研究密切相关的。20世纪80—90年代，随着白银时代在俄罗斯国内研究的兴盛，中国学者也开始大量研究俄罗斯那个时代的现代主义文学。开始主要是介绍三个现代主义诗歌流派：象征主义、阿克梅主义和未来主义。其中未来主义以其高调而激进的反传统姿态成为俄罗斯先锋运动的代表。随着对现代主义文学研究的深入，中国的学者对白银时代的研究也更加细化，开始有人专门研究现代主义文学中极端的一翼——先锋主义。比如编者本人就关注到，在20世纪初的文学中有一股强劲的表现主义倾向，从世际之交的列昂尼德·安德列耶夫，到世纪初的叶甫盖尼·扎米亚京，从未来主义到现实艺术协会，都渗透着强烈的先锋艺术风格。于是本人将这种现象写成博士论文《20世纪前30年俄罗斯小说中的表现主义倾向》，后来又和北京外国语大学张建华教授编写了《20世纪俄罗斯文学：思潮与流派》，分理论篇和宣言篇，比较全面地介绍了20世纪现代主义文学的创作和艺术观念。与此同时，国内的一些同行也关注到了这一现代主义研究的新领域，开始出现了研究“现实艺术协会”和“莫斯科概念主义”等先锋流派的文章和学位论文，例如我的研究生亓林才的硕士学位论文《论哈尔姆斯创作中的荒诞》、张猛的硕士学位论文《后现代视野中的丹尼尔·哈尔姆斯》、米慧的博士学位论文《颠覆与建构：哈尔姆斯小说创作诗学研究》、刘胤逵的博士学位论文《艺术即概念：莫斯科概念主义美学研究》、王玉珠的博士后出站报告《莫斯科概念主义诗歌研究》等等。2015 年，我获批国家社科基金重点项目“20 世纪俄罗斯先锋主义文学研究”，这标志着国家层面对俄罗斯先锋主义文学研究的重视，同时也掀起了我国研究俄罗斯先锋主义的一个小高潮。

在这样一个大背景下，我们于 2018 年 10 月在首都师范大学召开了“20 世纪俄罗斯先锋主义文学国际研讨会”，来自俄罗斯、美国、英国的八位学者与来自中国高校和科研院所的 30 多位学者就会议主题进行了热烈而充分的交流，取得了丰硕的成果，而这本文集就是这一成果的书面体现，可以毫不夸张地说，这次会议是新中国成立以来举办的首次有关俄罗斯先锋主义文学的国际研讨会，而这本文集也是我国研究俄罗斯先锋主义文学的第一部专题文集，不仅具有划时代的意义，同时也代表着国际和国内俄罗斯先锋主义研究的高水平。

最后感谢文飞老师对举办学术会议以及出版文集的倡议和支持，感谢东方出版社和葛灿红女士为本书出版付出的异常艰辛的努力，感谢我的研究生王昊颖和赵子琰为文集成稿所做的编校工作，感谢所有的参会者和作者，大家的精彩发言和文章是本文集能够面世的原因和结果。

王宗琥

2021 年 9 月

目录

СОДЕРЖАНИЕ

CONTENTS

梅耶荷德先锋性戏剧观及其对斯坦尼斯拉夫斯基的反叛

董晓

在20世纪俄苏戏剧史中，梅耶荷德作为一个艺术特质异常鲜明的导演，留下了难以磨灭的印迹。他针对斯坦尼斯拉夫斯基戏剧体系提出的一系列激进的艺术理念，虽然常常遭到学界和艺术界的攻击，但仍然凭借这些戏剧理念独特的启发性，为俄苏戏剧舞台注入了一股新鲜的活力。对斯坦尼斯拉夫斯基抑或梅耶荷德那种非此即彼的“站队式”褒贬，如今早已失去了意义；对梅耶荷德简单化的批评也已基本被克服，因此，客观地认识梅耶荷德对斯坦尼斯拉夫斯基体系的反叛，是呈现这两位杰出戏剧家独特艺术理念的有效途径。

一

梅耶荷德戏剧艺术之路，是在斯坦尼斯拉夫斯基的影响下开始的，诚如《梅耶荷德传》的作者K. 鲁德尼茨基所言：“梅耶荷德的创作个性在艺术剧院初次形成并对于今后完全出人意料的发展也获得了巨大的动力”[①]。当年，梅耶荷德曾异常震惊于斯坦尼斯拉夫斯基在排练契诃夫的《海鸥》时大胆的艺术设想，梅耶荷

---

① K. 鲁德尼茨基：《梅耶荷德传》，童道明、赫一星译，中国戏剧出版社1987年版，第64页。

德“第一次全身心地感到，对于一个戏剧工作者来说，获得突然完全摆脱多年养成的舞台陋习的能力，有着何等重大的、决定性的意义”。[①] 梅耶荷德在其最初的戏剧艺术探索中对斯坦尼斯拉夫斯基抱有真诚的敬重，可以说，斯坦尼斯拉夫斯基的艺术经验为后来梅耶荷德愈加激进的艺术创作提供了一个基础。这应是不争的事实。而梅耶荷德日后对斯坦尼斯拉夫斯基戏剧观激烈的反叛，亦是不争的事实。可以说，梅耶荷德赖以彰显其艺术个性的戏剧观念，无一不是对斯坦尼斯拉夫斯基艺术理念的反拨。

“有机造型术”可谓梅耶荷德最核心的舞台艺术观。在这一观念中，“演员的艺术乃是善于正确地运用自己身体的表现手段。走向形象和感情的道路不是应该从体验、从‘内部’开始，而是从外部——从动作开始……通往心理的道路，只有借助于一定的形体状态（‘刺激点’）才能找到”。[②] 梅耶荷德的这一戏剧理念显然是针对斯坦尼斯拉夫斯基的“体验说”的，在梅耶荷德看来，与斯坦尼斯拉夫斯基的“体验派”那有气无力的呻吟不同，“有机造型术”要求演员的台词和形体具有高度的表现力，而这一表现力就来自演员的身体。因此，在戏剧舞台上，演员的形体和动作在这个意义上说是第一性的。

“有机造型术”的提出，与其对假定性的充分地、无条件地追求是密切相关的。假定性观念是“有机造型术”最坚实的理论基石。苏联著名演员 И. 伊里因斯基指出：“梅耶荷德是第一个运用假定性来解放舞台和创立十月革命后的新的戏剧艺术的戏剧

---

① K. 鲁德尼茨基：《梅耶荷德传》，童道明、赫一星译，中国戏剧出版社1987年版，第 58 页。

② K. 鲁德尼茨基：《梅耶荷德传》，童道明、赫一星译，中国戏剧出版社1987年版，第 428 页。

导演。”[①] 他将假定性提升至一个从未有过的高度。“戏剧艺术无论是过去、现在或将来，都是假定性的”[②]，因此，在梅耶荷德看来，“论证假定性是艺术的属性，难道不是和捍卫营养价值是食物的属性这一论点一样吗？”[③] 对假定性的执着，在梅耶荷德身上转化为对斯坦尼斯拉夫斯基戏剧观的反叛，即反对“舞台体验”，反对戏剧舞台的真实性呈现，尤其是斯坦尼斯拉夫斯基所强调的“心理状态的真实呈现”，而这又势必导致对动作、形体的纯粹化的追求。

基于以假定性为理论出发点的“有机造型术”，梅耶荷德的舞台艺术实践呈现出迥异于斯坦尼斯拉夫斯基的艺术旨趣，在20世纪初的俄国戏剧舞台上展现出种种大胆新奇的艺术探索，对习惯了斯坦尼斯拉夫斯基体系的戏剧观众造成了视觉和审美情感的巨大冲击。这些颇为大胆的艺术反叛在当时的历史语境中也给梅耶荷德带来了不小的麻烦，直至最后悲剧式的人生终结。

在梅耶荷德的戏剧舞台上，演员的形体动作、灯光、背景音乐，极其简单的舞台道具、布景，都具有了显著的独立性，梅耶荷德赋予这些因素前所未有的艺术功能，以此来对抗斯坦尼斯拉夫斯基强调舞台真实的戏剧理念。为了达到意想不到的舞台艺术效果，他甚至积极借鉴了另一艺术门类——电影的蒙太奇手法。戏剧舞台呈现的所有这些艺术形式冲击着业已习惯于斯坦尼斯拉夫斯基式的“逼真”的戏剧舞台的观众的视觉，在给当时的戏剧观众带来巨大的艺术震撼力的同时，也让不少观众和戏剧评论家感到怪异与突兀，以至于恪守狭隘的现实主义美学范式的20世

---

① И.伊里因斯基：《我所了解的梅耶荷德》，见《梅耶荷德论集》，华东师范大学出版社1994年版，第52页。

② 童道明译编：《梅耶荷德谈话录》，中国戏剧出版社1986年版，第138页。

③ 童道明译编：《梅耶荷德谈话录》，中国戏剧出版社1986年版，第13页。

纪30年代苏联官方评论家将梅耶荷德的艺术反叛定性为“挖空心思的台词变动、莫名其妙的场景设计、五花八门的技巧表演和形形色色的空洞做作”。[①]

二

梅耶荷德是个天然具有叛逆精神的好冲动的戏剧艺术家。他始终觉得，“艺术的火药时代还没有过去，而眼泪会把火药浸湿”[②]。因此，他认为，“宁可大刀阔斧地犯个错误，也不要缩手缩脚地找到个真理”[③]，“对于一个艺术家来说，最高的荣耀难道不就是‘运用前所未有的手法’进行创作？”[④]因此，对于这样一位渴望艺术创新，崇尚先锋性的戏剧导演，在莫斯科艺术剧院里感受斯坦尼斯拉夫斯基深邃的戏剧理念浸染的同时，渴望艺术上的突破，对斯坦尼斯拉夫斯基体系产生激烈的叛逆心理，是再正常不过的事了。

对于梅耶荷德激进的艺术创新，简单化地认同或否定都已经失去意义，而探讨这些艺术反叛的内在特质，显然是更有价值的。笔者认为，梅耶荷德对斯坦尼斯拉夫斯基戏剧理念的种种激进的反叛，从根本上讲具有鲜明的纯粹性，是对斯坦尼斯拉夫斯基戏剧观所包含的戏剧艺术基本规律的一种带有激进色彩的纯粹化，将舞台艺术的一些根本性问题提升至更为纯粹的高度加以呈现，渴求以此达致舞台艺术效果的更为集中的突显。在对这些根

---

① Л.凯尔仁采夫：《异己的剧院》，见《梅耶荷德论集》，华东师范大学出版社1994年版，第203页。

② 童道明译编：《梅耶荷德谈话录》，中国戏剧出版社1986年版，第8页。

③ 童道明译编：《梅耶荷德谈话录》，中国戏剧出版社1986年版，第14页。

④ 童道明译编：《梅耶荷德谈话录》，中国戏剧出版社1986年版，第34页。

本艺术问题的激进的纯粹化过程中，梅耶荷德提供了一种更为集中地考量这些艺术问题之本质的平台，将对这些舞台艺术问题的思考推向极致化，以期“找出戏剧表现的本质”。[①] 这应当是梅耶荷德艺术反叛的根本特质。

由此而观梅耶荷德对斯坦尼斯拉夫斯基戏剧观的反叛，笔者以为，这种基于天然艺术气质之不同而形成的艺术上的反叛背后彰显的并不是根本价值取向的对立，而是实现这种价值取向之路径的不同。梅耶荷德 1900 年曾这样表述过自己的艺术目标：“艺术应该在人们面前描绘出真实的生活画面。让每一个人无须经过指示和偏见的说明，就能自己在画面上找到他所需要的东西。”[②] 从表面上看，这段文字所含的艺术观与早期莫斯科艺术剧院的创作原则并无二致，在梅耶荷德和斯坦尼斯拉夫斯基的艺术目标中，“真实”都成了关键词。然而问题在于，何谓“真实”？戏剧舞台的“真实”又如何得以实现？梅耶荷德却与斯坦尼斯拉夫斯基有着不同的理解。梅耶荷德正是以其激进的先锋态度，将戏剧艺术中的某些基本因素充分纯粹化，以期达到他所理解的戏剧舞台的真实。

在斯坦尼斯拉夫斯基眼里，戏剧舞台的艺术真实是通过演员的心理体验来实现的，是演员创造角色的“人的精神生活”的体现。戏剧舞台上的一切艺术表现因素和手段，包括演员的形体动作、台词、道具、布景、灯光、音乐等等，均必须服务于创造角色的“人的精神生活”。因此，斯坦尼斯拉夫斯基对动作、台词、道具、布景、灯光、背景音乐等因素的考量，均是从表现戏剧人

①《苏联话剧史》，白嗣宏译，中国戏剧出版社 1986 年版，第 206 页。

② K. 鲁德尼茨基：《梅耶荷德传》，童道明、赫一星译，中国戏剧出版社 1987 年版，第 69 页。

物内心情感的立场出发的，这些戏剧舞台上不可或缺的因素因而具有了从属性特质。梅耶荷德出于个人天然的艺术气质，并不信奉斯坦尼斯拉夫斯基的“体验说”，他的反叛直接体现在了对这些戏剧舞台表演因素的高度纯粹化的追求中。他要求演员必须有舞台创作的激情。他说：“为了在舞台上哭出真正的眼泪来，演员需要感受到创作的欢乐、内心的振奋。”[①] 显然，梅耶荷德是从另一个角度来要求演员的。不同于斯坦尼斯拉夫斯基的“体验说”，梅耶荷德要求演员的不是感受角色的情感，而是对演出本身的冲动。这是对舞台艺术本体化的追求，其中体现了梅耶荷德对戏剧舞台艺术本身的纯粹化的崇尚。正是出于这一纯粹化的观念，他要求“越是逗乐的喜剧，越要演得严肃”，[②] 甚至认为，“当一个演员在创造角色时和自己的特长处于某种冲突状态，他的表演就会出乎意外地别开生面”[③]。这番与斯坦尼斯拉夫斯基完全不同的表演理念，充分体现了梅耶荷德对演员的舞台表演本身之艺术成色的苛求，是对表演本身纯粹化的理念。这种理念旨在释放演员的舞台动作的全部潜力，包括舞台表演的动态性，即所谓“看到桥梁想到飞跃”。

在梅耶荷德的戏剧艺术观念中，舞台动作具有举足轻重的意义。事实上，戏剧理论家们历来都是高度重视演员的舞台动作的。例如，狄德罗就曾说过，“在整整一场戏里，人物如果只有动作，那要比说话不知自然多少”[④]。演员的形体动作被梅耶荷德视为舞台呈现之关键，是戏剧艺术的生命。梅耶荷德之所以把演员的形体动作抬升至如此的高度，是因为在他看来，唯有通过舞

① 童道明译编：《梅耶荷德谈话录》，中国戏剧出版社 1986 年版，第 20 页。
② 童道明译编：《梅耶荷德谈话录》，中国戏剧出版社 1986 年版，第 30 页。
③ 童道明译编：《梅耶荷德谈话录》，中国戏剧出版社 1986 年版，第 42 页。
④《狄德罗美学论文选》，人民文学出版社 1984 年版，第 215 页。

台的动作方能达致对舞台真实的表现，这是对斯坦尼斯拉夫斯基心理体验表现舞台真实这一戏剧观的反拨。梅耶荷德不相信莫斯科艺术剧院所推崇的心理的真实，不相信通过斯坦尼斯拉夫斯基的“心理体验说”能够达致对戏剧舞台的真实的表现。由此，梅耶荷德赋予了动作以高度精神化的作用。斯坦尼斯拉夫斯基当然不会轻视演员形体动作的作用。他在《我的艺术生活》里说，“演员最应该注意的就是去创造艺术性的动作”①，他甚至还特意要求演员“在创作的时候，不要沿着情感欲求的内在的线走（这些欲求本身比你们更清楚地知道它们该如何动作）；而要沿着角色的人的身体生活的线走”②。表面上看，斯坦尼斯拉夫斯基似乎与梅耶荷德一样，对演员的动作高度重视。但是，演员的动作在斯坦尼斯拉大斯基的戏剧体系中是创造角色的“人的精神生活”的有效手段，是通过体验真实地表达生活的真实的艺术方式的有机组成部分，它必须服从于演员真实的内心体验，是对演员内心情感体验的有效表达，纵然他对演员的形体动作也有颇高的要求，但终究动作是服从于内心体验的，通过动作表达内心的情感，方是斯坦尼斯拉夫斯基的目的。因此，动作终究是第二性的，动作在这里更具有“行动”的含义。可是，在梅耶荷德的理念里，演员的形体动作本身便是第一性的，它是梅耶荷德眼中戏剧舞台艺术生命的直接呈现。梅耶荷德不再把形体动作与心理体验联系在一起，将形体动作从体验派所赋予的任务中解放了出来，它不再是通往心理体验的桥梁，不再居于从属地位，而是戏剧内涵本身，是戏剧舞台整体艺术性之生成的直接体现。可见，梅耶荷德追求

---

① 斯坦尼斯拉夫斯基：《我的艺术生活》，瞿白音译，上海译文出版社1984年版，第363页。

② 斯坦尼斯拉夫斯基：《演员创造角色》，郑雪莱译，中国电影出版社2001年版，第402页。

的不仅仅是演员形体动作的艺术感染力，他追求的更是形体动作的高度的主体性和纯粹性。形体动作本身被赋予了艺术的生命力，更具有“运动”之含义。由此便不难理解，为什么梅耶荷德会比斯坦尼斯拉夫斯基更青睐日本和中国的传统戏剧的舞台表演方式了，因为在梅耶荷德看来，“中国的戏剧艺术是赋予动作以巨大意义的戏剧艺术之一”[①]，同时也不难理解，为什么梅耶荷德会在他自己的导演实践中如此地看中马戏团和杂技艺术的表演技巧。

同样，在梅耶荷德的舞台实践中，台词、音乐、道具、布景、灯光等舞台艺术诸因素均获得了前所未有的独立性，它们摆脱了“心理体验”的要求，具有了鲜明的纯粹性。在将这些舞台艺术诸因素充分纯粹化的过程中，梅耶荷德极大地释放了它们的艺术表现潜能。譬如，对于道具，他发明了所谓“物件的游戏”[②]意在使舞台道具回归到其最纯粹的状态中，最大限度地释放其自身的艺术功能；他还发明了用灯光强调台词的手法，即所谓“光的乐谱”，不仅凸显了戏剧导演的能动性，更是将灯光的作用发挥到了极致。这些舞台实验所具有的艺术创新功能是显著的，如苏联演员扎哈瓦所言，“梅耶荷德把整个舞台扒了个精光，然后重新让它穿上更为朴实、更为轻便也更为宽广的衣服”[③]。

斯坦尼斯拉夫斯基并不否认戏剧舞台的假定性，他认为这是戏剧艺术不言而喻的前提。但是梅耶荷德则将假定性提升为衡量戏剧艺术水平之高低的标尺，使之纯粹化了。他指出，“每一种

---

① 童道明译编：《梅耶荷德谈话录》，中国戏剧出版社 1986 年版，第 251 页。

② Б. Е.Захава. *Современники Вахтангов Мейерхольд*. Санкт-Петербург, Москва: Изд. Планета музыки, 2017, с.335.

③ Б.Е.Захава. *Современники Вахтангов Мейерхольд*. Санкт-Петербург, Москва: Изд. Планета музыки, 2017, с.379.

戏剧艺术都是假定性的，但对戏剧假定性不能等量齐观。我认为，梅兰芳或者卡洛尔·哥茨的假定性，较之奥泽洛夫的悲剧或衰落时期的小剧场的假定性，更接近我们这个时代”[①]。正是在将假定性作为戏剧艺术之本质而将它纯粹化的理念的驱动下，梅耶荷德赋予了形体动作、灯光、音乐、道具、布景等舞台艺术形式以纯粹化的自为性，使其自身特有的艺术潜力在纯粹化的过程中得到充分的释放，使这些艺术形式本身的艺术特质得到了最纯粹的体现。梅耶荷德自身的导演实践证明了这一点。譬如，在排练《大雷雨》时，刻意追求舞台的诗意化呈现而置人们业已熟悉的剧作的内容于第二位，有意地淡化批评家杜勃罗留波夫所论述的“黑暗的王国”，将该剧的舞台呈现纯粹诗意化作为演出的第一目标。在将奥斯特洛夫斯基的另一部剧作《森林》搬上舞台的过程中，梅耶荷德同样将舞台的色彩、音响、动作的艺术感染力发挥到极致，“舞台场面的色彩斑斓，尖厉的声响进入音乐性伴奏，广泛运用杂技丑角的和杂技表演的表现手法”，[②]使《森林》的整个舞台呈现具有了民间杂耍艺术的精神。这充分体现了梅耶荷德对斯坦尼斯拉夫斯基戏剧观的反叛。

三

斯坦尼斯拉夫斯基与梅耶荷德的艺术实践所处的年代，是现实主义艺术观与具有先锋实验性的现代主义艺术观并存、交会、碰撞的年代。现实主义文艺观不断地巩固，而现代主义文艺观迅

① 童道明译编：《梅耶荷德谈话录》，中国戏剧出版社 1986 年版，第 101 页。

② K.鲁德尼茨基：《梅耶荷德传》，童道明、赫一星译，中国戏剧出版社 1987 年版，第 479 页。

速得到强化，并与现实主义文艺观产生激烈的交锋，是20世纪初包括戏剧在内的文艺界的总体背景。在这一背景下，观照梅耶荷德与斯坦尼斯拉夫斯基的戏剧观念，不难看出，梅耶荷德对斯坦尼斯拉夫斯基戏剧观的反叛，根本体现了现代主义先锋意识与传统现实主义艺术理念的对抗。

斯坦尼斯拉夫斯基崇尚的是传统现实主义的文艺观，现实主义文艺观要求戏剧舞台的逼真，因此，他追求“舞台的真实”的戏剧理念典型地体现了经典现实主义的美学范式。现实主义文学注重于人物性格的刻画。人物复杂的性格、丰富的内心世界，往往是现实主义作家在塑造人物形象时追求的目标。这也体现在斯坦尼斯拉夫斯基对舞台人物形象的塑造上。他把对人物内心世界的体验视为戏剧表演艺术的生命，即是现实主义文艺观的根本体现。同时，他对如何更好地塑造戏剧人物形象的认识，也是与现实主义美学原则休戚相关的：“当你演一个患忧郁病的人时，应该去寻找这个人物的快乐的地方，生气勃勃和充满希望的地方……当你表演老人时，寻找他年轻的地方；当你演青年人时，寻找他老成的地方；以此类推。”[①] 他推崇的“创造角色的‘人的精神生活’”，正是现实主义文艺观在戏剧舞台上的体现。

反观梅耶荷德，他秉持现代主义先锋理念，反对那种有滑向自然主义危险境地的“舞台的逼真”。他曾借画家谢洛夫肖像画的失真之处所产生的绝妙艺术效果来表达他的戏剧观：富有喻意的失真恰恰是为了更好的艺术表达，以期达致本质之真。同时，他在现代主义先锋意识影响下，根本反对将人物性格类型的塑造作为戏剧舞台的核心任务。诚如著名演员M. 契诃夫所指出的那

---

① 斯坦尼斯拉夫斯基：《我的艺术生活》，瞿白音译，上海译文出版社1984年版，第165-166页。

样，“对于梅耶荷德来说，根本不存在什么一般的角色或性格！任何时候也是不会存在的！对他来说，仅仅存在类型，甚至是超出类型品质的某种荒诞性的体现”。[①] 显然，崇尚现代主义先锋派的梅耶荷德更看中艺术的高度概括性，强调对生活的整体性把握，如 M. 契诃夫所言，“梅耶荷德在人和事件中发现了最残酷、最黑暗、最令人恐怖的东西，并将这一切表现为超类型，把它们搬上了舞台”。[②] 这就意味着，梅耶荷德试图反叛和超越戏剧舞台的现实主义范畴，“冲出对个别具体事实的框架，走向巨大的社会的和艺术的概括”[③]。他向往着戏剧舞台的恢宏的概括性，以充满激情的诗人气质，在其导演实践中实现了戏剧舞台假定性理念的纯粹化体现。例如，在把果戈理的名剧《钦差大臣》搬上舞台时，他独具匠心地一反以往对人物的现实主义式的舞台呈现，把主人公赫列斯塔科夫夸张地塑造成恐怖乖戾而多变的舞台形象，将果戈理其他作品中的内容融进这个人物形象上，并通过独特的舞台布景的设计，使之具有高度的概括性特质而超越了对人物的现实主义的塑造方式。梅耶荷德摒弃了现实主义式的对戏剧情节线索的完整性的追求，崇尚对主题的不同形式的艺术表现，意在突出一种整体的诗意氛围。梅耶荷德认为，这种具有高度艺术概括性的整体氛围能够揭示出较之剧本的题材、情势、人物性格更加广阔、更加普遍，也更加具有内在本质性的内涵。苏联著名导演托甫斯托诺戈夫指出：“梅耶荷德的戏，哪怕是最精致文雅和轻若浮云的戏，也深蕴着对于生活的悲剧性的惶恐和不安的感

① M. 契诃夫：《关于五位俄国著名导演》，见《梅耶荷德论集》，华东师范大学出版社 1994 年版，第 41 页。

② M. 契诃夫：《关于五位俄国著名导演》，见《梅耶荷德论集》，华东师范大学出版社 1994 年版，第 41 页。

③ Л. 马尔科夫：《一封谈论梅耶荷德的书信》，见《梅耶荷德论集》，华东师范大学出版社 1994 年版，第 13 页。

受，深蕴着对于行将来临的社会性悲剧的预感。”[①] 这种对生活的高度概括性的把握方式，会在整体概括性上给人以洞见。譬如，梅耶荷德认为，“任何一个真正的戏剧不可能不是格罗泰斯克式的，不论它是正剧，还是喜剧、悲喜剧、轻松喜剧或闹剧”。[②] 这个看似怪异的结论，实则包含了梅耶荷德深刻的艺术感受：强调戏剧表演的荒诞性本质。这是试图超越现实主义写实模式，试图超越现实主义戏剧表现生活真实场面的模式，力求在戏剧舞台上达致对生活之内在本质的表现。而这一艺术目标的实现方式便是梅耶荷德一贯坚持的对戏剧舞台表现形式的纯粹化的追求。梅耶荷德从事戏剧艺术实践的时代，正是象征主义思潮兴盛的时代，象征主义艺术理念作为一个重要的现代主义思潮，对梅耶荷德影响颇深。他非常自觉地在自己的艺术实践中运用象征主义的表现手法，借此实现对斯坦尼斯拉夫斯基艺术观念的反叛。鲁德尼茨基指出：“梅耶荷德第一个在俄罗斯创立了象征主义戏剧。也是他第一个穷尽了象征主义的潜力。”[③] 斯坦尼斯拉夫斯基并不一般地排斥象征主义，但他作为现实主义大师，仅仅是把象征主义作为一种有效的艺术表现手法，在总体理念上并不认同象征主义，诚如鲁德尼茨基所指出的，“斯坦尼斯拉夫斯基总是在追求象征主义主题的心理的、生活的依据。在斯坦尼斯拉夫斯基的美学体系中，象征应产生于现实，产生于现实的源流，产生于人们相互关系的真实之中。象征被想象为对生活的真实及其顶点的高度体

---

① Г. 托甫斯托诺戈夫：《谈谈梅耶荷德》，见《梅耶荷德论集》，华东师范大学出版社 1994 年版，第 114 页。

② 童道明译编：《梅耶荷德谈话录》，中国戏剧出版社 1986 年版，第 127 页。

③ K. 鲁德尼茨基：《梅耶荷德传》，童道明、赫一星译，中国戏剧出版社 1987 年版，第 216 页。

现。而梅耶荷德转向另一个方向"[①]。这就是说，斯坦尼斯拉夫斯基是在现实主义理论框架下理解象征主义的，而梅耶荷德则是崇尚一个"纯粹化"的象征主义，是将象征主义视为解开世界之谜的一把钥匙。这种观念上的差异不仅导致了舞台上相同的艺术手段具有了不同的艺术功能，更导致了对相同的戏剧作品的理解上的差异。比如，梅耶荷德在执导奥斯特洛夫斯基的剧作《森林》时，刻意在舞台上使用了自然化的狗吠声。这种做法从表面上看颇似斯坦尼斯拉夫斯基在莫斯科艺术剧院执导契诃夫的剧本时将蟋蟀的叫声搬上舞台。但其实这并非同一类手法。梅耶荷德那看似自然主义逼真的手法，实则是为了烘托整体的舞台氛围，其本质是象征主义的手法，与斯坦尼斯拉夫斯基所追求的"舞台的真实"具有不一样的艺术功能。此外，虽然斯坦尼斯拉夫斯基执导的契诃夫的绝笔《樱桃园》在首演中获得成功，但梅耶荷德从自己的象征主义艺术理念出发，对那场演出并不满意。他曾对契诃夫说："您的剧本是抽象的，有如柴可夫斯基的交响乐。所以导演首先就得凭着听觉来琢磨它……当你读着剧本的时候，第三幕往往给人那样一种印象，就像在您的小说《伤寒》中病人耳朵里出现的那种叮叮声一样，有点儿痒痒。听到死亡之声的快意。在这一幕中有一种梅特林克式的、骇人的东西。"[②]在这里，梅耶荷德对《樱桃园》的感觉是敏锐独到的。他感受到了剧本第三幕那场庄园拍卖之际举办的舞会中所弥漫的死亡之味和滑稽荒诞性。梅耶荷德坚持认为，"《樱桃园》是一部神秘主义戏剧，像音乐般

---

① K. 鲁德尼茨基：《梅耶荷德传》，童道明、赫一星译，中国戏剧出版社1987年版，第143页。

② K. 鲁德尼茨基：《梅耶荷德传》，童道明、赫一星译，中国戏剧出版社1987年版，第111页。

抽象”。[①] 由此，他不认同斯坦尼斯拉夫斯基在执导该剧时在舞台上对日常生活呈现的偏好，认为这会妨碍整部作品象征性内涵的表达。应该说，虽然契诃夫并非典型的象征主义剧作家，但就该剧所包含的丰富的象征性内涵而言，梅耶荷德的舞台阐释与契诃夫本人更接近。契诃夫也的确多次表达出对莫斯科艺术剧院那场首演的不满。从这里可以看出梅耶荷德现代主义艺术观念所具有的独特的艺术眼光。他不仅仅力求突破戏剧舞台的现实主义呈现之维度，他的激进先锋性同样体现在对忠实于剧本这一原则的突破，大大地提升了导演的主体性和能动性。譬如，他别出心裁地将忧郁的哈姆雷特和喜剧化的哈姆雷特同场呈现，以这种激进的独到手法凸显了舞台呈现的独立性，这同样是梅耶荷德追求舞台表演的纯粹化理念的体现。

梅耶荷德对斯坦尼斯拉夫斯基戏剧观念的反叛，体现了具有先锋意识的现代主义艺术理念对传统现实主义艺术观的反叛。然则，正如真正的现实主义与现代主义文学杰作不存在艺术价值之高下之分一样，斯坦尼斯拉夫斯基与梅耶荷德的戏剧观念不存在艺术价值的高下之分，他们最终的艺术目标是一致的，只是实现这一目标的路径不同罢了。因此，不应当将梅耶荷德艺术上的反叛视为与斯坦尼斯拉夫斯基戏剧体系的尖锐对立。正是由于抱有共同的艺术目标，斯坦尼斯拉夫斯基与梅耶荷德最终能够彼此形成“理解的同情”：梅耶荷德自己承认，“‘有机造型术’只是帮助演员登台演戏而掌握住自己。‘有机造型术’无论如何不会妨碍表现人的内心体验的内容”[②]。而斯坦尼斯拉夫斯基也承认，“梅

---

① Полоцкая Э. А. *Вишнёвый сад: Жизнь во времени* М.: Наука, 2004, с.164.

② К. 鲁德尼茨基：《梅耶荷德传》，童道明、赫一星译，中国戏剧出版社1987年版，第 429 页。

耶荷德在《证书》这部戏里达到了我幻想着要达到的境界。”[①]这就是说，梅耶荷德的“有机造型术”与斯坦尼斯拉夫斯基的“体验说”其实根本不是对立矛盾的关系。梅耶荷德对舞台艺术表现形式的纯粹化追求，即把有节奏的造型、音调的转换、富有活力的舞台布景、独特大胆的音乐伴奏的艺术表现力发挥至极致，使它们各自独立的、纯粹化的艺术功能充分地服务于舞台整体的艺术氛围的营造，这与斯坦尼斯拉夫斯基所向往的“创造角色的‘人的精神生活’”这一艺术目标本身不是对立的关系。即便是梅耶荷德刻意针对斯坦尼斯拉夫斯基而发的某些言论，在针锋相对的表述背后，其实并不是一种本质上的对立。譬如，梅耶荷德在谈到与斯坦尼斯拉夫斯基的差别时说：“我们的手法是假定性的。它们有别于自然主义流派的表现手法。……但在假定性戏剧的范围内我们是深刻的现实主义者。我们力图把人物形象创造成现实主义的形象。……我们提出假定性的现实主义，因为它优于自然主义戏剧。我们站在坚实的现实主义立场上。我们和自然主义作斗争，因为戏剧不应照相式地反映现实生活。……在舞台上只有三堵墙，而没有第四堵墙，只此一端就排除了‘完全和真的一样的可能性。”[②]从这段文字中不难看出，梅耶荷德多多少少流露出对斯坦尼斯拉夫斯基戏剧观的某种误解：他所反对的其实从根本上讲也是斯坦尼斯拉夫斯基所反对的，尽管斯坦尼斯拉夫斯基并不一味地强调“假定性”，因为在斯坦尼斯拉夫斯基看来，“假定性”是一个前提。况且，斯坦尼斯拉夫斯基所言的“和真的一样”，并非梅耶荷德所说的含义。梅耶荷德与斯坦尼斯拉夫斯基都曾援

① K. 鲁德尼茨基：《梅耶荷德传》，童道明、赫一星译，中国戏剧出版社1987年版，第515页。

② 童道明译编：《梅耶荷德谈话录》，中国戏剧出版社1986年版，第216-217页。

引过普希金关于“艺术的真实”与生活中一般的真实之间的差别的表述，这说明，两人都信奉普希金所讲的艺术的假定性特质。梅耶荷德艺术上的反叛，更多地是以更鲜明、更纯粹的方式凸显戏剧舞台艺术的诸多表现形式，而非对斯坦尼斯拉夫斯基体系根本上的颠覆。因此，我们可以将梅耶荷德戏剧观念上的反叛视为艺术的创新，但诚如帕斯捷尔纳克所言，“新并不是如人们通常所想的那样产生于对旧的取代中，恰恰相反，新产生于对传统形式的令人赞叹的再创造中”。[①] 帕斯捷尔纳克指出的是创新与传统之关系，他意在指明，梅耶荷德对斯坦尼斯拉夫斯基体系的背叛，并不是要取代它，而是在它的基础上实现再创造，按梅耶荷德自己的话讲，就是要“把已经被遗忘了的艺术因素吸引到戏剧中来”，[②] 即斯坦尼斯拉夫斯基提供了一个跑道，而梅耶荷德在这条跑道上实现了飞行。[③] 譬如，梅耶荷德之强调舞台上演员的动作的重要性，是为了让舞台动作成为戏剧艺术的一个最强有力的表现手段而重放异彩。

自然不应当忽略梅耶荷德激进的先锋主义中的偏颇之处。笔者以为，他的偏颇并不在于艺术手段的花样翻新，并不在于迥异于斯坦尼斯拉夫斯基的那些激进的艺术观，而在于他在“倾向性”问题上对斯坦尼斯拉夫斯基的批评。斯坦尼斯拉夫斯基从传统现实主义文艺观出发，自然坚决反对戏剧舞台上直接露骨的“倾向性”。他说：“倾向和艺术是不相容的，互相排斥的。只要你带着具有倾向性的、功利主义的和其他非艺术性的思想去接近艺术，艺术就会像基贝尔手里的花一样枯萎了。在艺术中，别人的倾向

---

① 童道明译编：《梅耶荷德谈话录》，中国戏剧出版社 1986 年版，第 363 页。

② 童道明译编：《梅耶荷德谈话录》，中国戏剧出版社 1986 年版，第 282 页。

③ 参见胡静：《评斯坦尼斯拉夫斯基体系及其反叛者》，《艺术百家》2004年第4期，第 14 页。

必须变成自己的思想，转化为情感，变成演员的真挚的意向和第二天性。这时，倾向才能进入演员、角色和全剧的人的精神生活中去，不再成其为倾向，而成为个人的信念了。”[①]而梅耶荷德却认为，“莫斯科艺术剧院还没有决定创造出一个洋溢着 1917 年后出现的新的感情色彩的戏，还没有决定创造出一个描写社会主义建设的戏，还没有决定创造出一个歌颂革命纲领的戏”[②]。其实，梅耶荷德对莫斯科艺术剧院的这个指责正是体现了斯坦尼斯拉夫斯基艺术眼光的睿智和梅耶荷德在这个问题上的偏颇。不过，对于梅耶荷德对舞台倾向性的追求，也不可作简单化的理解。与其说他是为了宣扬某种政治倾向，莫如说是通过对倾向性的激进的渲染，来凸显其反自然主义的观念，凸显出他的激进性和叛逆性。他绝非在政治上献媚，在他眼里，“美的最可怕的敌人是媚”。[③]

梅耶荷德从未逃脱过被艺术界批评，甚至围攻的境地。然则，这仿佛是他的激进叛逆的艺术天性的另一种呈现，他甚至认为：“剧场就是战场，如果导演没有对立面，这就意味着事情有点不妙。一个演出要是没有任何东西使任何人感到窘困，感到愤怒，感到惊异，这个演出就离艺匠近了，而离艺术远了。”[④]梅耶荷德激进的叛逆，为戏剧舞台艺术生命力的勃发，贡献卓著。托马斯·艾略特说过：“任何诗人，任何艺术家，都不能单独有他自己的完全的意义。他的意义，他的评价，就是对他与已故的诗

① 《斯坦尼斯拉夫斯基全集》第 1 卷，史敏徒译，中央编译出版社 2012 年版，第 263—264 页。

② 童道明译编：《梅耶荷德谈话录》，中国戏剧出版社 1986 年版，第 277 页。

③ 童道明译编：《梅耶荷德谈话录》，中国戏剧出版社 1986 年版，第 97 页。

④ K.鲁德尼茨基：《梅耶荷德传》，童道明、赫一星译，中国戏剧出版社 1987 年版，第 488 页。

人和艺术家的关系的评价。"[1] 如果我们把艾略特所说的"已故的"更宽泛地看成"前辈的"，那么，梅耶荷德作为戏剧革新家的意义就在于他对斯坦尼斯拉夫斯基戏剧理念的反叛。准确、到位地理解梅耶荷德艺术上的反叛，不仅可以清晰地呈现梅耶荷德那些具有先锋性的艺术理念，同样也能够反过来帮助我们更好地认识斯坦尼斯拉夫斯基体系。苏联时代著名的演员塔伊罗夫说过，"斯坦尼斯拉夫斯基的天才在于：没有人能够绕过他而谈论戏剧舞台艺术。可以与他争论，甚至可以试图战胜他，超越他，但却无法绕开他，绕开他的艺术理念"[2]。这就是说，理解梅耶荷德对斯坦尼斯拉夫斯基艺术观的反叛，不会因此而贬低斯坦尼斯拉夫斯基体系的价值，恰恰相反，能够让斯坦尼斯拉夫斯基戏剧理念之价值在对抗和质疑声中获得更好的呈现。

① 托马斯·艾略特：《传统与个人才能》，见伍蠡甫、胡经之主编：《西方文艺理论选》，北京大学出版社 1987 年版，第 147 页。

② Таиров А. Я. *Театральная жизнь*. М.: Изд. Академический проект, 2017, с.184.

奥波亚兹与苏联先锋派

张冰

奥波亚兹（ОПОЯЗ）即俄国形式主义运动的代名词，而本文所说先锋派，为避免歧义，特指以丹尼尔·哈尔姆斯为代表的“真实艺术派”。俄国形式主义与先锋派的联系是十分紧密的。早在20年代末，两派代表人物就在私交和创作上有密切联系。但俄国形式主义对真实艺术派（Обэриу）影响最大的方面，是其文艺美学思想，尤其是什克洛夫斯基的“陌生化”说（解自动化说）、非逻辑叙事方面，这在丹尼尔·哈尔姆斯的创作中有突出的表现。俄国形式主义美学所倡导的“无意义语（诗）”“使之陌生”和“使之震惊”、非人格化以及“物化”等手法，也在丹尼尔·哈尔姆斯的创作中多有呈现。本文试图从丹尼尔·哈尔姆斯的创作中撷取若干例证，以证明其创作是全面实践俄国形式主义美学诗学的一种产物。丹尼尔·哈尔姆斯的创作表明，俄国形式主义在20世纪30年代以后作为一个文艺学运动的主体虽告解体，但其影响仍然通过丹尼尔·哈尔姆斯等人的创作“借尸还魂”，从而表明俄国形式主义在苏联文坛的出现，是某种艺术内在规律发挥作用的结果。

一

众所周知，俄国形式主义即奥波亚兹在最初走上文坛之际，其最主要的代表人物维·什克洛夫斯基便以倡导“陌生化”而“震惊”文坛。“陌生化”(остранение) 以使所描写对象“陌生”为旨趣，从而阻断读者即接受者的“自动化认知”惯性，变“认知”为“体味”和“感受”，加大接受难度和时值。什克洛夫斯基认为人们在生活中习惯于以“认知”取代“感受”，而作家和艺术家在创作中之所以刻意使描写对象“陌生化”，就是为了让读者能够从新的角度“仔细品味”“认真感受”作品的每个细部，从而打破接受者的知觉惯性和套板反应，从而得以“像平生第一次”那样来品味作品。由此可见，“陌生化”的美学效应，首先是“使之陌生”从而达到“使人震惊”，加强关注，细细品味的目的。什克洛夫斯基写道：

> 艺术之所以存在，就是为了使人感觉到事物，而不是仅仅认知事物。艺术的技巧就是使对象陌生，使形式变得困难，增加感受的难度和时值。因为感觉过程本身就是审美目的，所以必须设法延长。艺术是体验对象的艺术构成的一种方式，而对象本身并不重要。[①]

在人类业已步入 21 世纪的今天，什克洛夫斯基的“陌生化”说并未随着时间的迁移而湮灭，反而令人醒目地成为西方现代派文学的显著特征之一。俄国形式主义在苏联 20 世纪 30 年代以来的文坛的确成了过眼烟云，甚至成了人人喊打的过街老鼠，但在世界文坛，“陌生化”说却像一条“断了尾巴的狗似的跑遍全球”（什克洛夫斯基语）。彼得 · 比尤盖尔（Питер Бюргер）在其所著

① В. Б. Шкловский. *Гамбургский счет*. М.: Советский писатель, 1990.с.15.

《先锋派理论》(Теория авангарда)中说道:“让接受者震惊业已成为艺术意图的主导原则。”(shocking the recipient becomes the dominant principle of artistic intent.)。因此,“陌生化事实上业已成为占据主流地位的艺术技巧”(Defamiliarization thereby does in fact become the dominant artistic technique)。

俄国先锋派从未来派到真实艺术派,都有一个最重要的创作意图,就是打破传统文学建立在模仿美学基础上的陈规惯例套版模式,使观众、读者和听众感到出乎意料的震惊惊悚。在接受者心目中,熟悉的一切都被打破了,一些全新的、非法而又陌生的体验和感受占据其心灵的视野。陌生化的不熟悉性开始占据首位,走上前台,似乎是在为尤里·斯特里德特尔(Юрий Штридтер)的话张本,即在什克洛夫斯基眼里,任何真正的艺术永远都是陌生化了的。陌生化说的首倡者是什克洛夫斯基,但作为一种修辞手段,却古已有之,甚至也是作家创作中自觉不自觉遵循的一种修辞惯例。杜甫“平生性爱耽佳句,语不惊人死不休”是古今诗人追求的圭臬。但把它提升为一种文学特有的“素质”,提高到“文学性”的高度,文学本体论的高度,则非什克洛夫斯基和俄国形式主义莫属。作为受奥波亚兹深刻影响的俄国先锋派代表的丹尼尔·哈尔姆斯,当然会把它作为自己创作的圭臬加以追求。试看他的《伊万·伊万内奇·萨莫瓦尔》:

Иван Иваныч Самовар

Был пузатый самовар,

Трехведерный самовар.

В нём качался кипяток,

Пыхал паром кипяток,

Разъяренный кипяток;

....

大家都知道，俄罗斯人在日常交往中，在需要特意表示尊重对方的场合下，才会以全名称呼之。只有在日常交往中，在彼此非常熟悉的朋友圈内部，才会以对方的指小表爱的爱称称呼之。这首谐谑儿童诗，单看标题，读者会以为写的是一个叫“萨莫瓦尔”的人呢。只是在阅读了一段以后，才意会到：原来写的是“萨莫瓦尔”本身，即茶炊。这样一来，谐谑的味道就出来了：茶炊在俄罗斯人的生活里，某种程度上是“家”的象征物（犹如“灶”之于中国人。俄罗斯人无论家贫家富，茶炊都是必备的）。把“茶炊”以称呼人的全称称呼之，透着亲切和熟稔。而“伊万”又是俄罗斯人最常见的爱称和人名，以致在某些场合下，“伊万”已经成为俄罗斯人的“特称”。接下来这首诗明着写人，而实际写“茶炊”的指义，就更加明确了：这“茶炊”是“大肚子”，能“盛3桶水”，茶炊里有“开水”，会冒“蒸汽”，会“沸腾”，可以通过“管子”给“碗里倒水”；别佳叔叔、卡佳婶婶、爷爷、奶奶、小女孩、茹奇卡、谢廖沙……相继走近它，有的要甜一点儿，有的要多一点儿。来晚的就没有了：

Наклоняли самовар
Будто шкап, шкап, шкап,
Но оттуда выходило
Только кап, кап, кап.

Самовар Иван Иваныч!
На столе Иван Иваныч!
Золотой Иван Иваныч!

Кипяточку не даёт,

Опоздавшим не даёт,

Лежебокам не даёт.

ВСЁ.

这首儿童诗的旨趣恐怕主要在于它是把“物”当“人”写，写出“物”的“人性”，而全篇在“物”与“人”之间游移不定。以“物”观之，是拟人化；以“人”观之，是“拟物化”。这首诗不禁令人想起维·什克洛夫斯基在论述艺术并非对生活的直接反映时说的一句话，大意是说：艺术并不祈求“酷似”生活，而最佳的艺术境界，恰恰在于它的既“似”又“不似”生活上。歌德也说过类似的话：艺术并不追求现实生活等价物的地位。

二

在情节构造方面，什克洛夫斯基等人还算比较传统，但也在传统的基础上提出了一系列新概念，如“延宕”“阶梯式结构”“框架式结构”“零位手法”“手法的暴露”等。但总体而言，什克洛夫斯基等人的情节观大致还比较“传统”，也就是说，比较符合传统意义上的“情节”（与“本事”相对）的概念。俄国形式主义另一位代表人物罗曼·雅各布逊在论艺术中的现实主义时，指出契诃夫短篇小说相对于以莫泊桑为代表的现实主义传统，已经具有“革新”意义：在莫泊桑的小说中，一个人在路上偶遇的另一个人，到后来会发现，原来并非无关者，而是与小说主人公关系密切的人物。偶然中包含着必然。而在契诃夫的小说中，主人公路上偶然遇到的他人，到最后还真的就是一个与故事和故事的主人公无关者。偶遇就是偶遇，像生活中我们每天遇到的无数旁人一样。而在哈尔姆斯的作品《会面》中却这样写道："有一天，一个人去上班，在路上遇到另一个人，他刚买了波兰长面包，往家里赶。事情就是这样。"[①]

在传统小说中，小说中没有与故事无关的成分，哪怕一个很小的细节，也与故事的主干有着千丝万缕的联系。这些内在的关联只有随着情节的发展才会逐渐水落石出。什克洛夫斯基等人把这种情由称作"情由论证"（мотив, мотивировка, мотивирование, мотивировать）。中国传统小说中称这类因素为"草蛇灰线"，称"铺垫"等。什克洛夫斯基在这个意义上首次区分叙事学里所谓"情节"和"本事"。情节就是本事的"变形"，是对本然事件的一种加强叙事效果的改造和变形。但情节就其本质来说，仍然和人物的性格有着密不可分的联系。一件事只有遇到不同的人才会演绎成为不同旨趣的故事。一句话，传统小说仍然以"讲故事"为主要的结构方式，陌生化也主要在如何驾驭一篇叙事上体现出来。叙事有没有、需不需要逻辑？什么是叙事逻辑？笔者以为所谓叙事逻辑，就是我们习惯上常说的"合乎情理"。景阳冈打虎的只能是武松，而不会是林黛玉，为什么？性格使然。而且，武松如果没喝 18 碗酒，也未见得有勇气上山。武松之所以能够成为打虎英雄，也是绝境突围、搏命一击使然，是现代心理学上所谓的"应激反应"。

哈尔姆斯叙事类作品的"陌生化"旨趣在于：叙事的"逻辑"被彻底颠覆。传统小说中的"故事"及"故事性"，在哈尔姆斯的作品里，荡然无存。传统小说情节大都具有几个环节：开端、发展、高潮、结局。中国传统论文论诗也都有"起、承、

① 丹尼尔·哈尔姆斯：《蓝色笔记本》，张猛译，四川人民出版社 2016 年版，第 31 页。

转、合”的说法。音乐中讲曲式也有特定的组合规律可以遵循。亚里士多德论情节也非常注重“情节”即故事的“完整性”。罗曼·雅各布逊在论述史诗类作品即叙事类作品时，也主要从小说时间入手，将其界定为“时间艺术”，而注重小说展开的特点——历时性。在中国小说里，情节是随着“人”走的，是因“人”设“事”，而非因“事”设“人”。因此小说中人物一出场，其性格设定本身就成为酝酿“情节展开”的因子。但这一切在哈尔姆斯的作品中，全然无用和失效。一个个子不高的人最大的愿望，是能长高点儿，此时能够实现其愿望的女巫适时出现了，可是，面对女巫，他却“一言不发”，啃指甲（《寓言》）。马尔科夫困极了，非常想睡觉，可他一躺下去，就睡意全无，精神焕发（《睡意弄人》）。现实主义艺术崇尚现实真实性，所以要遵循“常理”或“情理”，而在哈尔姆斯的作品里，却充满了不合常理情理的悖谬和荒诞：“一个个头不高的先生，眼睛里有个小石块。”（《砖头》）；“一个老头子，无缘无故去了森林。他后来回来了，说：‘老婆子，老婆子！’老婆子于是倒在了地上。从那以后，冬天所有的兔子都是白色的。”（《北方的童话》）……

总之一句话，在哈尔姆斯的作品中，通常我们所谓“情理”统统被颠覆了：契诃夫悲喜剧里第一幕中出现的挂在墙上的枪，根本就未能派上用场，而是纯粹的“摆设”。一切能够构成情节的因素都被阉割了。于是我们看到，在哈尔姆斯的作品中，实际上留下了很多“空白”，这些空白需要填充，而只有理想的读者（或阅读）才能予以填充。理想的读者善于将留白的作品放在其产生的语境下考察，犹如画家在取景框里选景一样。这恰好应和了什克洛夫斯基所谓“哈姆雷特是观众和读者与作家一起创造出来”的思想。奥波亚兹给予后来崛起的接受美学以启发，正是在这些地方可见端倪。

也许，只有端出哈尔姆斯的创作笔记，才可以看出他的诗学思想的究竟。试看一例：

梗概 1：（对照）现实生活，朴素简单和隐蔽的手法；逻辑。例：一个人坐在屋里。他站起身走出门。提供事由论证。原因或在屋里或在屋外。梗概 2：复杂化，风格化及语言抽象。例：一个人坐在屋里。他站起身走出门。写他走到门口时的动作，体验以及有对象或无对象的感受。不提供事由论证。梗概 3：系梗概 2 的具体化和相对简化，有时揭示暗藏的手法，事由论证是不符合逻辑的，语义链被破坏。例：一个人坐在屋里。他站起身走出门。原因缺失。根据不相似性进行干涉。语义链遭到破坏。提供细节。①

梗概 3 的典型范例，就是《2 号交响乐》(синфония 2)②：“安东·米哈伊洛维奇吐了口痰，说了声‘哎’，又吐了口痰，又说了声‘哎’，又吐了口痰，又说了声‘哎’。然后走了。随他的便吧。我们还是讲一讲伊利亚·帕夫洛维奇。”③ 这是哈尔姆斯式的荒诞文本，堆叠一些未经事由论证的情节。整篇作品给人的感觉

① 1. стержень: (Контраста) действительности, простоты и скрытие приема; логика. Пример: Человек сидит в комнате. Он встал и вышел за дверь. Дается мотивировка. Причина или вне комнаты или в комнате. 2.стержень: Усложнение, стилизация и словесная абстрактность. Пример: человек сидит в комнате. Он встал и вышел за дверь. Дается его движение к двери, переживание, предметное и беспредметное ощущение. Мотивировка не даётся. 3. стержень: Конкретность, упрощение относительно II-го стержня, порой вскрытие приёма, мотивировка нелогическая, нарушение смыслового ряда. Пример: Человек сидит в комнате. Он встал и вышел за дверь. Причина опущена. Вторжение по несхожести. Нарушение смыслового ряда. Конкретная подача.

② 此处“交响乐”一词又是哈尔姆斯学习未来派语词创造诗学的范例。俄文中交响乐本应写作“симфония”，而哈尔姆斯故意把此词的前缀写作“син-”，使此词带有另外一些含糊的语义，如“共时”等。——笔者注。

③ 丹尼尔·哈尔姆斯：《蓝色笔记本》，张猛译，四川人民出版社 2016 年版，第 60 页。

只能是一个词，就是“荒诞”。

三

“真实艺术协会”和奥波亚兹在美学诗学立场上的相近和趋同，还可以从他们两派的私交得到证实。在1926年秋季到1927年全年的一年多时间内，“真实艺术协会”成员——维坚斯基、扎博洛茨基、哈尔姆斯、瓦季诺夫、巴赫捷廖夫——举办例行的戏剧表演和诗歌朗诵会。例会举办的地点各所不同，有时在艺术史研究所的红房子里，有时在音乐之友的音乐厅里，有时在大学生宿舍里，有时在兵营里。团体还把他们的作品选朗读给奥波亚兹成员——特尼亚诺夫、艾亨鲍姆、什克洛夫斯基、托马舍夫斯基——听。由扎博洛茨基和维坚斯基起草的团体美学原则（纲领），还在诗歌朗诵会后提交讨论，马雅可夫斯基也给予评论。

1927年3月，哈尔姆斯曾经筹备出版一本文集《拉季克萨》，可惜该文集未能出版，但在拟议中的文集理论栏里，什克洛夫斯基的文章赫然名列榜首。而在散文栏里，什克洛夫斯基、特尼亚诺夫也都赫然在焉。出版文集的计划到底还是未能实现，但奥波亚兹和真实艺术协会的交往却留下了显著印记：艾亨鲍姆就文集出版申报了出书计划，而哈尔姆斯则邀请艾亨鲍姆参加拟于1928年1月24日举办的“左翼三小时”活动。而且，据哈尔姆斯所言，在所有形式主义者中，只有艾亨鲍姆和他最亲近。但在私交方面，哈尔姆斯却和艾亨鲍姆并不那么融洽。1928年12月，协会会员还在艾亨鲍姆寓所举办朗诵会。哈尔姆斯在日记中记录，艾亨鲍姆也许更喜欢扎博洛茨基或维坚斯基，而对他，却酸酸地说了一句“对我却根本不喜欢”。[①] 但哈尔姆斯实际上最渴望赢得艾亨鲍姆的“青睐”。在后来公开发表的哈尔姆斯的笔记本里可以看出，哈尔姆斯当时对什克洛夫斯基、特尼亚诺夫和托马舍夫斯基的著作很留心。1925 年，初学写作的哈尔姆斯精心研读的诗学著作是托马舍夫斯基和特尼亚诺夫的著作，什克洛夫斯基论情节的著作和《诗歌语言论集》。30 年代中期的哈尔姆斯对奥波亚兹几位代表人物的著作仍然兴味不减。在哈尔姆斯个人艺术思维和美学立场的形成过程中，奥波亚兹的固有理念也对他构成显著影响。哈尔姆斯此时也采用奥波亚兹特有的关于文学阶段的演变和文学中心和边缘位移的思想。哈尔姆斯曾经在艺术史研究所听课（1926 年），从这个意义上说他是奥波亚兹的学生和弟子绝不为过。在他听过的课里，就有特尼亚诺夫主讲的“电影中的情节和本事”，文艺学方面的课听过艾亨鲍姆的。

四

众所周知，俄国形式主义并未专门探讨美学问题，但他们所探讨的对象不能不涉及美学问题。维・厄利希有个意见，说如果要归纳俄国形式主义的美学观点的话，则不妨称其为“差异论美学”。也就是说，在众多美学范畴中，俄国形式主义最钟情的，是差异，是与既定模式、既定套路有所不同，有所差异。从这个意义上说，俄国形式主义的美学是一种反模仿美学，而陌生化说的提出，首先正是这种隐含美学观点的体现。中国人常说读书讲究“得间”，“间”是间隙，引申为“距离”，再引申为“差异”。

---

①《陌生化时代》，莫斯科：新文学评论出版社，2017 俄文版，第 347 页。

读书时读者最关注的是此书与他书的不同和差异，而差异即新意。在文学的长河中，每个创作者都面临着浩如烟海、茫无际涯的流水，“前不见古人，后不见来者”。写作者在创作中大都会面临“影响的焦虑”问题。所有成名作家大都有个模仿期或学徒期，但在成名之后，又大都急于摆脱模仿和学徒的痕迹。李白也曾有过黄鹤楼之叹：“眼前有景道不得，崔颢题诗在上头。”哈尔姆斯为首的真实艺术派作家，秉承自俄国形式主义——未来派以来俄国先锋派的现代主义创造精神，刻意割裂与传统艺术的继承性联系，无非是想要标榜其独特性和创新性，以及不同于他人的差异性，不同于前人的陌生性。

现实主义美学的特征是模仿说，其前提是生活第一位艺术第二位，艺术模仿生活。现实主义艺术的美学标准是“似现实性”，亦即一定要像生活本来的样子（来描写生活）。现实主义艺术因此比较注重细节的真实。现代主义艺术反其（现实主义）道而行之，比较注重本质真实而轻细节真实：细节可以是虚拟的，未必然而然的，而内容却是真实的，或在本质论上忠实于生活。现代主义艺术观中艺术和现实仍然是平行的，但艺术可以舍弃生活的形式而忠实于生活的本质。例如卡夫卡的《变形记》情境是虚拟的，而内容是真实的。在以金钱为价值中心的社会里，一个人失去劳动力就等于失去了一切。人异化为一种“功能”，人与人之间的亲情荡然无存。后现代主义艺术则以对传统价值堡垒进行解构的战斗姿态进入文坛，犹如一种腐蚀剂，所腐蚀的，不但包括现实生活本身，而且包括现实生活的一切符号表现物。后现代主义美学中包含虚无主义的元素，这种元素导致其不但否定现实生活，而且也否定艺术自身，否定艺术中的传统价值。

“真实艺术派”应当属于现代主义与后现代主义之间的一种

中间过渡形态。无论如何，“真实艺术派”就产生时间上说是俄国形式主义后的文艺现象，就传承上说是俄国形式主义的及门弟子。作为风格独具的艺术流派，“真实艺术派”不可能亦步亦趋对俄国形式主义步步紧跟，不敢越雷池一步。所以，“真实艺术派”在继承俄国形式主义的“传统”的同时对其也有所超越。如果说对于什克洛夫斯基来说，艺术非但不反映现实，艺术反而会创造一种“现实”。俄国形式主义其实对真实的现实生活并不“感冒”。俄国形式主义者们只对构成艺术的手段或手法感兴趣，因为创造哈姆雷特的是艺术手法及其特殊组合。“按照形式主义理论，文学作品的功能不是表现作者有关世界的‘信息’，而仅仅旨在吸引读者对其自身以及自身的风格手法加以关注而已。”[①]俄国形式主义否认艺术的独创性，认为文学只是一个自我生发系统。新形式以辩证的方式自我生成。我们知道，什克洛夫斯基当过机械师，他很自然会把自己分析机械原理的眼光移用来分析文学作品，这也就是他早年艺术即所用手法的组合和集成观点的由来。对于这种观点，且看另一位真实艺术派作家是怎么说的吧：

任何艺术品都是独立的艺术创造成分所组成的关系非常复杂的一种结果。作者的作用仅在于利用这些成分，将字组合成为特定的艺术产品。艺术作品从中构成的那些成分，对于作者而言，是独立于其而存在并自在的。作者只是利用它们结构其作品，其结构法有成功的，也有不成功的。[②]

---

① Graham Roberts, *The last soviet avant-garde, oberiu-fact, fiction, metafiction*, Cambridge University Press，1997，p.27.

② Graham Roberts, *The last sovietavant-garde, oberiu-fact, fiction, metafiction*, Cambridge University Press，1997，p.28.

这句话简直可以说是在呼应什克洛夫斯基的另一番话：不是我在写书，而是时代在借我的手书写自己。此二者可谓异曲同工。

在艺术与生活的关系问题上，真实艺术派比俄国形式主义更加是激进的艺术左派。如果说什克洛夫斯基等人主张艺术独立于生活而并未否定生活本身的价值的话，那么，哈尔姆斯等人则认为艺术先于重于生活，艺术非但不反映生活，反而会创造一种"生活的范式"，而在他们的艺术世界里就是哈尔姆斯等人所描述的荒诞世界。生活需要在这面"镜子"里照见其自身的"荒诞"，这就是"真实艺术派"艺术探索所能留给我们的启示。

2018 年 10 月于京师园

Национально-культурные факторы в русском авангарде

王宗琥

Русский авангард является очень сложным, многомерным и даже противоречивым феноменом. На его становление и развитие оказывало влияние множество внешних факторов, таких как французский кубизм и фовизм, итальянский футуризм, немецкий экспрессионизм, а также внутренних факторов, таких как социально-исторические ситуации в России на рубеже 19—20 веков, и что более важное, определяющее с нашей точки зрения, есть русский национальный менталитет и культурные традиции. Ведь судя по масштабам развития русского авангарда и его эффектам, он в значительной степени превзошел европейский авангард и оказал колоссальное, порой определяющее влияние на весь западно-европейский модернизм и авангардное искусство.

А почему авангард в России смог добиться столь больших успехов? Он проник почти во все отрасли искусства и социальной жизни, и появилось так много художественных и литературных группировок, даже было его возрождение в 60-ые годы 20 века после 30-летнего прерывания? Конечно тут причины неоднозначные, но на наш взгляд, одна из ключевых моментов в успехах русского авангарда заключается в том, что авангардное движение в значительной степени соответствовало русской национальной ментальности и культурным традициям, а именно те характерные черты, выдвинутые Н. Бердяевым в «Русской идее»: это русский максимализм, нигилизм, противоположные свойства русского народа и его неподатливость устойчивой форме. Эти черты во многом способствовали становлению и развитию русского авангарда в условиях социального преобразования, довели его до максимального развития, и тем самым определили национальное своеобразие русского авангарда.

В первую очередь выделяется русский максимализм, являющийся отличительной чертой русского духа, русского характера. В «Русской идее» дается такое определение:«Русские вообще плохо понимают значение относительного, ступенность исторического процесса, дифференциацию разных сфер культуры. С этим связан русский максимализм. Русская душа стремится к целостности, она не мирится с разделением всего по категориям, она стремится к Абсолютному.»[①] Иными словами, русскому человеку не надо немножко, ему нужно всё и сразу, либо всё, либо ничего.Коль любить, так без рассудку, Коль грозить, так не на шутку, Коль ругнуть, так сгоряча, Коль рубнуть, так уж сплеча（А.Толстой）. Вот примерно такая тенденция тотальной радикализации. В русском авангарде наблюдается два аспекта наибольшего проявления такой тенденции, первое это максимальное отрицание традиции, второе это стремление к максимальной художественной изобрази-

---

① Бердяев Н. *Истоки и смысл русского коммунизма*. М.: Наука. 1990. с.19.

тельности.

Максимальное отрицание традиции есть и русский нигилизм, который на протяжении 19 века испытывал неоднократную трансформацию, носящую характер радикализации, и каждый раз расширяла границу отрицания, от отрицания духа и идеи до отрицания материального мира, вплоть до отрицания самой жизни человека. Вот это и есть русский нигилизм, характеризующийся масксимальным отрицанием. В русском авангардном движении начала 20 века воцарился дух нигилизма, направленный на отрицание всего старого мира. Современный исследователь Е.П.Берештейн назвал революционно-разрушительный пафос «нигилистичностью» и отметил, что «Начиная с декларативного разрушения устоявшейся системы ценностей, авангард обрушивается и на знаковую систему, которая воплощает эти ценности, и в конечном итоге на весь мир, который так или иначе является и источником, и объектом приложения аксиологических мерок»[1]. Например, представитель супрематизма Казимир Малевич окончательно отрицал традиционное искусство, которое изображает реальный мир в конкретных предметах, и перешел к использованию абстрактной геометрической картины для выражения абсолютного рационализма абстрактного чувства. Приведу еще один пример, что основным принципом авангардной литературы является деконструкция языка, то есть посредством разрушения

---

① Беренштейн Е.П.Авангард как жертва Даниила(у) Хармса(у) // *Литературный текст:Проблемы и методы исследования*. IV. Сборник научныхтрудов. Тверь. 1998. С.131.

знаковой системы, на которой стоит весь человеческий мир разрушается форма искусства, и достигается окончательное разрушение мироощущения человека. То же самое отмечается в статье Шершеневича «Ломать грамматику», в отрицании Хармсом фундаментальной причинно-следственной связи. Все эти отрицания оказались максимальными и тотальными.

Второе, в отношении максимальной художественной изобразительности русский авангард тоже достиг своего апогея. Например, в «Бедекер по экспрессионизму» было громко заявлено: «Мы экспрессионисты, желая достигнуть максимума экспрессии…»[①] Хлебников и Крученых создали совершенно новый заумный язык, желая ему стать всемирным поэтическим языком. Крученых написал стихи: Дыр бул щыл, Убешщур, Скум, Вы со бу, рлэз, и сказал, что в нем «больше русского национального, чем во всей поэзии Пушкина»[②]. Максимализм в художественном изображении проявляется в стремлении авангардистов к максимальной свободе творчества. Они непрерывно искали новые приемы художественного выражения, демонстративно нарушали привычные границы искусства,вторгаясь на территорию повседневного, отказываясь от материальной формы произведений. Они нарушали устойчивые парадигмы восприятия искусства, сделали случайное, непроизвольное, алогичное и неконструктивное основными источниками и принципами «свободного творчества».

---

① Терехина В.Н. *Русский экспрессионизм. Теория. Практика. Критика*. М.: ИМЛИ РАН, 2005.С.61.

② Крученых А. Декларация слова как такового // *Русский футуризм: Стихи. Статьи. Воспоминания* / Сост. В. Н. Терехина, А. П. Зименков. СПб., 2009. с.71.

В связи с этим в творческом процессе перемещение внимания на мгновенное, импровизационное, стихийное и нерациональное имело место в самых различных течениях русского авангарда. Максимализм авангардного творчества также проявляется в обращении к периферийным отраслям или краевым зонам искусства, таким, как примитивное искусство, детское творчество, архаическое и народное искусство, массовая и тиражная продукция. И не только обращение, но и перемещение в центр этих периферийных явлений. Кроме того, некоторые маргинальные элементы, сопутствующие процессу творчества, нередко становятся предметом особого внимания русских авангардистов. Например, жест, для русских футуристов это состояние пред-творчества, и особый код для создания творческой атмосферы; а потом почерк, который фиксирует в графике письма психологические импульсы; еще черновик, который правдиво фиксирует процесс творчества. Все эти маргинальные элементы существуют для русских футуристов как равноправные знаки единого творческого процесса. Эстетическое значение этих маргиналий, черновых элементов, пожалуй, наиболее последовательно было осознано в творчестве Е. Гуро. С приверженностью к открытым структурам и в литературных, и в живописных произведениях были связаны сопровождающие многие ее законченные рисунки следы черновой работы карандашом, освободиться от которых художница не стремилась. Черновые орнаменты линий, как бы на ощупь пробирающихся к форме, вводились в их структуру как полноправный элемент изображения. Стремление русских авангардистов к периферийным элементам искусства образовало некую художественную открытость и вечную незавершенность, которые предполагают постоянное стремление к дальнейшему, к бесконечному. По этому поводу хорошо сказал Бродский: «···окраина — это начало мира, а не его конец. Это конец привычного мира, но это начало непривычного мира, который, конечно, гораздо больше, огромней».① В этом смысле незавершенность и периферийная позиция позволяли русскому авангарду непрерывно расширять границы искусства и идти к новому, неизвестному пространству искусства. Это как раз соответствует сущности русского максимализма, который выражается Бердяевым в следующем высказывании: «В душе русского народа есть такая же необъятность, безгранность, устремленность в бесконечность».②

Вторая характерная черта в русском национальном менталитете — это противоположность, которая так описывается в «Русской идее»: Можно открыть противоположные свойства в русском народе: деспотизм, гипертрофия государства и анархизм, вольность; жестокость, склонность к насилию и доброта, человечность, мягкость; обрядоверие и искание правды; индивидуализм, обостренное сознание личности и безличный коллективизм; национализм, самохвальство и универсализм, всечеловечность; эсхатологически-мессианская религиозность и внешнее благочестие; искание Бога и воинствующее безбожие; смирение

---

① Волков С. *Диалоги с Бродским*. М., 2000. с.22.

② Бердяев Н. *Русская идея*. СПб.: Издательский дом «Азбука-классика», 2008. с.30.

и наглость; рабство и бунт.[1] И эта диаметральная противоположность является уникальным феноменом русской культуры. Мы можем наблюдать явные противоположные начала в самом великом русском писателе 19 века — Льве Толстом: необычно сильная плотность и равносильная нравственность: мы можем также видеть противостояние двух полюсов русских классиков — Пушкин против Толстого, это образец эстетики против образца этики, причем два классика происходили от одного и того же источника — собственная стихийная сила. В русском литературном авангарде такая противоположность наблюдается в двух аспектах: 1) революционность и парадоксальный традиционализм, разрушительные и «консервативные» тенденции; 2) внимание к личностному, внутреннему опыту и в то же время увлечение коллективным, массовым искусством.

Как было сказано выше, в авангарде особый дух современности был отмечен поисками самоопровержения и самоотрицания, это привело к категорическому разрушению всяческих традиций, однако, русское авангардное искусство отреагировало на этот дух времени неоднозначно и даже негативно. Вот пример русского футуризма, как многогранное явление вотечественной культуре, в основе которого заявленный в известном манифесте тезис «Прошлое тесно. Академия и Пушкин непонятнее иероглифов», футуризм начинает свой путь в области живописи именно с обращения к религиозной теме, к артефактам народного и

① Бердяев Н. Русская идея. СПб.: Издательский дом «Азбука-классика», 2008. сс.30-31.

крестьянского быта, к традиции. Елена Баснер в своей статье о Бурлюке пишет, что, несмотря на то воздействие, которое оказала на Бурлюка новейшаяфранцузская школа, «Бурлюк всегда ратовал за самостоятельное, независимое существование нового русского национального искусства».① То же самое наблюдается в религиозной и крестьянской теме Малевича, представителя супрематизма, в творчестве М. Ларионова и Н. Гончаровой, в теоретических исследованиях Мансурова. И почти все художники-авангардисты прошли через этот примитивистский этап. Возвращением авангардистов к древней традиции может объясняться тем, что только в первоначальном состоянии бытия, свободного от всяческих норм так называемой высокой культуры, скрывается мотив и вдохновение для творения нового. И если с диалектической точки зрения, противоположные полюса имеют глубокую внутреннюю взаимосвязь, значит, чем дальше вперед хочешь идти, тем глубже надо возвращаться к своим корням.

Авангардное искусство характерно личностным внутренним опытом. Искусство как частный феномен, или искусство для себя, повествует о «внутреннем», и его произведения являют собой следы или знаки внутреннего опыта, «пути-письмена душевных движений».② Апелляция к внутреннему опыту и поиск языка искусства, способного не столько повествовать, сколько

---

① Баснер Е. Феномен Давида Бурлюка в истории русского авангардного движения // Давид Бурлюк (1882-1967). *Выставка произведений из Государственного Русского музея, музеев и частных коллекций России,США, Германии*. Государственный русский музей, С-Петербург., 1995. с.23.

② Название картины О. Розановой.

стать живым свидетельством «внутреннего», были важнейшими свойствами авангардного искусства. Оценки и критерии, опирающиеся на готовую, общепринятую, конвенциональную систему суждений, оказываются неприменимы к такого рода произведениям. Поиск личного взгляда, для которого нет критериев, заданных извне, определял принципиальные свойства русского авангарда на протяжении всей его истории. Например, А. Крученых в «Декларации слова как такового» утверждал: «Мысль и речь не успевают за переживанием вдохновенного, поэтому художник волен выражаться не только общим языком (понятия), но и личным (творец индивидуален)».[①] К. Малевич неоднократно подчеркивал обращение к внутреннему опыту как основную предпосылку освобождения искусства от подчинения предметному миру: «Художник, поэт, музыкант должны быть чуткими, чтобы услышать колебания творческих форм и видеть внутри себя их очертание».[②] Принципы искусства для себя программно развивались и в творчестве Елены Гуро, Николая Кульбина, в эстетике эгофутуристов. В общем, концепцию искусства для себя, обращенного прежде всего к внутреннему опыту, можно считать одной из важных, если не центральных точек отсчета для формирования многих свойств авангардной культуры, с ней были связаны наиболее радикальные открытия и достижения русского авангарда: футуристическая концепция словотворчества, беспредметная поэзия, многие версии

---

① Крученых А. Декларация слова как такового. // *Русский футуризм: Стихи. Статьи. Воспоминания*. Сост. ТерехинаВ.Н., Зименков А.П. СПб.: ООО «Полиграф», 2009. с.71.

② Малевич К. Перелом // *Малевич К. Собр. соч.: в 5 т.* М., 1995. Т.1. с.105.

художественной абстракции.

Однако наблюдается и другой полюс концепции «искусство для себя». Стремление утвердить как новую ценность внутренний опыт, неподконтрольный социальным или идеологическим механизмам, в русском авангарде отмечено парадоксальной динамикой «деперсонализацией». Экзальтация субъективизма, культ искусства для себя сопровождается выходом на поверхность культуры архетипических, коллективных, «элементарных сил и стихий». Рождение массового сознания как особого феномена новой культуры, различные версии философии коллективизма составляют неизменный фон, а точнее, своеобразную тень экзистенциальной ориентации русского авангарда. Например, в супрематизме, который был в наибольшей мере сосредоточен на «внутреннем», в конце 1910-х — начале 1920-х утверждаются принципы нового коллективизма и антииндивидуализма. В статье «О “Я” и коллективизме» Малевич провозглашал: «··· чтобы идти к совершенству, нужно уничтожить себя —— как уничтожают себя святые фанатики перед божеством, так современный святой должен уничтожить себя перед «коллективом» и тем «образом», который совершенствует во имя единства, во имя соединения».[①] В своей глубине героизированный внутренний опыт, напрямую открытый «иному плану бытия», который прежде всего интересовал русских авангардистов, невольно приближал к тем пластам культуры и личности, где оживали архетипические, внеиндивидуальные начала.

---

① Цит. по: Шатских А. *Витебск: Жизнь искусства 1917-1922*. М., 2001. с.83.

Но с другой стороны, деперсонализация в экзистенциальном ключе была тесно связана и с другим полюсом авангардного движения, в наибольшей мере привычным для русской культурной традиции. Этот полюс был связан с декларативным утверждением в искусстве пафоса общественного служения, создания социально активного искусства, коллективного, жизнестроительного. Яркими примерами тому служил футуристический призыв «стоять на глыбе слова “мы” », производственное искусство, антииндивидуализм аналитического искусства Филонова или конструктивистов.

Тем более, эти два полюса, экзистенциально личного и социального иногда пересекались и взаимодействовали в творчестве одного художника. Так было, например, в творчестве Кандинского и Малевича, Маяковского и Хлебникова. Взаимодействие этих линий давало наиболее оригинальные версии русского авангардного опыта. И все же благодаря присутствию второго плана - обращенного к личному, внутреннему опыту - даже в самых социальных и жизнестроительных проектах (например, в конструктивизме) создавалось особое напряжение культуры, которое предопределило творческий взлет и своеобразное развитие русского авангардного искусства.

И еще одна отличительная черта русского народа, названная в «Русской идее», это неподатливость оформлению, или свобода от формальных ограничений. Цитирую Бердяева: «Есть соответствие между необъятностью, безгранностью, бесконечностью русской земли и русской души, между географией физической и географией душевной. В душе русского народа есть такая же необъятность, безгранность, устремленность в бесконечность, как и в русской равнине. Поэтому русскому народу трудно было овладеть этими огромными пространствами и оформить их. У русского народа была огромная сила стихии и сравнительная слабость формы··· У народов Западной Европы все гораздо более детерминировано и оформлено, все разделено на категории и конечно. Не так у русского народа, как менее детерминированного, как более обращенного к бесконечности и не желающего знать распределения по категориям».[①] В прошлом году я перевел рассказ современного писателя Андрея Балдина «Про халат», в котором он сравнивал Москву с большим халатом, а тканьём этого халата является вода. Почему вода, потому что она постоянно течет, видоизменяется. Вот автор так пишет: «Наши предки принимали это состояние как норму, единственно возможную. Так, мнилось им, подвижно всякое место. Мысль о том, что город может быть жестко огранен, квадратен, не текуч, не приходила в их округлые головы».[②]

В соответствии с неподатливостью оформлению русского национального характера, русский авангард отличается неустойчивостью, текучестью и свободой от формальных ограничений. Русский авангард никогда не укладывался в границы какой-либо школы, любые стилистические тенденции у русских авангардистов всегда дополнялись, совмещались и накладывались друг на

① Бердяев Н. *Русская идея*. СПб.: Издательский дом «Азбука-классика», 2008. с.30.
② Балдин А. Москва как самосочинитель. Про халат. *Октябрь*, 2017г. № 9. с.5.

друга, и неприятие школ, жестких объединений и канонов стало чуть не определяющей чертой русского авангарда.

Этим доказывается тот факт, что не было вообще устойчивых и долговременных группировок. Объединения и художников, и литераторов были кратковременными, порой случайными и подчинялись нередко тактическим задачам конкретного момента. Известная попытка бубнововалетцев создать более или менее сконструированное и официально оформленное объединение было встречена в штыки группой Ларионова, сразу же отколовшейся от «валетов». Ларионов в своем заявлении подчеркивал прежде всего неприятие самой идеи устойчивого объединения, в котором ему виделось нечто застывшее и лишенное свободной энергии: «Только что молодые и новые, они — уже в прошлом. Они — история … И уже эта связанность с одним именем “Бубновый валет” выдает с головой. Чувствуется успокоенность, необходимость уютного угла и мещанское желание спекулировать на зарекомендовавшем себя названии… Мы же свободны. Были “Бубновый валет”. В этом году будем “Ослиным хвостом”, в следующем появимся как “Мишень”. Не связаны даже именем. Всегда молоды и независимы». [1] Сам Ларионов тоже был неустойчив в своем творчестве, сначала работал в стиле позднего импрессионизма, потом обратился к примитивистской манере, испытывая воздействие фовизма и наивного искусства, потом создал новую художественную концепцию — лучизм.

---

① Цит. по: Крусанов А. *Русский авангард: 1907-1932*. СПб.,1996. Т.1. с.48.

Неподатливость оформлению у русского авангарда проявляется еще в том, что в текстах самых различных его представителей бытуют такие образы, как скольжение, расплавленность и текучесть. Крученых в своей «Декларации слова как такового» пишет: «Давая новые слова, я приношу новое содержание, где все стало скользить».[①] Ларионов подчеркивает те же качества в лучистской живописи: «Картина является скользящей··· живопись делается равной музыке». Матюшин использует аналогичный образ в одном из своих текстов: «Расплавленное слово в своем звукоряде даст силу новому··· Волна из глубин сплавит все точки в один ценный слиток, и горячая лава сожжет всю грязь бытосмысла».[②]Лисицкий в одной из статей начала 20-х годов также рисует образ мира, находящегося в состоянии головокружительного бега, неустойчивости и непрестанных трансформаций: «Мы увидели себя внутри потока. Мы увидели бег. Мы увидели жизнь и формы трепещущими и содрогающимися от пробегающих в них сил». [③]По нашему мнению, такая свобода от формальных ограничений придает искусству особую подвижность, легкость, заряжает его энергией непрестанного становления.

В вышесказанном заключается наше понимание кровной связи между русским национальным менталитетом (как его понимал Бердяев) и некоторыми характерными чертами русского

---

① Крученых А. Декларация слова как такового. // *Русский футуризм: Стихи. Статьи. Воспоминания*. Сост. Терехина В.Н., Зименков А.П. СПб.: ООО «Полиграф», 2009. с.72.

② Матюшин М. *О старом и новом в музыке* (ОР Гос. Музея В.В. Маяковского. Ф. 11. Оп. 1. Ед. хр. 1)

③ Эль Лисицкий. Преодоление искусства // *Эксперимент*. 1999. Т.5. с.141.

авангарда. Может быть, не все выглядит убедительным, но нам думается, что именно в основах национальной культуры лежит самое существенное, что определяет национальное своеобразие того или иного художественного явления, в частности и русского авангарда.

后苏联时期俄罗斯纪实戏剧的先锋性

王丽丹

任何一个时代的实验戏剧都或多或少具有先锋成分。实验剧作家通常采取反传统的决绝态度，颠覆传统戏剧观念、演出程式，表现追新求异的激进姿态，尝试建立全新的戏剧体系，试图让自己的实践在转瞬即逝的历史社会中升腾为一种精神符号。后苏联时期的俄罗斯实验戏剧也不例外。这一时期，在俄罗斯，伴随着以剧院为依托的各种实验创作室（“当代剧本学校”剧院、“实践”剧院、梅耶荷德中心、卡赞采夫中心、纪实剧院、科利亚达剧院等等）层出不穷，实验剧本也令人目不暇接。不仅涌现出一批集剧作家、演员、导演于一身的戏剧人，也出现堪称“戏剧现象”的实验戏剧，如格里什科维茨（Е. Гришковец）的即兴独角戏，维雷巴耶夫 (И. Вырыпаев) 的暴力行为戏剧等。

格里什科维茨的实验剧不以具体的社会现实问题为己任，而是有意强调戏剧的艺术感与哲理感，更深层次地挖掘人性心理，应该说，这无意中契合了受众的期待心理，因此其以独角戏为主的实验戏剧深得受众的喜爱。维雷巴耶夫作为俄罗斯戏剧的主要“反叛者”，其文本从内容的书写到形式的表达，均体现其于创作上的自由与创新。剧作家“悖论式的，带有节奏的，酷似说唱及教理问答性质的招牌文本”[①]，无疑与当今的全球化概念相吻

① Рутковский В. Гений чистой простоты. *Искусство кино*. 2015, № 6. с.68.

合。在价值虚无盛行的现代社会里，维氏的剧作以其另类的世界观、艺术美学及创作哲学独显其审美价值与艺术魅力。库罗奇金（М. Курочкин）、西加列夫（В. Сигарев）等剧作家均有其独特的实验路径与实验创作。通常，实验剧在考验创作者戏剧观念的同时，也在改变受众的戏剧接受心理，人们在对文化形态新锐发展进行质疑的同时，以试探的心态接受它，但接受结果如何，取决于实验剧的发展趋势及努力方向。后苏联时期的实验剧以夸张的戏剧手法及令人震撼的剧情激起当代俄罗斯戏剧文化的层层涟漪，体现了蓬勃的思想力度，昂扬的精神渴望，但其前行的脚步在以后的日子里是否会依然铿锵，取决于实验者坚持的勇气和实验戏剧成长的空间，尤其重要的是，是否会给观众留下值得深思的内容。

尽管后苏联时期的每一实验戏剧都发出自己的声音，都有自己离奇的美学空间，对全新的形式、戏剧实验都饱含个人兴趣，但我们不能据此断言，这些实验戏剧就是先锋戏剧。正如剧评家P. 科扎克所言："拿任何一种艺术作品来说——都是实验！没有实验，缺失新意，就会有一种即视感（似曾相识）。这已经不再是艺术了。"[1] 因此，难以将所有的实验戏剧一概归为先锋戏剧。本着先锋派最本初的前沿性、激进性、现实性的属性，我们认为，后苏联时期为弘扬俄罗斯戏剧的先锋精神做出最令人瞩目成就的首推"纪实戏剧"及将其付诸实践的莫斯科"纪实剧院"。纪实戏剧人以敢于干预社会、勇于创新的冒险精神成为这一时期先锋戏剧的一面旗帜。

立足于真人真事，调查、采访、书信等创作形式的后苏联

① Козак Р. Что Вы думаете о новой драматургия?// *Современная драматургия*. 2007. № 3. с.182.

时期的纪实戏剧，既非继承 20 世纪上半叶苏联先锋戏剧（未来主义戏剧与“现实艺术协会”等戏剧）的传统，也不见与西方 1950—1960 年代的荒诞派戏剧有丝毫联系[①]，然而其反叛性、探索性、超前性却异常醒目。这一时期的纪实戏剧关注社会，批判现实，其内容无不直击当代俄罗斯亟待解决的实际问题，既触及监狱、犯罪、吸毒、恐怖等社会现象，关注伤残士兵、矿井工人、流浪汉、妓女、同性恋等弱势边缘群体，也涉猎司法腐败、选举黑幕、车臣战争等政治问题，既考察婚姻、家庭及两性关系等伦理道德问题，也解析生存、死亡及精神危机等存在主义问题。一些剧名本身就能说明问题。《煤田》（Угольный бассейн，2000）——采访别列佐夫斯基市的矿工；《下潜》（Погружение，2000—2001）——关于沉没的“库尔斯克号”核潜艇罹难船员家属的采访报道；《士兵家书》（Солдатские письма，2001）——当代战争的参加者与其家属之间的书信；《莫斯科各民族之歌》（Песни народов Москвы），又叫《无家可归者》（Бездомные，2002）——莫斯科无家可归者的生活素描；《大餐》（Большая жрачка，2003）——一出关于电视脱口秀节目的制作内幕；《激情犯罪》（Преступления страсти，2003）——关于劳动教养所女犯的生活；《摩尔多瓦人为一个纸盒箱而战》（Война молдаван за картонную коробку，2003）——关于莫斯科非法移民艰难生存的犯罪故事；《Nord-Ost：第四十天》（Норд-ост: сороковой день，2003）——杜布罗夫卡剧院中心人质事件；《清醒的公关》（Трезвый PR-1，2004）——关于政治操作者与公关人员的操作机

① 在对西方文艺的译介过程中，学者们有意无意地选择了“先锋”概念较为宽泛的定义，并将重点固定在荒诞派戏剧上。俄罗斯在某种程度上亦是如此。见高子文：《书写与差异：“先锋戏剧”概念在当代中国的接受》，《文艺研究》2016 年第 6 期，第 93 页。

密；《陌生的俄罗斯人，祖国纪事》（Чужие русские, Отечественные записки, 2005）——关于俄罗斯移民的故事；《九月·纪实》（Сентябрь.doc，2005）——关于网上对2004年别斯兰人质事件的讨论；《1小时18分》（Час 18，2010）——关于律师马格尼茨基于“水兵寂静”看守所意外身亡的事件；《你家中的两个人》（Двое в твоём доме，2011）——关于2010年白俄罗斯总统选举丑闻，关于白俄罗斯诗人弗·涅克利亚耶夫（В.Некляев）因参加竞选而被软禁在家的事件；等等。

此外，这一时期还出版了由“九部革命剧本”组成的剧本集《普京.doc》（Путин.doc，2005）[①]，既偏爱历史角度，又不乏当代背景，受到更广泛的读者群的青睐。可见，后苏联时期的纪实戏剧具有强烈的政治诉求，明显展示先锋艺术认识社会与改造社会的功能。这些纪实剧几乎以“Verbatim”（“一字不差”）技巧在莫斯科纪实剧院或实践剧院上演过。

纪实剧院于2002年创建于莫斯科一座居民楼的地下室里。这是由叶·格列尼娜（Е. Гремина）、米·乌加罗夫（М. Угаров）等人创建的俄罗斯首个独立的、非商业的、非国家性质的开放剧场。纪实剧院的演出主要采用真实人物的证词、“一字不差”（verbatim）的操作技巧、“深度即兴表演”、舞台游戏等形式。“Verbatim”技巧，实为剧作家带着录音机深入实地、采访关注的对象，然后将被采访者的录音原封不动地再现于舞台。这与其说是一种艺术，不如说是纯粹的生活，尤其是其中被采访者原生态非标准语的使用，往往让观众为之愕然。纪实戏剧的这种“反

① Путин.doc. Девять революционных пьес. Издательство: Kolonna Publications: Митин журнал. Тверь. 2005.

艺术”[①] 的理念，首先反映在纪实剧院的演出美学中。纪实剧院宣言[②] 明确规定必须遵守下列原则：要最低限度地使用布景，取消烦琐的布景，取消坡道、舞台、圆柱和楼梯；取消作为导演表现力手段的音乐（剧院的音乐），允许有作者在剧本台词中规定的音乐，现场表演需要音乐也可以有；取消作为导演表现力手段的舞蹈或小型形体节目；取消导演的“隐喻”；演员只能扮演自己年龄的角色；演员演出不许化妆，除非为了区分人物的职业特点。可见，这里没有对艺术性、对演出的程式做任何要求，只要有观众，“那么一切手段就都是好的”[③]。纪实剧院的自然、本真、尊重生活原貌的创作原则，凸显其反叛性、先锋性。

具有时代性的先锋戏剧，通常是不以利益为旨归的小众艺术，往往在小剧场里演出。纪实剧院的小剧场，舞台不足 50 平米，设计极其简约、原生态：粗糙的红砖墙、黑色的油漆地面、低矮棚顶上的探照灯，别无其他。一看便知，小剧场的演出，每台戏成功与否只取决于演员的演技。莫斯科的小剧场不计其数，但像纪实剧院这般完全抛弃布景、服装、化装、音乐、灯光效果等极简主义的“质朴戏剧”，寥寥无几。这种纯粹基于艺术考量、仅凭演员的身势语及声音来刺激与征服观众的表现手段，无疑彰显了纪实剧院抗拒大众市场的诱惑、期待精英受众的先锋姿态。

纪实剧院的先锋创作理念贯穿于剧院的整个审美原则。其目

---

① 这里的“反艺术”概念我们采用的是黄丹麾在《“反艺术”摭谈》一文中所说的“对旧有传统艺术的一种消解与重构”之意。具体包括：反创造、反形象、反确定性、反虚构、反中心、反高雅等内容。见黄丹麾：《“反艺术”摭谈》，《美术报》2017 年 5 月 6 日，第 1-3 页。

② Болотян И. О драме в современном театре: verbatim// *Вопросы литературы*. 2004. № 5. СС.32-33.

③ Болотян И. О драме в современном театре: verbatim// *Вопросы литературы*. 2004. № 5. с.33.

标与任务规定，剧作必须反映当代社会尖锐的冲突，研究人存在的边缘地带，欢迎作者立场的争议性，深爱富于挑战性的主题，戏剧需要具有对惯常现象的新观点，要使用创新技巧，对剧院以往没有研究过的主题感兴趣，表述需简洁清晰，重视作品的社会意义，反对“为艺术而艺术”的概念。[①] 纪实剧院的核心概念有三：剪辑、戏剧化与社会功能。这种社会功能或社会立场的创作宗旨常使剧院处于停演状态，也正是这种先锋性及激进性使剧院常陷入困境。剧院经理、总监及剧作家叶·格列米娜一度以“纪实剧院”采取“零立场”自居，但赤裸裸的徇私舞弊、滥用职权、玩忽职守、草菅人命等践踏法律的行径，常使剧作家愤怒：“我的道德力量不允许我采取‘零立场’。”[②] 后苏联时期俄罗斯纪实戏剧与纪实剧院的联袂创作，无疑使纪实戏剧更具政治性，注定纪实戏剧这一先锋艺术无法从政治中独立出来，直接干预社会决定了纪实戏剧的反体制态度。

莫斯科纪实剧院因为没有被体制和资本支持，所以它不会被随便消费，它才能对社会的深刻变化做出客观公正的解答。我们则从纪实戏剧激进的艺术实践中，从其对反叛艺术精神的大胆追逐中，从其干预现实的政治热情中，发现知识分子的道德感与义务感。

纪实剧院的先锋性甚至体现于其开演前的通知中。笔者有幸于 2016 年 6 月观赏了纪实剧院上演的《异教徒》(Язычники)。我们发现，话剧开演前，剧院照例要求观众关闭手机、不许拍照，随后宣布：该话剧中使用“非标准语”，如果您不能接受，

---

① http://www.teatrdoc.ru/

② Краевская Е. Сиквел спектакля про Сергея Магнитского // *журнал «Большой Город»*. 14 июля 2012.

请随时退场。这种通知方式无疑具有独特的先锋性。纪实剧院的两位领导人及精神领袖——乌加罗夫（1956—2018）与格列米娜（1956—2018）夫妇二人，分别于 2018 年 4 月 1 日和 5 月 16 日先后离世。我们几乎一致认为，这是过劳死，但或许与其戏剧创作的先锋性不无关系。

（本文系天津市哲学社会科学规划重点项目“当代俄罗斯纪实戏剧研究”【项目批号：TJWW17-002】的阶段性成果。）

巴别尔短篇小说创作的先锋性

谢春艳

巴别尔（Исаак Эммануилович Бабель，1894—1940）被认为是继契诃夫之后，俄罗斯又一位重要的短篇小说大师，是20世纪俄罗斯短篇小说的代表性人物之一。巴别尔的小说超越了俄罗斯、犹太和西方文学资源，赢得了广泛的读者。短篇小说创作是巴别尔文学创作的核心。一本《骑兵军》（Конармия，1922—1937）和一本《敖德萨故事》（Одесские рассказы，1931）足以奠定其在俄罗斯文坛乃至世界文学史上不可撼动的地位。

在某种意义上，为小说家巴别尔画一幅精准的“画像”绝非易事。如同一切真正伟大的艺术品一样，巴别尔的作品是难于理解和阐释的。在有限的创作生涯里巴别尔为读者所提供的不仅仅是可供反复品味的经典作品，还是一种具有鲜明个性和强烈独创特点的美学品质。用任何基本的文学原理都难以全面概括和阐释巴别尔超群的雄文和神品小说。

“陌生化”（остранение）是20世纪20年代俄国形式主义文论的一个核心概念。在《作为手法的艺术》（Искусство как приём，1917）一文中俄国形式主义学派的创始人和领袖之一什克洛夫斯基（Виктор Борисович Шкловский，1893—1984）提出了“陌生化”的概念。所谓“陌生化”是指在文学创作中为了拖长审美欣赏时间，加强感受的高度和难度，采取一种在内容与形式上打破常理，在艺术上超越常规的表现手法，于不经意中给读者带来出离日常经验的、新奇的审美体验。“陌生化”理论对于揭示表象之下的现实本质具有独特的优势。在精神向度和文化渊源上先锋小说与形式主义有着不可分割的密切关系。“陌生化”理论构成了先锋小说主要表现手法的理论基础。巴别尔显然深谙此道。其精心修改、反复打磨的文字向读者展示了一个不被重复的世界。他的短篇小说极力挣脱惯有的思维方式，通过运用极富视觉冲击力的语词和有效的陌生化手法，在审美意象的传达上起到了奇妙的效果，给读者以强烈的震撼和体验。

艺术容量常常是一部作品生命力强弱的决定性因素。巴别尔小说的篇幅极短，故事极其简单，但容量超凡。原因之一在于巴别尔的文字表达出的感觉无处不在。他总是善于用细节的巧妙设置和精彩描写来传达感觉。巴别尔的“简洁”并非“简单”，不只是简单地删减。相反，较于其他作品，巴别尔的小说往往读起来“很吃力”，有的还会给人以不适应之感。换句话说，阅读巴别尔，要比读一般短篇小说慢得多，不是因为它晦涩，而是因为它质地紧实、细密，不存在闲笔，处处都可遇到“沟沟坎坎”——文字的“结实”，信息的密集，意象的饱满让时间变缓，使读者的阅读节奏变慢，它们构成了巴别尔短篇小说的灵魂特质：“以小见大”“以短见长”。巴别尔小说的这种神奇魔力正是得益于什克洛夫斯基所言“陌生化”元素的大量存在。巴别尔擅长用客观冷静的情绪、深藏不露的陌生化叙述反衬强烈的内心感受或态度体验。作为一种艺术手段和特质，“陌生化”渗透到巴别尔文本的语言、结构乃至题材选择等各个方面。

巴别尔短篇小说中景物与人物描写的“陌生化”美学

巴别尔小说惜字如金，但每篇都必然出现景物描写。凡是读过巴别尔对景物的描述，都不能不对其文字所传达的那种新异的、陌生的感受所触动。生动传神、别具一格的景物描写是巴别尔小说最靓的“名片”，也是巴别尔小说不可忽视的重要艺术特色。在巴别尔的短篇小说中大自然的形象承载着特殊的象征意义，极具诗意特征。巴别尔的写景大多用墨不多，三言两语化为意境纷呈的精彩篇章。高超的写景艺术成为巴别尔制造陌生化效果的核心手段。巴别尔的陌生化技巧充分体现在景物、人、想象三位一体的结构和华丽的语言外壳下跳跃的意象上。

一些作家在写景时景是景，人是人，人与景分离。但是，在巴别尔的小说中万物生而有灵，其中人与景是混融合一的，景具有人的性格与脾气。在《醒悟》（Пробуждение，1931）中借小说人物之口巴别尔写道：“一个不与自然界息息相通的人，就像置身于自然界中的一块石头，或者一头畜生，一辈子也写不出两行值得一读的东西……你写的风景就像在描写舞台背景。”[①] 巴别尔常常给“物”赋予人或动物的特性，即使“物”人格化或动物化，有意识地夸张地提高其动作，使其成为现实主体。这样，在巴别尔笔下不仅自然风景与物体有了生命，而且它们变得和人、动物一样具有动作和感情：

太阳用他行将消失的手指触摸着山羊皮的书脊。（《莫泊桑》，Гюи де Мопассан）（第1卷，第202页）

---

① 巴别尔：《巴别尔全集》第一卷，漓江出版社2016年版，第172页。本文中以下出自该书的引文均在正文括号内标注卷数和页码。

迷雾似波浪般成对翻搅向前，夜行人如妖魔嗥叫于随雾浪沸腾的道壁之间，马路截去了雾中行人的双脚。(《莫泊桑》，第1卷，第208页)

四蹄朝天的马尸用蹄子支撑着行将塌陷下来的天空。(《路》，Дорога)(第1卷，第214页)

夜晚用它苍茫的被单将我裹在提神醒脑的湿润之中，夜晚把它慈母的手掌按在我发烫的额头上。(《我的第一只鹅》，Мой первый гусь)(第2卷，第44页)

这个小城已被战火毁坏得像个衣不遮体的女叫花子。(《一匹马的故事》，История одной лошади)(第2卷，第82页)

此人周身流着酒鬼的血液和油腻的腐液。他的肚子好似一匹肥硕的雄猫躺在包银的鞍桥上。(《阿弗尼卡·比达》，Афонька Бида)(第2卷，第107页)

黑暗把它湿淋淋的花冠戴到了我头上。(《战斗之后》，После боя)(第2卷，第167页)

黑夜驾驭着无数欢蹦乱跳的马朝我飞袭而来。……星星从黑夜凉飕飕的腹内爬了出来，……(《两个叫伊凡的人》，Иваны)(第2卷，第132页)

月亮在天空中漂泊，像是在行乞。(《寡妇》，Вдова)(第2卷，第143页)

在巴别尔的作品中月亮、太阳、星星的形象隐喻十足地多次出现，它们成为考察主人公的精神世界及内心感受的象征符号。在上述引文中陌生化的语言运用随处可见。巴别尔借用一双“另类的”眼睛，以比喻、夸张、扭曲、拉长、缩短、颠倒、同质异构等变形手段使普通的日常语言成为新鲜的陌生化语言，同时意象承载的感受相异于常规的感受，甚至与之完全相对，进而审美对象变得反常和奇异。此时，读者的感觉停留在视觉上，拉远了主体与对象之间的审美距离，于是，作品呈现出诸如悖论、反讽、怪诞等众多独特而又陌生的艺术效果。借助“陌生化”手法，巴别尔使事物的展现方式与人们的惯常认识完全背道而驰。巴别尔的感受是纯粹个人化的。这种纯粹个人化的体验，是与众不同的、不被重复的感受。

在《此人是怎样在敖德萨起家的》（Как это делалось в Одессе）中有一段奇异的景物描写：“别尼亚·克里克讲完这番话后，走下土冈。众人、树木和墓地的叫花子们都鸦雀无声。”（第一卷，第 43 页）在这里除众人、叫花子们之外，“一言不发”、默默地听着别尼亚讲话的还有静止不动的“树木”，换言之，“树木”与人获得了平等的地位。如果说将有生命的“树木”与人并置尚在读者的阅读经验之内，那么“黄昏”“残阳”“夕晖”，甚至“笑声”“寂静”“琴声”“村子”等这些非生命现象和物质全然“活动”了起来，则大大超出读者的审美体验。在巴别尔笔下它们不仅获得了人的行为和神态，甚至情绪和情感，而且还奇迹般拥有了一种独特的“说话”能力。这就是超凡入圣的、典型的“巴别尔式”“陌生化”写景策略。如：“战争的赤地在窗外无所事事地闲待着”（《拉比》，Рабби）（第二卷，第 48 页）、“死气沉沉的犹太小镇紧靠在波兰贵族庄园的脚下”（《机枪车学》，Учениеотачанке）（第二卷，第 55 页）、“于是寂静，主宰一切的寂静，便登上了这个小城镇的宝座”（《小城别列斯捷奇科》，Берестечко）（第二卷，第 92 页）、“管风琴声停息了一会儿，忽又用低音哈哈大笑起来”（《在圣瓦伦廷教堂》，У Святого Валента）（第二卷，第 115 页）、“只见仇恨正在追逐这个穿橙黄色长袍的人，……”（《在圣瓦伦廷教堂》，第二卷，第 118 页）等。对“叛变”的体验更是被巴别尔描述得细致入微，极具形象感：

“叛变时时刻刻从窗口朝我们挤眼，时时刻刻嘲笑着大大咧咧的无产者，……叛变从窗口讥嘲我们，叛变脱掉鞋子在我们屋里来回走动，叛变把鞋子搭在肩上，生怕把被劫一空的房子里的地板踩得嘎吱嘎吱地响……”（《叛变》，Измена）（第二卷，第 155—156 页）

这里出现的一些意象完全是主人公尼基塔·巴尔马绍夫眼中的物象。因为他对“叛变”恨之入骨。在他眼中“叛变”无孔不入，无所不用其卑鄙阴险恶毒之手段，千方百计不达目的誓不罢休。它与“讥嘲我们”有了联系，成了“脱掉鞋子在我们屋里来回走动”，时刻危及“我们”生命安全的敌人。巴别尔的语言传递出浓烈的视觉气氛，给读者带来了足够的视觉刺激和心理暗示。主人公的感受似乎自然而然，顺理成章。然而，普通读者只有突破惯常的体验方式和思维局限才能真正理解小说人物巴尔马绍夫所作的语言选择之动因。于是，读者自然因陌生而震惊，进而不由自主地深入寻味和思索。

景物描写也成为巴别尔小说的文本结构和布局达到陌生化的途径。一般而言，传统叙事作品中情节结构占主体地位。这种小说叙事结构随处可见，缺乏惊异感和奇特感，读者对此习以为常，自然也就无法满足接受主体的审美愉悦感和审美期待视野。“先锋主义作品总是要求打破将艺术世界与审美之外的东西区分开来的界限，直接地冲击读者 / 观众的无意识本能”[①]。巴别尔的

① Липовецкий М. Н. Модернизм и авангард: родство и различие. *Филологический класс*. 2008. № 20. с.29.

小说常常采用“陌生化”艺术手段，依靠景物描写的方法，打破传统的叙事结构，把相关的场景、细节拼接起来，构建起写景为主导的故事框架，以此实现时空的自由转换。在写景过程中将确信无疑的事件放在人们熟知的生活和惯性思维之外，使两者保持一定距离，进而使读者产生全新的审美感受。巴别尔的景物描写往往置于小说结构中最关键的位置，“或在开头或在结尾，或在情节突转点或在有意省略处，让它们发挥着重要的结构支撑作用”[①]。巴别尔尤其善于将景物描写放在小说结尾处。如《契斯尼基村》（Чесники）的结尾：“风像一只发了疯的兔子在枝桠间跳跃着飞掠而过。”（第二卷，第161页）；《巴格拉特 - 奥格雷和他的公牛的眼睛》（Баграт-оглы и глаза его быка）的结尾：“太阳在我们的头顶浮起。蓦地，宁静降临到我这漂泊者的心中。”（第三卷，第73页）而《意大利的太阳》（Солнце Италии）结尾一段的景物描写则与开头两段的景物描写相互照应，形成了一种结构上的联系，给读者以丰富的想象空间：“……就是这样一个夜晚，彻夜传来遥远、锥心的钟声，在一片泛潮的黑暗中，有一方亮光，亮光下是西多罗夫那张死人般的脸，像是悬在昏黄的烛光下的一副没有生命的面具。”（第二卷，第34页）景物描写贯穿于全文，这是巴别尔作品中最常见的结构陌生化技巧之一。这种结构在《哥萨克小娘子》（Любка Казак）和《日薄西山》（Закат）中十分突出，正是这种结构彰显了巴别尔不同于古典小说以理性和顺序为发展线条的那种叙述式单一的小说结构形式，从而奠定了短篇小说全新的诗学理论。如在《哥萨克小娘子》中几句写景撑起了整篇架构：

---

① 刘文飞：《巴别尔的生活和创作》，《中国俄语教学》2016年第1期，第9页。

“太阳升至中天后，像只被酷热折磨得软弱无力的苍蝇，打起抖来……高悬空中的太阳就像干渴的狗伸出在外的舌头……白昼驾着华美的单桅帆船，向黄昏航去，直到5点钟，柳布卡才迎着晚霞从市区回来。”（第二卷，第60页）

时间流转于景物描写之间，三句写景完成了从正午到黄昏的时间过渡。这种写景方式明显起到了时空压缩，叙述节奏加快的作用。小说《寡妇》以人物在特定场景中富有个性化的对话构成作品的主体，而夜风、星星、月亮、朝霞则是推动情节发展和转折、擎起小说完美结构框架的重要支点。它们与主人公一路同行，一路见证了蔑视生命，不惧死亡，不畏上帝的荒谬世界。师长的马车夫列夫卡在结束回忆时，“洁净的夜风孜孜不倦地展着歌喉，悦耳地撩拂着人们的心灵。星星在黑沉沉的夜空中浮游，好似订婚的戒指……”（第二卷，第141页）列夫卡与萨什卡在野草上“热乎”，“月亮慢腾腾地从乌云后边爬出来，停留在萨什卡赤裸的膝盖上。……雾蒙蒙的月亮在空中漂泊，像是在行乞。远处的炮火声在空中回荡。针茅草在不安的大地上沙沙作响，八月的星星坠落到草丛中”（第二卷，第143页）。当三位主人公终于到达包扎所，“怯生生的朝霞在女兵的鬈发上跳动”；在小说结尾列夫卡“狠狠地收拾”萨什卡的场景中风“送来”列夫卡对骑兵连长说的只言片语。至此，景物描写与情节相互交织、穿插和糅合起来。在《日薄西山》中更加强烈而清晰地传达出写景与情节演进之间存在着既相互依存，又相互呼应的关系。在这里“时间”变成了可以“行走”的、有生命的独立个体，从一开始便与小说各色主人公“一路同行”，与他们一起活动，目睹并共同“参与”到事件中：“它，时间，自古代起就当出纳员了，走了一程又一程。它在途中遇见了国王的姐姐特沃伊拉，遇见了马车夫马纳谢和俄罗斯姑娘玛鲁霞·叶甫图申科。”(《日薄西山》，第1卷，第75页）而“晚霞”“夕阳”“繁星”的活动则成为故事的叙述线索，出现在情节转折的关键时刻，推动情节的发展。

前面言及巴别尔景物描写对于小说结构带来的陌生化效果，至于景物描写中对比反差手法形成的陌生化效果更是随处可见。巴别尔醉心于观察一切存在的事物，痴迷于现实世界里蕴含的任何一种奇妙事物。他善于将符号化所具有的隐喻特征纳入到其作品的写意性、抒情性中，同时在文字中发掘到一种既有诗意又有视觉美感和冲击力的东西，换言之重新赋予文字与符号新的生命力。密集的枪声，惊慌失措、四散奔逃的人群——在《我的鸽子窝的故事》(История моей голубятни）里噩梦般的恐怖场景中一只美丽的“百鸟之王”孔雀赫然挺立在读者面前：

我把鸽子藏到怀里，看着人们四散逃离猎人广场。孔雀站立在伊凡·尼古季曼奇的肩上，最后一个离去。但见孔雀站在那里，一如太阳立于潮湿的秋空中，它站在他肩上，一如七月，赤日炎炎的七月，立于玫瑰红的河岸上，立于凉飕飕的深草丛中。(第1卷，第129页）

在精确的叙事中呈现出一系列具有感性激情的原真的审美意象。阅读这一段的时候，快感强烈，因为巴别尔做到了把自己化在语言和故事之中，不是直接讲意义，而是通过隐喻来完成。用“我”的独特视角展现了养鸽者和抢鸽人的一系列行动，简洁的叙述托出清晰准确的意象画面。充满诗意美感的“孔雀”所具有的先天隐喻性在巴别尔的视野与表达中得到了最恰当的形式呈现，巴别尔特有的诗性语言又增添了隐喻的诗意美。然而，华贵、优雅的“幸福鸟”瞬间幻化为另一种血肉模糊的、惨不忍睹的飞鸟——鸽子的形象，被打翻在地的“我”看到了一个破碎的、残缺不全的世界图景：“这个世界又小又可怕。我眼前是一块小石头，上边坑坑洼洼的，活像下巴奇大的老太婆的脸，不远处有一段细绳，以及一捧还在颤动的羽毛。我的世界又小又可怕。”（第 1 卷，第 132 页）这种在同一个故事，甚至同一个画面中将美与丑、高雅与低俗、狂欢与痛苦等对立的因素平行并置、相互交织、相互纠缠正是巴别尔对艺术真理的追求所在。“孔雀”与“鸽子”形象的强烈反差客观上制造了“陌生化”效果，将读者的审美体验提升到更高的境界。

《泅渡兹勃鲁契河》（Переход через Збруч）开篇展现了一幅清新开阔的自然景色画面：哥萨克骑兵军浩浩荡荡，车水马龙，从远处向“前景”走来。然而，在巴别尔特有的“强光”与“暗影”的交织之中，战争与和平、残酷与壮美形成了强烈反差：“橙黄色的太阳”和“被砍下的头颅”，“血战的腥味”和“死马的尸臭”，胜利的喜悦与残酷的代价之鲜明对比使小说的气氛开始变得越发紧张起来。紧接着，小说转向封闭的室内空间，从“我”的主观视角出发，在极具犹太日常生活气氛的场景中，通过两位主人公的对话，将犹太老人遇难的前情一一陈述。仅仅两个调度简单的场景，就将巴别尔的美学野心表现得淋漓尽致。此外，巴别尔的短篇小说常常喜爱在日常叙述中加入一些符号，以表达更为抽象或形而上的理念。《泅渡兹勃鲁契河》中同样运用到了这些元素，如被兜底翻过的柜子、撕成了碎布片的女式皮袄、破碎的瓷器等，但巴别尔更为可贵的创作意识在于，虽然他通过特写等“镜头”对这些元素进行了强调，但它们却并没有与故事发生的大环境相脱离，而似乎是自然而然地出现在画面中，漫不经心地被“镜头”扫过。符号成为小说的一部分，补充并加强了故事的隐喻性和陌生化效果。若有若无的对话、寂静无声的环境、好似黑白二色的肃杀基调造成的心理压抑感，皆预示着小说接下来的氛围与之后犹太女人凄凉的命运。在巴别尔十分节制的“镜头”中，小说缓慢地将犹太女人的身世与经历托出，甚至有意地“逼迫”读者在凝固的“镜头”中审视诺沃格拉德市毫无血色的月夜。

然而，值得一提的是，短篇小说《莫泊桑》中诸多色彩鲜明、耀眼炫目的语句令人惊讶于初涉文坛的巴别尔如此热爱阳光，一时间给人以某种错觉，认为巴别尔善于写明媚的阳光和湛蓝的天空，但事实上并不尽然。仔细品读巴别尔的短篇小说，便会发现，他更为喜爱的是夜晚的星辰。在早期特写《敖德萨》(Одесса，1916) 中巴别尔曾如此描述敖德萨春夜月光下的美景：“敖德萨的春夜是甜蜜的，令人陶醉的，金合欢树的芳香沁人心脾，月亮将其令人倾倒的银辉均匀地铺在黑沉沉的海上。”(第 1 卷，第 5 页) 在后来的创作中，对月光与星辰的追寻更使巴别尔创造性地采用了各种奇巧的比喻手法，把寻常的月光与星辰陌生化，运用逆反思维达到出人意料的陌生化审美效果，如“月亮像个廉价的耳环，挂在院场的上空。”(《我的第一只鹅》)“月亮爬到了水塘上空，绿得好似蜥蜴。”(《小城别列斯捷奇科》)“美不胜收的夜景映满了天幕。天幕上缀满了油灯一般大的星星。”(《盐》，Соль)“星星在黑沉沉的夜空中浮游，好似订婚的戒指。”(《寡妇》) 等等。

在人物形象的描写上巴别尔也常常实验性地使用陌生化的手

法，刻意扭曲，将人物描写动物化，如“他用稍大的声音又说了一遍，连气都喘不过来了，像只被逮住的耗子那样尖叫了一声，放声大哭。”（《阿弗尼卡·比达》，第2卷，第109页）“她走路时像一只被打断了腿的狗，一瘸一拐地打着转。”（《在圣瓦伦廷教堂》，第2卷，第115页）而在《意大利的太阳》开头两段的景物描写中人与景、人与自然已不分彼此、浑然一体：

此时，成了一片焦土的城市——断柱像凶悍的老虔婆抠到地里的小手指——我觉得正在向天上升去，显得那么舒适、飘逸，好似在梦境之中。月色如洗，以其无穷无尽的力量，向城市注泻。废墟上长了一层湿漉漉的霉菌，煞像剧院长椅的大理石椅面。我渴盼着罗密欧，那光滑如缎子的罗密欧，歌唱着爱情，从云朵后面出来，但愿此刻在侧幕后面，无精打采的灯光师已把手指按到月亮的开关上了。（第2卷，第30页）

“陌生化”的关键是重视接受者与表现客体之间的“距离”。巴别尔的短篇小说就是这样的作品。在巴别尔的短篇小说中陌生化主要通过结构、意象、修辞等技巧赋予了语言感性的色泽和丰富的意境，从而升华读者对其作品的审美体验，使读者产生不同于以往的审美感受。从结构表面上看，巴别尔的小说常常以景物描写为起点也以景物描写为落脚点。这种“景物描写型”的小说结构正是巴别尔对传统小说结构的陌生化塑造。巴别尔把各种不同的语言结成一个丰富多彩的整体，创造了独一无二的言语奇迹。距离产生美。陌生化技巧拉开了读者与文本之间的距离，激发了读者的新奇感，同时也成就了巴别尔的作品在文坛的经典地位。

巴别尔短篇小说中的“零度写作”

罗兰·巴特[①]在其名作《写作的零度》（1953）中借助语言学研究方法，以加缪[②]小说为例，提出了“零度写作”（Нулевая степень письма）的概念。“零度写作”是一种非感情化的、“不介入的”、中性客观的写作方式，是一种沉默性叙事风格，一种“摆脱了特殊语言秩序中一切束缚的写作”。[③]“零度写作”是一种机械的陈述，不夹杂任何个人的态度和想法，是对古典写作的有力反拨。

巴别尔似乎深得“零度写作”的精髓和要旨。一方面巴别尔崇尚华丽的文风，另一方面擅长冷静的描写，简洁到位，不做过多修饰，用最少的文字和最短的句子交代纯叙述性的地方。巴别尔的一些短篇小说善于采用反转的方式增加故事的震撼性，而另一些作品则极力淡化短篇小说的故事性，用克制而隐忍的笔触去勾勒出一幅现实生活图景，但在文字的背后却波涛暗涌，令人读后心惊不已。巴别尔的冷静与客观出离读者的想象。他的小说视角像一台摄像机冷峻客观地记录着发生的一切，让读者与之保持一定距离，让后者自行感受物象背后的意义和人物的内心。与此同时，巴别尔总是似乎冷冷地、随意丢下一句话，或抛出一个故事，然后若无其事地走开。在“零度写作”美学的调和下，巴别尔并不匆忙地妄下结论，而是更多以“白描”的手法给出自己的

---

① 罗兰·巴特（Roland Barthes, 1915—1980）：法国符号学理论大师，结构主义思想家。

② 阿尔贝·加缪（Albert Camus，1913—1960）：法国作家、哲学家，存在主义文学、“荒诞哲学”的代表人物，于1957年获得诺贝尔文学奖。

③ 罗兰·巴特：《符号学原理》，李幼蒸译，三联书店1988年版，第102页。

观察，任凭读者去解读。他仿佛在书稿上分别给出了一个句号和一个逗号，自己只做见证者，以不变应万变，将审判权交给了读者，一切解读与评价留待后者自行填补。这样的短篇也更凸显出巴别尔似乎在维持一种作为旁观者的矜持距离。

在巴别尔的小说叙写中暴力、血腥是一个不可缺少的主题或表现手段。在《泅渡兹勃鲁契河》中巴别尔对暴力的思考冷静而庞大。他总是以一种十分极端的方式凸显和放大特定年代特定场景下发生的暴力。所有不能承受的生命之重、生命之轻，巴别尔每每轻轻带过，却在读者心中掀起惊涛骇浪和无尽想象。阅读巴别尔是一次心灵的震撼。他的作品“震掉了你的文化背景，震掉了你的道德预期，也震掉了你的自我。……里边的故事特别残酷，但真正令人震惊的是作者的态度，简直冷酷”[①]。约翰·厄普代克称赞巴别尔的小说“似闪电，又似不眨眼的目击者”。在表现暴力、血腥的场景中巴别尔在叙述语言上总是以静制动。巴别尔的处理是多见纯净的叙述，不见单纯的描写。在“旁观式的第一人称叙述”的作品中，不露出一丝作者的痕迹。无论是场景的描绘，还是交代具体事件，都是一种平淡中见温凉的冷静。小说《泅渡兹勃鲁契河》篇幅极短，汉译不过千字，只有叙述者“我”和女主角两人。在完美的表象下，在乏味的文字背后字里行间透出一种阴郁和冷酷的情绪，隐藏着一股令人心惊的暗流和随时可能袭来的不稳定，读者时刻会感到迎面而来的张力。巴别尔没有让柳托夫表露出对他人痛苦的态度，也并未急于揭示柳托夫的心理特点，但在这里明确暗示了冷血的叙述者柳托夫的性格特征：隐忍和克制，甚至到了绝情寡恩的程度。对于不幸的犹太女人的自

① 江弱水：《天地不仁巴别尔》，《读书》2008 年第 12 期，第 137 页。

述，柳托夫是冷静的。对于读者而言，这种冷静甚至是残酷的，猝不及防地将战争最真实的一面展示出来。小说叙述的沉闷和压抑的程度令人窒息，阅读时读者的精力甚至难以一次性读完整篇作品，但合上书后只剩下一种陌生的感觉和诧异不解，读者因此不寒而栗。

一部作品真正的高超之处在于，读者根本没有亲身经历过它所讲述的故事，但在阅读时却会产生一种巨大的、身临其境的真实感，这就是文学的艺术真实带来的力量，《小城列别斯捷奇科》就是这样一篇杰作。这是《骑兵军》中当得上“惊心动魄”四个字的小说之一。相比较《泗渡兹勃鲁契河》，它老辣、冷静得可怕。对杀戮情节的描述，没有一滴血腥，读者已经血脉偾张，但作者却不动声色。对这段场景的处理，巴别尔采用了第三人称。以遇害的犹太老人“他”作为直接导体，延展开来。作者书写的文字便是事件本身，没有加工，没有夸饰。小说的叙述只是把事情的过程毫无保留，毫无修饰，原原本本地呈现在读者眼前，而自已不带一丝情感，仿佛杀戮是他者的行为，而叙述人只是一个无关紧要的旁观者。巴别尔在书写犹太老人的死时那般从容与沉静，似乎这便是生活本身，井然而自然。因此，随即扔出一句与此时气氛毫不相干的话：“哥萨克们拐过街角走掉了。我跟在他们身后，开始观光别列斯捷奇科的市容。”（第二卷，第 93 页）这真叫“杀人不眨眼”！“我”的举动传达给读者冷彻骨髓的寒意，与“我”在骑兵连长葬礼之后的表现惊人地相似：“我用嘴唇碰了一下特隆诺夫围在马鞍中的前额后，便去观光笼罩在瓦蓝色尘埃和加利奇忧伤情调之中的哥特式风格的索卡利市的市容。”（第二卷，第 121 页）

巴别尔对叙事节奏的掌控，适可而止，举重若轻。《道德经》

有言，大象无形，大音希声。于无声处，更是一股道劲，它冲击心灵的力量，甚至胜过千军万马。巴别尔似乎要把最真实的暴力展示在读者面前，展示个人在历史“暴力”中的身不由己，以及默默的忍受与抗争。

《家书》(Письмо) 中当了白军的父亲刀割参加红军的长子费奥多尔，另一个儿子谢苗抓到了父亲，主人公，即弟弟库尔丘科夫在给母亲的信中平静地转述哥哥谢苗与父亲之间一段骇人的对话：

“爹，落到我手里好受吗？”

“不好受。”爹说，“我要遭罪了。”

于是谢苗问他：

“那么费奥多尔呢，他落到您手里，叫您一刀刀宰割，他好受吗？”

“不好受。”爹说，“费奥多尔遭殃了。”

于是谢苗问他：

“爹，您想过没有，您也会遭殃的？”

“没有，”爹说，“我没想到我会遭殃。”

于是谢苗转过身子对着大家，说：

“可我想到，要是我落到爹手里，您决不会饶我。现在，爹，我们就来结果您的性命……”（第2卷，第15页）

这段文字不动声色，不见血光，不可思议。它突破了读者的道德底线和情感认知，无比冷酷，无比虐心。巴别尔仿佛是一个站在世界之外的观者，始终与人物保持一定的距离。他隐藏在行文背后，用超然冷静的态度和极其残酷的手法描述着战争对家庭、亲情的毁灭，对人性的摧残和嬗变，以零度的笔触对人物和事件进行客观描绘，将思考和判断权留给读者。这些描述丝毫不带感情色彩，零度叙述的效果是库尔丘科夫作为“人”的属性被剥离殆尽，变为被巴别尔放在显微镜下细致而精确地描绘的一件“物”品。

巴别尔在进行暴力、血腥以及死亡叙述时一向“冷若冰霜”。其文字中丝毫找不到充满感情的、热情澎湃的句子。他的小说一反传统小说的全知观点和直接插入界说和判断，尽量对“人”与“物”进行客观、从容的书写，弱化情节，避免意义和价值强加于叙事。冷漠的叙述近乎让巴别尔置身于暴力世界之外，在非人格化的描写中取得了暴力表达的陌生化审美效果。

事实上，罗兰·巴特最终指出，绝对零度的创作是不存在的，任何作品都不可能实现绝对零度。巴别尔所描述的暴力、血腥和死亡事件不带有任何感情色彩，但事实上巴别尔对暴力表现出了一种有距离的客观态度，他的这种“零度写作”并不是缺乏感情，而只是把内心的情绪压在理性之下，让理性升华，感情降至冰点。

结语

巴别尔的作品熔俄罗斯文学传统与西方现代文学技巧于一炉，既包蕴着对俄罗斯美学传统的体悟，也触及了孤独、生与死、存在与虚无等现代美学命题。在巴别尔的一系列短篇小说中大量运用现代派实验技法，消除时间界限，以空间的“共时性”取代时间的“顺序性”，现实与历史，当下与传统交错纠结。在看似冷漠、平淡的叙事背后常常蕴含着丰富的意象。这种风格使他的作品既有现代性的表现，又有传统的渊源，成就了巴别尔独一无二的现代性短篇小说风格。

在同时代作家中巴别尔无疑是一位风格独异的短篇小说家，同时也是最能体现短篇小说先锋地位的一位作家。无论在语言运用方面，还是在叙事手法的探索上，巴别尔都表现出与传统写作模式和美学风格不同的特点。并置、杂交、戏仿、碎片化拼贴、多角度叙事等技巧为特征的空间形式的大量存在使巴别尔的作品具有 20 世纪中后期后现代小说的典型特征。同时，非感情化、非价值评判的中性叙事策略鲜明地凸显出后现代先锋写作的境界。从这个意义上讲，巴别尔短篇小说丰富的审美品质及文化内涵已远远超出他所生活的特定时代，跨越国界，具有全人类共同期望的阅读价值。

哈尔姆斯创作中的游戏性因素简论

米慧

"游戏"这一概念十分复杂。从康德的"游戏自由说"到席勒的"艺术起源说"，从维特根斯坦的"语言游戏说"到伽达默尔对游戏价值的论述，游戏的意义在哲学家的阐释中日益丰富。如果试从艺术思维的角度去理解"游戏"，那么对于在苏联早期备受贬抑的先锋派诗人、作家丹尼尔·哈尔姆斯（1905—1942）来说，游戏性思维首先应该意味着一种精神的自我疏解，而游戏性语言则是一种巧妙的文字冒险和大胆创新。游戏精神广泛地渗透在哈尔姆斯的创作中，甚至在其日记中我们也可嗅出一种在极度饥饿中苦中作乐的味道，它荒诞可笑却又令人心酸：

有段日子我什么东西都没吃。当时我努力给自己制造快乐心情。我躺在床上开始笑。我一次笑二十分钟，可是后来笑却变成了打呵欠。这可不好。我把嘴稍稍咧开，刚好够笑一下那么大，可是它却咧大了，成了打哈欠。我开始幻想。我看到我面前出现了一个盛牛奶的陶罐，还有几片新鲜面包。我自己坐在桌前，飞快地写着。①

在哈尔姆斯的小说中，游戏性是以多种面目呈现的。浅层意

① http://haharms.ru/harms-rasskazy-proza-texty-jumor-5.html.

义上，作为一种消遣娱乐活动的游戏在其作品中十分常见。有的小说描写的内容本身就是一幅游戏场景，例如描写打雪仗：

一天，科里亚和尼娜打雪仗。

“这样，”科里亚说，“尼娜，你当城堡，我当大炮，我向你发射雪球。”

“好，”尼娜说，“那我做什么呢？”

“哦，你啊，”科里亚说，“你就站在那儿不动。因为你是城堡啊，城堡不会动。”

“胡说八道，”尼娜说，“那我不当城堡了。我还是当坦克，你当敌人的靶子，我用雪球向你发射吧。”

“不行。”科里亚说。①

与之相比，深层意义上的游戏性是内化在小说语言中的——通过具有艺术性游戏因素的小说语言来表现音乐、舞蹈、绘画等多种艺术门类的形式和内容。胡伊青加在论述艺术中的游戏因素时提到，音乐与游戏之间具有亲缘关系。他列举出二者共有的要素，例如，它们都存身于实际生活的合理性之外，与需要或功利、责任或真理无关；而决定音乐诸形式的价值观也超越了逻辑观念，例如节奏与和谐这些音乐价值同样适用于游戏或诗，只能从其“匠意”方面去领悟。②

作为20世纪先锋派文艺团体“现实艺术协会”（奥贝利乌）的发起人，哈尔姆斯一直力求运用综合性的艺术样式，不囿于体

① http://haharms.ru/harms-220.html

② J.胡伊青加：《人：游戏者——对文化中游戏因素的研究》，成穷译，贵州人民出版社1998年版，第158页。

裁的束缚，尽可能拓展作品形式的可能性，提倡用革命性的、无所不包的新艺术手法表达新的世界感受和看待事物的方式。显然，其中包括了对音乐、舞蹈等艺术手法的借用。

哈尔姆斯爱好音乐，希望用音乐启迪灵感。据好友德鲁斯金称，哈尔姆斯对自己创作的乐章“比对小说和诗歌作品更为得意”[1]。在小说创作中，他也把音乐体验融入到游戏性语言中，例如《第二叫响曲》（Синфония № 2）就颇具有代表性：

安东·米哈伊洛维奇吐了口痰，说了声“唉”，又吐了口痰，又说了声“唉”，又吐了口痰，又说了声“唉”就走了。随他去吧。我还是讲讲伊里亚·巴甫洛维奇的事儿。

伊里亚·巴甫洛维奇1893年生于君士坦丁堡。他幼年被送到彼得堡，从基洛奇街的德语中学毕业。随后他在一个商店供职，后来还做了点什么，在革命前夕移民国外。随他去吧。我还是讲讲安娜·伊格纳季耶夫娜的事儿。

可是要讲安娜·伊格纳季耶夫娜的事儿可不容易。首先，我对她毫不了解；其次，我刚从椅子上摔下来，要讲的都给忘了。我还是讲讲自己吧。

我个子高，人不笨，穿着讲究，有品位，不喝酒，也不看赛马，就是爱好女人。女人们也不躲着我。甚至她们还喜欢和我在一起。谢拉菲玛·伊兹马伊洛夫娜不止一次地邀请我去她那儿，季娜伊达·雅科夫列夫娜也说她总是很高兴见到我。但是我跟玛丽娜·彼得罗夫娜之间发生了一件有趣的事，我想讲讲这个。事情十分平常，但还是很好笑，因为玛丽娜·彼得罗夫娜因我而

① Ж.-Ф.Жаккар, *Даниил Хармс и конец русского авангарда*, Гуманитарное агентство «Академический проект», 1995, с.368.

秃头，秃得就跟手掌一样。事情是这样的，有一天我去找玛丽娜·彼得罗夫娜，突然，她咔嚓一下子就秃了！就是这样。①

我们说这篇小说与音乐和游戏有关，不仅因为标题使用了音乐术语“交响曲”（симфония）——且被书写为синфония（试译为“叫响曲”②），更重要的是，“交响曲”对于哈尔姆斯而言具有重要的体裁意义，是一个可供游戏的实验场。

柯博林斯基曾详细论述了安德列·别雷的诗学对“奥贝利乌”成员们创作的影响。他指出，虽然别雷走的是另一条路线（象征主义），但哈尔姆斯等人发现了他突出的创新性并对此十分欣赏。例如别雷将音乐体验与文学作品融通，创立了一种别出心裁的“交响曲”体裁。③关于该体裁，有研究者认为：“这种独树一帜的体裁通过扩展抒情片段，将某种情绪累积为一种更复杂、更浓郁的生成物，在发展、重复、冲突和交错中传递其全部的组成微粒；这种体裁之所以形成，是由于别雷的一种冒险——他在自己的文学实验中完全听命于他所掌握的音乐自然力。”④从这一角度看，可以认为哈尔姆斯这篇《叫响曲》即是对别雷致敬的作品。

首先，小说在形式上讽拟了交响曲体裁。交响曲通常包含四个乐章，哈尔姆斯小说中也有四个段落。我们能感受到不同段落之间富有张力，无论是起落、淡出，还是休止、转折等骤然变化；

---

① Д.Хармс, *Полное собрание сочинений*, т.2, Гуманитарное агентство «Академический проект», 1997, с.159.

② 哈尔姆斯作品标题中的拼写偏差十分常见，或为流传中的讹误，或为作者有意为之的文字游戏。另如，其笔下Скавка（试译为“故话”）可视为从标题词形和小说内容上对сказка（童话故事）进行的重构。

③ А. Кобринский, Поэтика «ОБЭРИУ» в контексте русского литературного авангарда, Московский культурологический лицей № 1310, 2000, с.33.

④ А. В. Лавров, У истоков творчества Андрея Белого («Симфонии»). Предисловие к изданию «Симфонии» Андрея Белого, Л., 1991, сс.11-12.

而每一段落如一个独立乐章，其形式类似于哈尔姆斯小说中常见的、文学意义上的“事件”：叙述中的人物总是随着事件的休止而淡出于叙述视野；叙述内容未经展开即被搁置，几个事件之间没有关联，看似东拉西扯，却在形式上构成了某种平行反复、不断推进的结构，蓄积着读者的阅读期待。作者像一个狡猾的游戏玩家，有意让充满好奇的读者扑空，安排“女人突然秃头”这一出人意料的事件作为结尾，无疑增强了小说的荒诞效果，如同交响乐在剧烈的不和谐音中戛然而止，同时似乎还伴随着读者的哄堂大笑。

除了音乐，舞蹈也是游戏性语言表现的内容之一。作为音乐的姊妹艺术，舞蹈“在一切时代、一切民族那里都总是最纯粹的游戏，即最纯粹、最完美的游戏形式”。[①] 哈尔姆斯在《三位形影不离者的芭蕾》（Балет трех неразлучников）中模拟了舞蹈场景：

音乐。

三人入场。

三人在 8 格里，站此位置，面朝观众。双脚、双手和头部的准备动作。

    *

*   *

三人沿对角线斜跑至 3 格。

顺着舞台前部移至 1 格。

相互位置关系始终保持不变。

    *

①［荷兰］胡伊青加：《人：游戏者——对文化中游戏因素的研究》，成穷译，贵州人民出版社 1998 年版，第 165 页。

*　*

从 1 格挣扎着走到 8 格。

直线运动：5 格—8 格—5 格—2 格—5 格—8 格。

直线运动：8 格—9 格—8 格。

三人歪倒在 4 格。

起身到 8 格。

原地跑。

舞动头部。

三人爬到 3 格。

在 3 格仰卧，脚对观众。

三人站起。

三人相互位置关系变为

*　*　*

直线运动：3 格—2 格—1 格。

后退，坐在 6 格的椅子上。

三人站起。

运动：6 格—5 格—8 格—7 格。

三人站立。

三人爬至 1 格。

9　8　7

4　5　6

3　2　1

幕落。①

① Д.Хармс, *Полное собрание сочинений*, т.4. Неизданный Хармс, Гуманитарное агентство «Академический проект», 2001, с.250.

这篇文字无论在形式还是内容上都具有显著的游戏性，可以视为维特根斯坦所指语言游戏的一个示例。按照维氏的理解，语言游戏即语言与行为的一种结合。“语言和活动——那些和语言编织成一片的活动——所组成的整体称作‘语言游戏’[①]。”维氏列举了如演戏、唱歌、猜谜、编笑话、讲笑话等多种语言游戏的形式。他认为词的用法与做游戏相类似，二者都是一种按一定规则进行的活动。他尤其强调，语言是和其他行为举止编织在一起的一种活动。可见，哈尔姆斯的这篇短文即是语言与舞蹈的一种交织形式，也显示了哈尔姆斯对综合性艺术体裁的尝试。

短文形式为一个芭蕾舞剧的舞台说明。通过插入符号（手写原稿中三个符号被一个圆圈起）示意三人芭蕾的站位队形、构图层次，语言清晰而简省。但当我们欣赏三人演示这些动作，就会很快诧异于其中的动态感和戏剧性。除了舞蹈动作衔接突兀，“斜跑”“歪倒”“仰卧”“爬”等单个动作也解构了芭蕾舞惯有的优雅属性，使其变得荒诞可笑。可以说，这种具有丑化意味的游戏性克服了常规中的矜持，通过想象力的自由释放来超越了一般现实甚至突破了审美禁忌。

在这个意义上，哈尔姆斯的游戏性语言实践与巴赫金的游戏理论是同质的，即通过背离在公众或私人场合行为方面广为接受的社会常规来表现荒诞行为，以此反映关于人性自由的主题。游戏于是成为一种本质上与狂欢精神相契的文化现象，成为一种影响体裁建构的力量。由此，我们试进一步对哈尔姆斯渗透着游戏精神的创作进行体裁溯源。

在专著《游戏的世界·俄罗斯北方农民生活中的节日和游戏》

① [奥]路德维希·维特根斯坦：《哲学研究》，陈嘉映译，上海人民出版社2005年版，第7页。

中，作者选取了大量民间创作材料（例如北方诗歌）来阐述一般意义上的游戏论，认为游戏体裁的源头即为俄罗斯的乡土诗歌。[①] 该书开篇引用伊万·萨哈罗夫（Иван Сахаров）在1838年《俄罗斯人民之歌》一书中所说："如果您摒弃俄罗斯人的乡土诗歌，剔除其中的狂欢饮宴、游戏的话，您就完全找不到俄罗斯民俗中的人民性，找不到创造和快乐的痕迹了。"

依据伊戈尔·莫洛佐夫和伊莲娜·斯列普佐娃的考证，游戏与庞大复杂的俄罗斯历史文化整体面貌密切相关，在对游戏的本体论、现象学进行分析的基础上，可以从节日庆典中分离出具体的游戏现象并给出定义。作者汇总了一些具有"游戏"意味的民间词汇，将其分为下列几组：

1. 声音类。如巨大的声响、拟声（奏鸣曲、声音游戏、大笑），喧闹、娱乐，可以指人，也可以指自然现象（风声、浪涛声、雷声）。

2. 言语类。包括谈话、发言（如祭祀仪式上）等语言表达过程。

3. 行为和交往类。如跳马，重复性运动，与太阳、闪电和光的"游戏"，性行为等。

4. 特殊类。包括一些慢性的游戏性，行动懒散，无目的无意义的消磨时间，与那些与积极高效地工作相反的状态。

5. 像游戏上瘾者一样易发作、"中邪"以及"伴随着尖叫声的癔症发作"，以及一些传统意识中"游戏"的关联物，如供节日饮用的家酿啤酒。

这些分类为我们探索哈尔姆斯创作的游戏性因素提供了线

---

① И. А. Морозов, И. С. Слепцова, *Круг игры: Праздник и игра в жизни северорусского крестьянина (XIX-XX вв)*, Москва, 2004.

索。可以说，哈尔姆斯在创作中能够自然地运用游戏性艺术思维，这首先基于俄罗斯民族文化对这些活动、场景、特点的认知，它影响了创作中对于游戏过程的模拟、对话的设置、拟声词的选用等诸多方面。单就上述分类中提到的“跳马”“重复性运动”，哈尔姆斯就有以下段落可以印证其中的游戏性：

强盗跃身上马，可是用力过猛，一下子跃到了另一侧，摔倒在地。强盗骂了一句，再次跃身上马，可是又没估算准，跃到了另一侧，摔倒在地……这时强盗一把抓下了头顶的帽子狠踩几脚，然后再次跃身上马，又跃过了，扑通倒地，把腿摔断了。而马走到了一边。强盗一瘸一拐地追到马跟前，挥舞着拳头狠狠地敲它的头。马跑了。这时卫兵们疾驰赶到，捉住强盗，把他押进了大牢。①

该段出自小说《童话》。主人公是两个儿童，其中万尼亚说他想写一个典型的童话故事，而列娜奇卡却说万尼亚提到的每个童话都有人写过，不新奇了；然后她就讲她自己独一无二的版本。比如，万尼亚想写一个拦路强盗，列娜奇卡就给他讲了一个强盗企图骑马逃跑的荒诞故事。这里，哈尔姆斯运用了偏离式的小说结构，通过一种急遽的转折使情节发展偏离正常预期的轨道，令人耳目一新：强盗陷入跳马的反复运动中，就像陷入了自动机械的游戏程序，根本无法进入下一步。这种滑稽感也让人忍俊不禁。

传统文化为哈尔姆斯的游戏性语言实践提供了生发土壤。同

① Д. Хармс, *Полное собрание сочинений*, т.3, Гуманитарное агентство «Академический проект», 1997, с.175.

时，游戏性语言也体现了作家的先锋派艺术个性。它不仅显示了其作品不落窠臼、独具一格的语言特点，更代表作家对创作、对生活的态度，它与哈尔姆斯对现实之荒诞、无意义的认识一脉相承，表明了一种“无目的的合理性”——既然荒诞是现实的本质，那么无目的的存在也就是生活现实和艺术现实的本然状态。语言的游戏性只是游戏思维的一个反映而已。

对游戏问题的探索也是哈尔姆斯对白银时代美学的选择性继承和发展。象征主义诗人对游戏和艺术的关系做过较多深入探索，如勃留索夫对康德、席勒的游戏创作理论持怀疑态度，因为他在这种游戏中并未发现这一理论的“无目的的合理性”。[①] 而勃洛克则坚持游戏创作思想，“这是一种实验，它表现的是权力；艺术家靠它生存，只要能够游戏，就要游戏（我和你是善良的，不玩恶的游戏）”[②]。后者的观点也得到了当时大多数具有先锋倾向的艺术家（如音乐家斯克利亚宾、戏剧家叶甫列伊诺夫等）的支持。哈尔姆斯传承了新一派的艺术观，并广泛借鉴了这些现代派艺术家的游戏创作经验，将音乐、绘画、舞蹈等艺术门类的表现手段运用到文学作品中，以游戏的姿态对语言自由玩转，探索一种综合性艺术样式，实现了对语言艺术的革新。

①《白银时代的哲学和文学——贴近与交叉》，赵秋长、王亚民译，见伊苏坡夫：《俄罗斯白银时代文学史》第 1 卷，敦煌文艺出版社 2006 年版，第 86 页。

② А.Блок, *Полное собрание сочинений в 8 томах*, т. 8, Государственное издательство художественной литературы, 1963, с.487.

伊戈尔·谢尔盖耶维奇·霍林的“板棚组诗”

王玉珠

“利阿诺佐沃”小组是20世纪50年代末到70年代中期的先锋文学团体，该团体以莫斯科郊区的小镇名字命名，主要成员有叶甫盖尼·克罗皮夫尼茨基（Евгений Кропивницкий）、伊戈尔·霍林（Игорь Холин）、根里赫·萨普吉尔（Генрих Сапгир）、扬·萨图诺夫斯基（Ян Сатуновский）和弗谢沃洛德·涅克拉索夫（Всеволод Некрасов）等等。1977年爱德华·利莫诺夫（Эдуард Лимонов）在巴黎《阿波罗77》丛刊中开设了一个诗歌专栏，里面登载了一张诗人们的合影，合影下面写着“具体”，因此，这些诗人也被称为“具体诗歌派诗人”。“利阿诺佐沃”小组并没有统一的创作纲领，因而成员创作风格迥异、个性鲜明，各放异彩，每个人都可以被奉为“经典诗人”，而伊戈尔·谢尔盖耶维奇·霍林在创作之初的50年代末就成了“经典”，他的“板棚诗”更是该团体创作的“标尺”。1968年纽约出版了《十字路口的诗人》一书，作者奥莉加·卡莱尔（Ольга Карлайл）对15位俄罗斯诗人进行了肖像性描写，其中就包括霍林，他的“板棚诗歌”使他跻身20世纪最著名的俄罗斯诗人之列。“板棚诗歌”书写的是苏联社会独有的一种社会群像——“板棚人”。“板棚人”是苏联时期的特殊人群，他们对政治冷漠，国家的上层体制是社会主义还是共产主义，抑或是民主制还是其他，他们都不感兴趣。他们远离政治，唯一明了的就是：在自己的一生当中，始终有某种体制在统治着他们，它是稳固的、终生的且不可抗拒的，这种制度就是“板棚制”。伊戈尔·霍林身处其中，不能置身事外，他把“板棚人的板棚生活”“板棚社会”都描写得淋漓尽致。哈尔姆斯曾经说过：“把诗歌抛向窗户，玻璃破碎了。”而霍林的诗俨然是把苏联诗学殿堂中的一切都抛出来，将一切毁灭。

诗人的生平及创作道路

伊戈尔·谢尔盖耶维奇·霍林（1920—1999），诗人、小说家，“利阿诺佐沃”小组成员。伊戈尔·谢尔盖耶维奇·霍林出生于莫斯科的郊区沃伊科夫，母亲是裁缝，父亲是沙俄军官，霍林使用了母亲的姓氏。他的童年是不幸的。父亲在战争中去世，母亲因无力抚养无奈之下将他送到了收容院。霍林在多个收容院中辗转，当来到梁赞附近的一个男修道院之后，对卧室顶棚宗教壁画的恐惧使他最终选择逃离，开始了流浪的生活。所幸最终被新罗西斯克的军校收留，成为音乐小队的学员。1940—1946年间在军队服役，官至大尉。1946—1957年他在“大都市”饭店当侍者，在此期间因酒后闹事打了士兵，被监禁在利阿诺佐沃附近的监狱两年。幸运的是，监狱的首长是军队的旧友，所以霍林在监禁中也有很大自由。在朋友的影响下他开始写诗，霍林评价那时候的诗是“蠢笨的”。听闻勃洛克的才华，他来到当地的利阿诺佐沃图书馆借阅，图书馆馆员非常诧异，因为在当时勃洛克是被禁的诗人。巧合的是，当时的图书馆馆员是叶甫盖尼·克罗皮夫尼茨基的妻子。在她的引荐下，霍林与克罗皮夫尼茨基相识。当时在克罗皮夫尼茨基的周围已经聚集了一批诗人、作家和艺术家，他们组成了非官方性的文艺团体，即“利阿诺佐沃”小组，霍林加入其中，并开始自己真正意义上的创作。

20 世纪 50 年代中期伊戈尔·霍林创作了第一批板棚诗。较之于抒情和形象性的叙述，霍林更偏爱在诗歌中使用日常口语，贴近生活，表现真实。20 世纪 50 年代末，霍林成为俄罗斯非官方诗歌和先锋文学中的领头羊。除此之外，在好友萨普吉尔的建议下他开始关注儿童文学，1957—1978 年间霍林公开出版了约 25 本儿童读物。而他的诗远没有那么幸运，仅能通过“地下出版物”《句法》被一部分人知晓，公开露脸则只能是在西方。1965 年德国美茵河畔法兰克福的《界标》杂志对其诗歌予以转载。舍米亚金（Евгений Шемякин）把他的作品收进诗歌总集《阿波罗 77》（1977），随后库兹敏斯基（Константин Кузьминский）也在诗歌总集《蓝色礁湖》（1980）中收录了霍林的诗作。70 年代初伊戈尔·霍林创作了一些史诗，并认真地进行小说创作。1988 年以后他的作品在苏联公开出版。1980—1990 年主要精力集中于短篇小说，仅有些许诗歌零散发表。1999 年因急性肝癌去世，葬于希姆基公墓。

别具一格的“板棚诗歌”

需要指出的是，最早发起“板棚”主题的并不是霍林，而是同为“利阿诺佐沃”小组成员的叶甫盖尼·克罗皮夫尼茨基。

午夜。嘈杂。人行道。
大醉。骂街。打架。节日。
嘶哑声。哀鸣声。
无赖要去板棚。

和人行道一个方向。
脑袋里全是燥热，淘气鬼。
大醉。骂街。打架。节日。[①]

栅栏。垃圾坑。广告牌。广告。
板棚像堆放各种垃圾的坟墓。
高远的天空闪耀着蔚蓝色。
工棚。里面舒适。静谧。
带镜子的柜子。五斗橱。沙发。
墙纸里有臭虫。桌子上是蟑螂……[②]

上文我们提及“利阿诺佐沃”小组成员创作风格迥异，但必须指出的是小组内部虽没有形成统一的行动和创作纲领，却也有共通之处。主要成员萨普吉尔说：“如果说到‘利阿诺佐沃’诗人的美学信念，它并没有形成。我们只是同时感觉到，我们时代的官方诗歌从根本上脱离了任何一种诗歌的本原，脱离了具体的事件和物体，成为一种被阉割的、抽象的、辞藻华丽的、‘合乎语言规范的’诗歌。我们想把具体性归还给诗歌。我们一致认为，表现现实不应该是神话式的、浪漫式的，似乎应该是‘直接’的……”[③]“他们认为其使命在于把俄语从极度意识形态化的窠臼里拯救出来，恢复其最原始的具体形态”[④]。可见，“利阿诺佐沃”

① Кропивницкий Е. Л. Избранное: 736 стихотворений + другие материалы［M］М.: Культурный слой. 2004. с.107.

② Холин И. С. Жители барака. Стихи.［M］М.: Прометей. 1989. с.19.

③ Сапгир Г. Три из многих. Новое Лианозово. 1997 год. // Новое литературное обозрение［J］, 1998, № 33. с.22.

④ 张建华、王宗琥等：《20世纪俄罗斯文学思潮与流派：理论篇》，外语教学与研究出版社 2012 年版，第 275 页。

小组的诗人希冀通过自身的创作重拾诗歌的本原。从上面两首诗中我们可以看出，无论是克罗皮夫尼茨基还是霍林都遵从了这一默认的创作目的。毫无疑问，在创作形式上霍林仿效了自己的导师叶甫盖尼·克罗皮夫尼茨基。诚然，也正是克罗皮夫尼茨基开启了伊戈尔·霍林的创作之路，他从克罗皮夫尼茨基那里学到了具体的、怪诞诗学。但他本人却认为叶甫盖尼·克罗皮夫尼茨基的“板棚”诗中使用了现实艺术协会的创作方法，而他则完全不同，“我们一直是从实际出发的”，他认为自己在书写真实，辩证地突出了战后底层人民的生活。实际上，霍林的诗较之于克罗皮夫尼茨基是青出于蓝而胜于蓝，句式精练，虽语气轻柔，却让人体会到一种“含泪的微笑”。霍林将自己深深地隐藏在平铺直叙的记录之后。没有情绪，只是一种简报式的陈述。霍林将“板棚”主题发挥到极致，可谓是“后无来者”，就连后期对板棚文化的历史性研究都要从霍林的组诗中寻求线索。

《板棚组诗》(Жители барака. Стихи) 公开出版于 1989 年，诗集很短，共 32 页，浓缩了伊戈尔·霍林对“板棚人”命运和生活境遇的关注。诗人直面充斥着贫穷、肮脏、斗殴、淫乱和凶杀的板棚生活，并将之看作一生的创作主题。

他们的争吵是由煤气引起。
她大叫起来：——不要把锅放到炉灶上，传染！
警察以打架的名义收了双方的罚金。
对他们而言，谁对谁错又有什么关系。①

① Холин И. С. *Жители барака. Стихи*. М.: Прометей. 1989. с.25.

“板棚住户”来自大都市的阴暗角落，在霍林简陋的生活舞台中，他们是贫穷、愚钝、缺少文化的存在。和克罗皮夫尼茨基诗歌的抒情性不同，霍林完全排斥抒情诗和文学性。在他看来，在20世纪具有现实意义的低俗语言和日常口语更为有力。他打破传统的美学惯性和陈规，开始发出另一种声音。日常口语和粗俗话语在诗人整体的艺术空间之内摇身一变成为表现事物本质、阐明真实性的载体，换言之，这又何尝不是一种“高贵性”的体现？

有人在卖煤油和其他小物件。
他忘了给一个人找零。
稽查员来了。
写道：“犯克扣罪。”
离开的时候暗示说：
“你拿两千，我们就一笔勾销。”①

随处可见的拥挤、肮脏和贫乏。除此之外，为了向世人确定“板棚世界”的真实存在，霍林笔下的“板棚”是一个整体世界，是时空的结合。

夏天走了，
秋天来了。
板棚里没有？
八点躺下睡觉，

① Холин И. С. *Жители барака. Стихи*. М.: Прометей. 1989. с.27.

板棚里没有光。
秋天走了，
夏天来了。
八点躺下睡觉。
板棚里没有光。

诗人写了板棚世界中人类的生存状况。我们会发问，为什么呢？

47 岁死在板棚。
没有子孙。
在男厕所工作。
活在世上为了什么？
***
我要满 17 岁了，
一事无成。
在车间车床旁工作
何其痛苦
***
鞋匠斯列萨列夫
早早地就被埋葬了。
总共活了 42 岁，
……[1]

① Холин И. С. *Жители барака. Стихи*. М.: Прометей. 1989. с.17,10,18.

板棚人无法回答这个问题，也没有思考过这个问题。对他们而言，这就是生活本来的面貌。

机车司机。
在地槽里死掉了。
委员会称：坏天气的错。
妻子很满意：工厂负责安葬。
板棚人防盗，却自己也免不了去偷。
卖了公家一立方的木柴，
晚上被扒了裤子，
他也背叛了善良，
把他们的房子洗劫一空，
帐篷里都是小偷。[①]

“板棚”是一种由酗酒、流氓和偷窃构成的社会荒诞。霍林在板棚诗组中描写了大量的死亡，而这些死亡甚至都没有激起邻里间一丝虚伪的悲痛，在这里只有冷漠和陌生。生活是板棚人的敌人，它无时无刻不在压榨他们——商店的排队，令人疲惫不堪的、毫无意义的工作，公共场所的争吵和打斗，等等。除此之外，霍林的诗中还有上层权力世界的代表：警察、稽查员和“委员会”，天知道他们为什么会是首长，但他们对“板棚人”的管制是那么自然，好像世代相传一样。他们在“板棚”是人格化的、暴行实质的存在，是破坏者和教唆犯，诗人无时无刻不表现出对这种统治权力本质上的厌恶。

① Холин И. С. *Жители барака. Стихи*. М.: Прометей. 1989. с.28.

在众人眼中，伊戈尔·霍林是最固执、最“具体”的诗人。霍林的诗“由底层的现实和‘粗俗的道理’构成，同时违反官方传统的作诗法，因为那种默守陈规的样式已经“无法表现任何现实”。[①] 霍林的板棚房是物资贫乏的，只有短裤、帽子和五斗橱等几件生活必需品。板棚生活是单纯的，没有阶级人物，没有民族冲突，到处是生活中显而易见的矛盾。“板棚人”是些“无从描述”的人们，他们未必是最困苦的或是生活在社会最边缘的人们，仅仅是处于特别制度之下的人群，板棚的存在对他们而言不带有任何侮辱性色彩的，他们不曾思考人生，不想着修正错误。霍林无意于表现人物的原形原貌，没有关于性格、外貌、环境和事件等细节的絮絮叨叨。所有的一切都是真实、“具体”和直接地呈现。

从语义层面来说，伊戈尔·霍林的诗歌内容以简单且直观著称，其诗完全是由“诗歌工厂中的边角料、无诗性的材料完成的”，在诗人看来，“被意识形态腐蚀的‘胡作非为’的语言和残缺的物质世界应在毫无扭曲的诗歌中联结到一起”。诗人选取的的是不被意识形态关注的具体事物的诗歌，诗中充斥着事物名称：厨房、草垫子、窗户、帽子等等，表现手法上则是“苦行僧”式的，没有使用任何隐喻和夸张等手法。学界对诗人已有共识：“伊戈尔·霍林诗歌的特点是不带感情色彩的描述，毫无激情的记录式描写，叙述发生在他主人公身上的悲剧性事故和戏剧性笑话。”换言之，诗人原原本本地呈现了生活的原貌，将艺术的虚构抛在一旁，这是从未有过的真实。

在句法层面上，霍林的诗歌是相当“枯燥的”。为了避免任

---

① АзйенбергМ. Н. *Взглядначсвободногохудожника*. М.: Гендальф, 1997. с.111.

何意识形态方面的阐释并还“具体”于诗歌，他在创作中不玩弄辞藻，拒绝抒情描写。文本构造是极简的，常常是简单罗列一些事物和事实，以及对事物和事实的反应。同时，他努力将描述手段最小化，有时是一个词代替整首诗，标点符号也如任性之作，随意为之。乍看上去，他的每首诗都是诗人不服从逻辑关系指令下的词语堆砌，词语本身仿佛进入到一种严密的词语机器，这个机器只选择贴近现实的事物和现象，输出的同时不加任何修饰和雕琢。当然，这种词语机器模式下产生的诗歌是最真实的：抛却了艺术的虚构，诗人便失去了虚构的权利。

与语义和句法层面的简单不同，诗人创作在语用层面的内容是丰富的。伊戈尔·霍林的诗歌以讥讽见长，虽然诗中满是事物名称和口语性的话语，诗人不做任何解说，不发任何议论，但其作品却达到荒诞的程度。在众人看来，板棚世界就是一个荒诞的世界，但这种荒诞绝不是霍林构建的，而完全是由社会造成的。“板棚组诗”描绘的是20世纪40—50年代苏联真实的住房条件。当时苏联的经济条件无力提供良好的住房条件，因而大量居民一起生活在板棚房里，过着集体生活。他们在板棚生，在板棚死，过着工厂、酒馆和板棚三点一线的生活，没有和睦的邻里关系，也没有亲朋远道而来的探望，没有期盼，没有失望。作为反官方意识形态的地下诗歌，霍林不寄希望于得到明显的关注，所以在与读者交流的过程中如何找到共同语言具有特别的意义，接受者的态度在这里要比作者本人的态度更重要。将关注点从语义层面转向语用层面，重要的不是文本的语言材料，而是作者与接受者的对话。读者从中不难看出当局宣传的官方文章，却可以体会到诗人对板棚世界的否定。诗人所描述的物体是苏联底层人民贫苦生活的写照，同时也是未经粉饰的日常生活风貌，是自由的展现。诗人感兴趣的不是那些不带服务目的的事物，它们与诗中人物在一起并不是因为它们有用，而是因为它们和诗中的人物一样没用。

结语

很显然，霍林是一位不受传统观念束缚的诗人，他的思想和艺术审美具有反叛性。霍林没有达到政治上的反苏维埃主义，他只是远离官方意识形态和政治，并将自己控制在不问政治的状态。同时他以自己的形式进行文本上的反叛，这主要体现在语法中不时标点符号的缺失，在主题和内容选择上的反叛则表现在与苏联时期的其他诗人有本质的不同。霍林被认为是社会自我认知过程的参与者，与战后苏联历史上最著名的编年史撰写者比肩而立，他创造了属于自己的文学艺术世界——既别出心裁、却又极其准确地展现了苏联世界中辨识度极高的“板棚生活”。在读者面前，霍林展示了完整的思想价值体系。在霍林那里，“板棚人”不仅仅是某个非正统文化群体的发言人，更重要的是，他是一个人类灾难的牺牲品。诗人赋予了“板棚人”艺术和认知两方面的意义。它可以被称为奇特社会和艺术藏品馆中珍贵的藏品，同时也是一份真实的缩影胶片，是社会丑态、各类离经叛道的生活以及社会不应存在的例子的集合。诗人表现的是清晰可见的固有的社会现实悲剧，这种悲剧变形地确立了数以百万计的人们的生活，并已成为常态，伊戈尔·霍林好似进行着板棚人生活的实况报道，在那里，荒谬即是显而易见的现实，比如说罐头罐子或伏特加瓶子等等。今天，我们很容易看清苏联时期的某些日常是多么荒谬，这是因为我们离它有半个世纪的距离。但如若身处其中，理解和描绘这种荒谬的想法就变得极其困难。因而，我们必须向伊戈尔·霍林致敬，他虽置身其中，却也可超然物外。但遗憾的是，他和所有人一样，都不了解这种偏离轨道的社会实验园的实质。其实，在陀思妥耶夫斯基（Федор Достоевский）、高尔基（Максим Горький）、左琴科（Михаил Зощенко）、彼得罗夫（Евгений Петров），以及哈尔姆斯（Даниил Хармс）等俄罗斯经典作家的作品中都出现过这种类“板棚”的生活状态，同上述作家一样，霍林同样无力给出解决之道，或许，沉默、服从是唯一的处方。

讲述灾难的方式：列宁格勒大围困诗歌研究

张猛

“二战”期间的列宁格勒大围困是苏联卫国战争史上最惨痛的一页。围困共持续872天（1941年9月8日至1944年1月27日），其间列宁格勒市民经历了物资匮乏、电暖供应中断等极端状况，据官方估计，仅饿死的市民就达60多万。在这种极端状况下，围城内的文艺创作活动并没有中止。据大围困的亲历者、著名文化学者德·利哈乔夫的回忆，围困时期“人们的创作能力反而极大地提升了。人们直到自己即将死去，为了保存下来一点东西，他们写日记、回忆录，建筑师们绘制出充满想象力的草图，而画家们则创作风格奇特的画作”①。因传播媒介的限制，当时依靠报纸和广播传播的文学作品，主要包括围困时期日记、散文随笔及诗歌等。

在所有的文学体裁中，诗歌因结构简洁有力、易于传播、感染能力强等特点，最受列宁格勒官方宣传部门青睐，在市民中间流传最广。大围困期间列宁格勒涌现出一大批诗人，尤其以女性诗人居多，其中知名度最高的是时任列宁格勒广播电台播音员的奥尔加·别尔格利茨（1910—1975）。围困区的悲惨状况激发了她的创作灵感，她创作并借助广播播放了《二月日记》《列宁格勒长诗》等大量情感热烈的抒情诗，在围困区以及整个苏联都引

---

① Лихачев Д. «О блокаде». *Звезда*, 11(2006), c. 16-17.

起了巨大的反响，她本人也因此被称为“列宁格勒大围困的缪斯”，并被政府授予“保卫列宁格勒奖章”。[①] 与她一样因写作大围困诗歌而知名的诗人还有吉娜依达·什绍娃、维拉·英别尔等，从她们的创作中，大体可以窥见“大围困诗歌”的全貌：饱满的情感、爱国主义的理想以及人道主义的关怀。

然而在 2016 年，侨居美国的围困文学研究学者、俄罗斯女诗人帕琳娜·巴尔斯科娃编选了一本诗集《黑暗中写作：列宁格勒围困区的五位诗人》，向读者呈现了风格完全迥异的大围困诗歌。这五位作者都与 20 世纪 20—30 年代苏联文学史上独树一帜的先锋流派“真实艺术协会”（ОБЭРИУ）有直接或间接关系，有些是该协会的成员，有些则是协会主要代表人物的好朋友。由于该先锋流派在 20 世纪 30 年代后期走向了衰落，上述几位诗人的作品又被研究者称为“后先锋主义诗歌”。他们的大围困诗歌风格侧重个人化，在诗歌中进行了语言实验，通篇感受不到任何悲悯情怀，也看不到未来的希望，仿佛描写的完全是另一次历史事件。

如何以诗歌体裁讲述亲身经历的灾难？以奥·别尔格利茨为代表的主流诗歌创作与《黑暗中写作》诗集中的“抽屉作品”，似乎代表了两种不同的方向。苏联文学与意识形态向来联系紧密，作为战事宣传工具的围困诗歌就更是如此。塔吉扬娜·瓦洛妮娜分析主流媒介表现大围困时出现主题雷同状况的原因时，认为“对大围困的统一描写不仅与权力机构施加于他们的外部压力有关——国家机构希冀获得完全对自己有利的解释——也与苏联文

---

① 关于奥·别尔格利茨的订货写作，详见其日记Берггольц О. , *Блокадный дневник, 1941-1945*, СПб.: Вита Нова, 2015. 以及 Смирнова А., Ленинград и ленинградцы в «блокадном дневнике» О. Берггольц, *Вестник СПбГУКИ*, 1(2016), с.6-9.

化中占优势地位的社会主义现实主义影响下的叙事逻辑有关”[1]。由此，“后先锋主义”诗歌在当时并没有得到出版，也的确在情理之中。对于今天的读者而言，苏联政权和大围困都已经成为历史，我们不必拘囿于意识形态和道德诉求的束缚，或许会在审视上述两种类型的诗歌作品时，作出更为客观的判断。为避免概念化的机械分类，我们将不以某个诗人，而是以具体诗歌作品作为考察的依据，以期再现同主题下围困诗歌的多样性。

一、谁是读者：“大围困”的叙事策略

列宁格勒围困期间，针对该主题而写作、出版的诗歌，在一定程度上与报告文学、新闻特稿有许多相似之处：它们同样追求相关性和时效性，写作内容以及面向的读者都是确定的。以奥・别尔格利茨为例，她在电台工作，每天都会把自己的诗歌作品用作广播稿，并且，听众的反应（每天她会接到很多来信，也有听众专门来到电台希望和她见面）对她的写作造成了不间断的影响。这种读者和作者之间频繁的交流互动，让我们想起了姚斯提到的“接受理论”，读者的“期待被唤起之后，在随后的阅读过程中或被完整地保持下去，或被改变、重新定向，或讽刺性地获得实现”。[2] 围困区的群众缺少物资供应，势必陷入绝望困顿的情绪里；还需要指出的一点是，奥・别尔格利茨在围困期间进行的文学创作，很多都来自主管部门的“订货”。譬如 1941 年冬天

---

① Воронина Т. По-советски о блокаде: соцреализм и формирование исторической памяти о ленинградской катастрофе. *Блокадные нарративы*. Ред. и сост. П. Барскова, Р. Николози. М.: Издательство НЛО, 2017. с.47.

② [联邦德国]H.R. 姚斯、[美]R.C. 霍拉勃：《接受美学与接受理论》，周宁、金元浦译，辽宁人民出版社 1987 年版，第 29 页。

至1942年春天，列宁格勒围困区损失最为严重，饿死、冻死的市民不计其数，别尔格利茨接到列宁格勒广播委员会的命令，要为1942年新年准备特别节目[①]。苏联当局希望列宁格勒不惜一切代价，在围困中坚持下来，并保持稳定的社会秩序，“为祖国站岗”。来自这两方面的“期待视野”为大围困诗歌奠定了乐观主义、道德训诫、集体至上的基调，所有得到刊印、被传播的诗歌也都被满足了诸种订货需求。如玛格丽达·阿丽格尔的诗歌《列宁格勒的春天》：“我们冲破漫长的黑暗，/穿过火力的截击。/你说：‘我们是石头造的！’/不，我们比石头更强大，我们——是活着的人！”[①]鲍里斯·利哈列夫的《白面包》：“我们的身后是痛苦，是饥饿……/啊，我们心中的愤怒熊熊燃烧！ /我们的身后有我们高傲的城市，/我们的身后，是它的生命。”[②]

既然是为安抚、鼓励围困区市民而写作，势必要在修辞策略上平衡个人和文本的距离，要营造对话的氛围，抛弃个人消极的情绪与主观感受，并且需要善于“读心术”，要和广大人民“站在一起”。奥·别尔格利茨的广播稿是这种策略的最好实践，翻开任意一页当年的广播稿，都能感受到她热情洋溢的情绪和自信心：“同志，走到自己房屋的墙边去吧，那墙上贴着去年和今天的传单与海报，——用眼光扫视一下它们，你心里会燃烧起多少情感来。”[③]主流诗人们几乎是出于自发地采用了这种叙事策略，这和他们本身接受的教育有关，也与他们面对灾难的公共道德情感有关。正如有的学者指出的那样，“他们渴望将被围困城市

① Алигер М., Ленинград в весне, *Победа. Поэты о подвиге Ленинграда в Великой Отечественной войне*, Ленинград: Лениздат, 1970. с.36.

② Лихарев Б. *Победа. Поэты о подвиге Ленинграда в Великой Отечественной войне*, Ленинград: Лениздат, 1970. с.255.

③ Берггольц О.Ф. *Стихи. Проза*. Ленинград: издательство художественной литературы, 1961. с.391.

的生活表现为奋自我牺牲行为不中断的链条：其中上演着列宁格勒人超人般的英雄主义，他们团结一致，不仅坚定地接受任何灾难，并可以用自己的意志力克服它们”[①]。而“后先锋主义”诗人们则完全没有在写作中考虑到“读者的感受”，或许他们也并没有期待有一天这些写在笔记本上的东西会被出版，因此也不可能像上述诗人那样，在诗歌中建立广泛的对话。譬如肯纳季·格尔的诗歌《雪中的一滴红色……》：

雪中的一滴红色。小男孩
有张绿色的脸，像一只猫。
来往的人走过他，以双脚，以眼睛。
他们没有空。商店的招牌掉落
“黄油”“白面包”“啤酒”，
仿佛这个世界上真的有白面包。
房屋，可爱而迷人，显露出一切——
门和窗户以及它自身。
然而我梦到了童年。
奶奶和她纤小的手。
鹅。高山。石头之上的小河——
维季姆康河。
…………
时间依然在拉伸，在拉伸，在延展
我害怕迟到了，无法从涅瓦河取水。[②]

---

① Николози Р. Апофатика и формализм. Блокадный нарративв «записках блокадного человека» Лидии Гинзбург, *НЛО*, 2016. с.195-205.

② Gor G. “A red drop in snow… ” Written in The Dark. *Five Poets in the Siege of Leningrad*, Barskova P., ed. New York: Ugly Duckling, 2016. p.31.

这首诗以相对节制的情感、漠然的语气，描写了列宁格勒街道上悲惨的一幕。小男孩因饥饿而死，而路人并没有奥尔加·别尔格利茨等人的诗歌里那样，表现得悲悯或愤然，他们对于死亡早已司空见惯，“他们没有空”，因为死神也在身后追逐着他们[①]。诗歌中颇具荒诞意味的一个情节是——商店的招牌上出现了符号的残缺：“白面包”（能指）依然存在，但世上真的有可以食用的“白面包”（所指）吗？诗人从家徒四壁的房屋转向童年的琐碎记忆，这种真实与幻觉的交织类似于《伊凡·伊里奇之死》中伊凡临死前对童年的回归，意识流的碎片并不是要将焦点转向过去，而恰恰反映了现实场景中的人因饥饿和寒冷而出现的思维混乱。诗歌末尾格尔没有向读者发出必胜的信号，而是落脚到一个求生之人最本能的反应：克制这种幻想，不然就赶不上涅瓦河的饮用水分配了。这首诗完全从个人经验出发，诗歌以独白的形式完成。几乎所有的“后先锋主义”诗歌都具有这种风格特点，譬如弗拉基米尔·斯特里科夫的诗句：“雪堆，大雪，严寒与风，/ 杯底四方形的冰块。/ 今天，一家之中的第三尊干枯塑像 / 静静地死去了。/ 而明天，明天无声的死亡的大腿，/ 要爬到住房的底层。”[②]

其实，回到主流诗歌上来，奥·别尔格利茨本人的创作历程便动态地反映了“读者期待”的影响。围困开始的第二天（1941 年 9 月 9 日），奥·别尔格利茨的诗歌《达莎阿姨扑灭了燃烧弹》

① 事实上，对“死亡”表现出漠然可能更符合当时的现实，许多回忆录都提到这一点，譬如一篇回忆文章中描写道：一个疲惫不堪的年轻女人用雪橇拉着三个孩子的尸体，经过俄罗斯博物馆对面公园的拐角处，遇见一个躺在雪橇上的死婴，半个身子滚到雪地上。女人面无表情地用脚将死婴踢到雪橇上，继续拉着绳子向前走……详见 Бианки В., *Лизолетье*, СПб: издательство “БЛИЦ” , 2005, с. 138.

② Sterligov V. Written in The Dark. *Five Poets in the Siege of Leningrad*, Barskova P., ed. NewYork: Ugly Duckling,2016. p.104.

便作为宣传画的配诗，出现在列宁格勒涅瓦街的《塔斯之窗》上。

达莎阿姨在值班。
她的岗位——在某个顶楼上。

达莎朝高处望去，
握紧了手中的老虎钳。

…………

达莎用铲子接住了炸弹，
达莎直接将炸弹丢进了木桶里。

看看吧，见识下我们的勇气，
学一学达莎阿姨！

诗歌旁边的宣传画上，一个女人站在房顶，正勇敢无畏地朝天空凝望。这首诗歌在塑造人物方面有明显的苏联意识形态文学色彩，夸张的语气给诗歌增添了几分戏谑。很快，别尔格利茨就意识到这种失真描写本身的局限性，考虑到受众的需要，在之后的诗歌《与女邻居的交谈》《与女邻居的第二次交谈》中，“达利雅”(即“达莎”)的形象被深化了，被赋予更多勇敢而悲怆的特点，“交织着因列宁格勒围困中妇女、儿童和老人的受难而引发的疼痛和愤怒”①。

---

① Бунатян Г. «...Одним дыханьем с Ленинградом...»: *Ленинград в жизни и творчестве сов. писателей*, Ленинград: Лениздат, 1989. с.340.

你瘦削、勇敢，

顶着匆忙扎起的头巾，

在轰隆的炮火下

你走着，手里提着篮筐。

达利雅·瓦西里耶夫娜，因为你的力量

整个大地将会复兴，

这种力量有一个名字——俄罗斯

像她一样站立住，鼓起勇气吧！[①]

从“痛苦”转向“悲愤”和“谴责”，最后由慷慨激昂的胜利“希望”统一全篇，这是围困区主流诗歌情感转变的基本范式。这些诗人不会像肯·格尔、弗·斯特里科夫那样大段描写居民的精神状况、受灾情况，因为城外的人不应该知道灾难的规模，他们只需要将列宁格勒当作战争的前线城市，所有市内居民都是可以与险峻形势作斗争的战士；市民也不需要那样血淋淋的真相，这于他们的现状毫无帮助，反而会挫伤斗志。帕琳娜·巴尔斯科娃在考察大围困诗歌的写作与接受时，将主流诗歌又细分为吉娜依达·什波娃（完全站在意识形态和道德说教角度描写，后文我们将会提及）、奥·别尔格利茨两种类型，在与“后先锋主义”诗歌比较后，认为三类诗人的“期待视野”分别为：“面向最广泛的读者、面向‘全苏联意义’的读者（既包括被围困者，也包括全苏大地上的其他居民）；面向1941—1942年‘垂死时刻’被围

① Берггольц О.Ф. *Стихи. Проза*. Ленинград: издательство художественной литературы, 1961. с.312.

困城市内部具有历史眼光的读者；完全不面向任何读者。”[①] 我们认为在“对话”和文本的开放度上，前两种基本上为同一种叙事策略，从而与“后先锋主义”诗歌形成了明显对比。主流诗歌在描述围困事件和塑造人物形象上，带有明显的夸张变形，但这促使它更迅速地成为宣传集体精神的工具。英国哲学家以赛亚·伯林曾在“大围困”后访问列宁格勒，他的随笔见证了主流宣传诗歌的影响力：“党的评论家批评这些作品（指帕斯捷尔纳克的作品，笔者注）不够有力不够充分。在他们看来，像薇拉·英培尔写的《普尔科沃子午线》这样的应时之作和她的关于列宁格勒围困的战争日记，以及奥尔加·别尔格利茨那些更富才华的作品，才更容易被接受。”[②]

二、“信念”的分歧：我们是否会得救？

在一本纪念圣彼得堡建市300周年的小册子上，简要介绍了“大围困”期间列宁格勒的代表诗人，讲到薇拉·英贝尔（即上文伯林提到的“英培尔”）时，编者提到这位女诗人目睹了大围困时期的悲惨境况，接着他话锋一转，说“但诗人的目光还是关注到人们的生命意志，关注到人们的善良。从街头进入诗人笔下的谈话片段热情较少，偶尔夹杂一些不太愉悦的笑话，但它们在读者心中播种了希望——城市会坚守下来”[③]。

大围困持续了将近900天，这对挣扎在生死线上的市民来说，

---

① Барскова П · Р · Николози. *Блокадные нарративы*. Барскова, М.: Издательство НЛО, 2017. c.226.

② ［英］以赛亚·伯林：《苏联的心灵》，潘永强、刘北成译，译林出版社2010年版，第9页。

③ Хакимова Г., Васюткова Н.. *Громадный, гордый град…: К 300-летию Санкт-Петербурга*, СПб: Рос.гос.юнош. б-ка., 2003. c.34.

是一种极大的考验。如果没有精神慰藉，很难想象最终有多少人可以坚持下来。因此，有必要在写给他们的诗歌中强调“信念”的重要性。这种“信念”，来自对个人求生意志力的肯定，也来自集体主义、爱国热情、道德和宗教信仰（这一成分在主流围困诗歌中较少出现）等。

从俄罗斯的农村到捷克的车站，
从克里米亚的高山到利比亚的荒漠，
为了让蜘蛛的爪子不爬到
人类圣物的大理石之上，
拯救世界和星球免于瘟疫——
靠的是人道主义！而人道主义者——就是我们。[①]

这是薇拉·英贝尔长诗《普尔科沃子午线》中的一个段落。“人道主义”在她的笔下具有统领一切的力量，是与德国法西斯分子抗衡的精神武器。主流围困诗歌在表现这些信念的作用时，无一例外将人的（确切地说是集体主义的）主观能动性提升到足以拯救世界的高度。这种诉诸道德力量的诗句有时说教成分太重，给人过于夸张的印象，譬如吉娜依达·什波娃的诗句：

当你还在读诗时展露笑容，
当脑子里还在回响普希金的字句，
当你帮助了老人
为妇女让座，

① Инбер В, «Пулковский меридиан», *Стихи и поэмы*, Ленинград: Изд. худ. лит., 1957. с.191.

当你向孩子伸出援手
用小心翼翼的碎步领他们走过坚冰，
当你还保持着信念，仿佛保持着火焰，
你就不会死亡，你就不会倒下！[①]

其他诸如尼古拉·吉洪诺夫、帕维尔·安塔科尔斯基等人的诗歌中，此类描写和宣传不一而足。如果仅从审美的角度来评判这些诗歌的艺术价值，未免有失公允，毕竟在具体的历史语境中，使读者产生情感共鸣也是写作者面临的最主要任务之一。正如基里尔·科布林评价利季娅·金兹堡的随笔《被围困者笔记》时指出的那样，"'被围困者'处于极度的不幸和极度的不自由状态，但尽管如此，他并不认为这一状态是最终的、极端的；他本能地不惜运用全部的身体上——更主要的是——道德上的力量，以推开这一边界，建立反复行为的系统，以使得这一系统将他从'生物'活动、'生理'活动引领到'社会'活动中去"[②]。而诗人们的话语鼓动，对于围困中的居民走出这种绝望状态必然功不可没。只是，从"后先锋主义"诗歌的片段中，我们找不到任何有关"获救"的希望。主流诗歌中的主人公总是会跨越一切障碍，获得永生；而弗·斯特里科夫、谢尔盖·鲁达科夫等人的诗歌中主人公注定要在大灾难面前束手无策，迎来必然到来的死亡。

勺子送到嘴边——死亡，
伸了伸胳膊想要打个招呼——死亡，

---

① Шишова З. Блокада., *Ленинград: Советский писатель*, 1943. с.10.

② Кобрин К.. «Прорыв блокадного круга. Предисловие», Гинзбурс Л., *Записки блокадного человека. Воспоминани*, Москва: Эксмо, 2014. с.9.

看见一只小黄雀鸟——死亡，
在树叶的枝头上——死亡，
你和朋友一起去散步——死亡，
送别朋友，他们一共两个人——死亡，
偶然朝哪儿一瞥——死亡。
（1942 年 7 月 29 日）①

弗·斯特里科夫的这首《死亡》容易使人联想到作为其早期的“真实艺术协会”：追求片段效果而非完整印象，意象之间的连贯性较弱，语义重复性比较明显。其中重复出现的“死亡”与“真实艺术协会”代表丹尼尔·哈尔姆斯的一首诗歌有相近之处：“……/ 所有所有所有的姑娘都是‘必夫’/ 所有所有所有的男人都是‘罢夫’/ 整个整个整个的婚姻就是‘布夫’。/……”在哈尔姆斯的诗歌中，“必夫”“罢夫”和“布夫”多次出现，但它们是作为一个介于“文字游戏”和“统一等价物”之间的符号而存在；与之相比，斯特里科夫写到的“死亡”却是肉眼可见的具体死亡。当“死亡”这一意象被反复强调时，现实的荒诞和恐怖特点都进一步加深了，列宁格勒大围困带给每一个受困者的，并不是他们作为苏联公民而被赋予的“捍卫城市”的使命，而是他们作为个独立的人而面临的死亡。“真实艺术协会”成员面对的至少是一个逻辑意义相对稳定的世界，而大围困中的“后先锋主义”诗人却要面对秩序和逻辑已经混乱的现实。他们不再需要玩味文字游戏，“将现实反转”，周遭发生的一切充满悖谬、匪夷所思，他们只需要如实记载，本身就是对“荒诞”精神的继承。

① Sterligov V. Written in The Dark. *Five Poets in the Siege of Leningrad*, Barskova P., ed. New York: Ugly Duckling, 2016. p.98.

“后先锋主义”诗歌中不仅没有“信念”作为支撑，相反，他们还努力在诗歌中否定任何具有拯救特征的存在物，值得注意的是，他们选取的“亵渎对象”不是“爱国主义”“人道主义”——事实上，这些范畴几乎没有进入他们的写作中——而是宗教信仰。

不，我不知道约伯
和其他人。
我自己活着，
我自己就是约伯。
我没有像拉撒路那样复活，
上帝也不是我的父亲。
我不像他那样，从棺材中爬出，
直到现在我都还是个死人。
（1942 年 10 月 17 日，从“巨山”到阿拉木图步行途中）[①]

清算与“上帝”之间的关系，是帕维尔·扎利茨曼诗歌中经常出现的主题。《圣经》中关于“约伯受难”和“拉撒路复活”的说法指向的都是“救赎”，而扎利茨曼根本否定了任何“神迹”。在这首诗歌中，他将自己放到了与“上帝”同等的位置，从而将绝望情绪置于无计可施的境地。但同时，抒情主人公“我”又发出非常坚定的声音，带着控诉的语调，就像这本诗集的序言中写的那样，“后‘真实艺术协会’大围困诗人的诗歌最为勇敢的特征之一是，它们没有将受围困的人描述为‘隐忍的英雄’，而是将其表现为‘无意而成的英雄’——某些人的人性被连续不断地

① Pal Zaltsman. Written in The Dark. *Five Poets in the Siege of Leningrad*, Barskova P., ed. New York: Ugly Duckling, 2016. p.118.

考验，有的时候他们显得筋疲力尽”[①]。类似帕维尔·扎利茨曼的这种对“信念”的质疑声在其他几位诗人中也有体现，譬如“不要去弄明白，谁躲在框后，/ 也不要徒劳地呼唤上帝的军队。/ 插上门闩，给自己盖上五角星，/ 阻挡住可怕的敌人”[②]。甚至在肯·格尔的诗歌中，温柔贤惠的“利百加”被“我”残忍地吞食掉，宗教信仰被颠覆到如此程度，“救赎”已完全没有可能，也失去了意义。

三、主人公的身份：大围困中的“集体自我”与“个体自我”

再次回到主流围困诗歌的“对话特征”，我们发现，在诗人建立的对话模式中，“你”代表的是被围困的对象，或是围困区之外的苏联读者；而与之对应的并不是“我”，而是具有强大指涉力量的“我们”，是包括“你”在内的苏维埃共同体。如“一切都会实现——我们将会见面……/ 在我们的头顶扬起蓝色的帆 / 没有风的晴朗天空。/ 我们为寂静中的幸福感到喜悦，/ 我们会回想起战争中垂死的日子，/ 回想起拉多加湖面包又干又硬的外皮。”[③]“这——是我们的爱。无论怎样等待——一切都还如初，/ 献上鲜血、担忧、枪弹。/ 但是，就像当初戒指的圆圈使我们结合，/ 我们也因为圆圈而分离……”[④] 就像维克多·什克洛夫斯基描述这座城市时使用的一个比喻，列宁格勒是一个“中空的圆圈面

① Barskova P. Written in The Dark. *Five Poets in the Siege of Leningrad*, Barskova P., ed. New York: Ugly Duckling, 2016. p.19.

② Dmitry Maksimov. Written in The Dark. *Five Poets in the Siege of Leningrad*, Barskova P., ed. NewYork: Ugly Duckling, 2016. p.74.

③ АвраменкоИ. Победа. *Поэты о подвиге Ленинграда в Великой Отечественной войне*, Ленинград: Лениздат, 1970. с.15.

④ Вечтомова Е. Победа. *Поэты о подвиге Ленинграда в Великой Отечественной войне*, Ленинград: Лениздат, 1970. с.113.

包”[1]，缺乏属于个人的思维判断。列宁格勒的主流诗人们在创作过程中，完全摒弃了个人经验，即使出现了“我”，抒情主人公的身份也将不再具有确定的身份，而是作为集体授权的代表发出声音：

我以一种新的爱来爱你，
苦涩的、宽恕一切的、鲜活的，
我的祖国佩戴荆棘的王冠，
头顶是灰色的彩虹。

它就要来临，我们的时刻，
它意味着什么——
只有我和你才会知晓。
我爱你——我别无选择，
我和你——和从前一样——合为一体。
（奥·别尔格利茨，1941年6月）[2]

事实上，奥·别尔格利茨的这种“统一体”看法并不是一开始就有的，也并非坚定不移。苏联官方一直把她当作捍卫祖国尊严、忠诚于国家和人民的典型来宣传（她曾经被授予“保卫列宁格勒奖章”、斯大林奖金等），但近年来，尤其是随着2010年别尔格利茨《被禁日记》的出版，一个令人陌生的奥·别尔格利茨呈现在读者面前，“广播中清晰的音节让步给未曾说出的、被中断的自白。诗人不再是宣传员式的，她的内心充满了动摇、不稳

---

① Барскова П. Р. Николози. *Блокадные нарративы*. Барскова, М.: Издательство НЛО, 2017. с.341.

② Берггольц О. *Избранные произведения*. Л.: Советский писатель, 1983. с.196.

定，失去了生活的支点和意义”[①]。1941 年 9 月，大围困刚开始的时候，别尔格利茨在自己的日记本上写下了六首小诗组成的系列《四一年的笔记本》，描绘了每个被围困的人都会感受到的情绪：

我不在家里，不是城市的市民，
没有活着也没有死去——不是任何一样：
我生活在两个房板中间，
在堆叠的砖块里面……

回顾上文中提到围困的第二天，别尔格利茨就写出《达莎阿姨扑灭了燃烧弹》那样的诗歌，作为“个人”的别尔格利茨与公众面前的她，存在着十分明显的差异。对前途命运担忧、不相信战争会胜利，这种痛苦的担忧反复多次在她的日记中出现，她也十分焦虑随之而来的名望会浇灭自己对生活的敏感，因为一旦写不出那样的诗句，她就不能换来足够的面包。除了个人利益的考量，苏联长期奉行的集体主义教育也使诗人们主动“消灭”了“个体自我”，因为个人在更为慷慨无私的爱面前，总是显得十分渺小。按照集体主义的衡量标准，“个人”与“集体”并不存在不可调和的矛盾，“伟大卫国战争以新的内容加强、锐化、填充了苏联人的爱国感情并最终取消了个人的、‘自己的’利益与民族、人民、祖国的利益。在我们这个时代的诗歌中号召保卫祖国——也同时是号召保卫个人、单个人的幸福。为个人的痛苦而复仇与为人民的痛苦而复仇融为一体”[②]。

---

① Каратеев А. Ольга Берггольц. Запретный дневник, *Знамя*, 5(2011). с.211.

② Поляк Л. О лирическом эпосе Великой Отечественной войны, *Знамя*, 9/10（1943）, с.292.

由此观照肯·格尔、德·马克西莫夫等人的创作，一个鲜明的特点就是不断在诗歌中出现的“个人意识”“个体经验”。作为具有确切指称的“我”频繁出现在他们的所有诗歌中，并且，个体的我和大众是疏离的，主人公仿佛被抛到寸草不生的荒漠中，独自忍受饥饿、寒冷的状态，独自面对死亡。

平淡的心头有着怎样的惊慌。
稠密的风中天鹅死去。
空空的灌木没剩下一根树枝。
桥悬挂在无水的河上不知羞耻。

突然大海一片凋萎。
而我
独留下来没有了世界，
仿佛一块黄油。①

除了对个体地位的突出，这些诗歌与主流围困诗歌还有一个区别：在“后先锋主义”文本中，应该被强调的“围困圈”“围城”恰恰消失了。这是一种在空间上无限开放的写作，个体的“我”置身于“没有了世界”的空间，一种无限的“无”，而事实上，大围困给人的最大感觉却是“受压抑的囚禁”。肯·格尔等诗人扭曲了围困区的存在状态，使主人公处于无人可以交流的状态，处于从“列宁格勒围困”事件中剥离出来的“空”的位置。这恰恰是主流围困诗人极力避开的状态。帕琳娜·巴尔斯科娃认

---

① Gor G. Written in The Dark. *Five Poets in the Siege of Leningrad*, Barskova P., ed. NewYork: Ugly Duckling, 2016. p.52.

为，在修辞上策略性地克服个人之间的隔绝——这是别尔格利茨大围困抒情诗面临的最尖锐任务。[1]

朋友们不断对我们说："要活下去！"
他们伸出手来。
那冻僵的手，在火光之中，
在血液里，被阳光穿透
他们将统一生命的接力
交付给你们，交付给我。
我的幸福无法计量。
作为回应，我平静地说：
"朋友们，我们接受它了，
我们会坚持你们的生命接力。
我们带着这种接力度过了寒冷的冬天。
在它的痛苦令人压抑的雾霭中
我们依靠心灵的全部力量
依靠有创造力的勇气所有的光芒活着。"[2]

从诗歌传达的意义来看，个人身体经受的痛苦仿佛不存在了，那"冻僵的手"最终让位给果断有力、坚不可摧的集体主义身体。在集体主义的原则下，个人只有通过无条件的奉献，才能真正实现永远的不朽——个人意义上的不朽是不存在的，所有的荣耀和力量来自互帮互助、团结协作，来自对"共同体"的维护。

---

① Барскова П. Р. Николози. *Блокадные нарративы*. П. Барскова, М.: Издательство НЛО, 2017. с.234.

② Берггольц О. *Собрание сочинений в трех томах*, т-2, Ленинград: издательство художественной литературы, 1989. с.46.

这是集体主义教育的重要内核，在一定程度上来说，也是处于战时状态的“人”必须遵循的存在方式。本尼迪克特·安德森对“民族主义”的描述正适用于理解这种状态。“在所有自然的事物中总是存在着某些不容选择的东西。因此，民族的属性就被融入肤色、性别、出身、出生的时代等——所有那些我们无法选择——不得不这样的事物中。而且在这些‘自然的连带关系’中我们感受到了也许可以称之为‘有机的共同体之美’的东西。换个方式说，正因为这种连带关系是不容选择的，它们因此就戴上了一种公正无私的光圈。”①

结语

正如我们无法回到“大围困”时期的列宁格勒，亲身经历真实的灾难现场，对于这些在灾难中写下的诗歌，无论是来自主流诗人，还是制造语言实验的“后先锋主义”写作者，我们都无法轻率地作出优劣的判断，而只可能从现有的文学审美标准出发，尝试进行一些现象性的描述。从诗人创作时预设的受众来看，以奥·别尔格利茨、薇拉·英贝尔等为代表的主流围困诗人更多地面向最广大的围困区居民以及苏联其他地区的读者，他们借助广播、宣传画等大众传媒工具，普遍在诗歌中采用对话模式，以建立与读者（听众）之间的情感联系，运用多样的叙事策略，以引发读者的共鸣，鼓舞被围困居民以及前线的战士。相比而言，以肯纳季·格尔等为代表的“后先锋主义”诗人完全凭借自发的欲望写作，没有期待诗歌被发表，也无意建立与虚拟的读者之间的

① 本尼迪克特·安德森：《想象的共同体：民族主义的起源与散布》，吴叡人译，上海人民出版社 2003 年版，第 170 页。

对话；在表现内容上，主流围困诗歌以“信念”作为内核，多洋溢乐观的革命激情，宣传集体主义、爱国主义的思想，肯定了“道德救赎”的意义，诗歌的主要功能表现在鼓舞受围困市民、强化苏联大地道德价值观念上。而后一种写作方向的代表们更加热心写作的实验，他们不避讳对围困区真实状况的描写，突出个人的绝望情绪，并且经常表现出“亵渎神明”的姿态，否认了最终胜利的可能性；最后，在探究诗歌抒情主人公的身份时，我们在前一种以对话模式建立的诗歌文本中，发现了更多“我们”，抒情主人公为苏联意识形态的代言，号召对话者从分散的个人状态走入共同的拥抱，以热烈的集体主义情感驱逐围困区悲惨的氛围，并通过集体主义身体的不朽来讴歌个人的永生。而“后先锋主义”诗人塑造的多是西西弗斯式的个人，他被置于相互没有联系的空间之中，处于一种无限的“空无”。

每个时代都会经历不同的灾难，我们今天重新审视与此有关的文学作品，会发现以上总结的大围困诗歌的写作特征，多少也会体现在这些作家讲述灾难的姿势之中；同时，随着灾难发生背景、受灾性质等因素的不同，这些文学作品在表现手段上又会有各自的特点。我们不能否认主流大围困诗歌在建立精神统一体、帮助被围困的市民度过艰难岁月方面的重要作用；相应地，也不应该因为“后先锋主义”诗歌在那个需要“众志成城”的环境里“无所作为”，就忽视它在文学上的特殊价值。也许研究灾难叙事最根本的出发点应该是，所有描述灾难的文学都将聚焦于一点：如何使用文学的形式，描写“灾难中的人”。

形式消解下的消极狂欢——哈尔姆斯创作中的形式主义因素

高羽

近几年，俄罗斯先锋作家丹尼尔·哈尔姆斯走进了大众视野，并作为俄罗斯甚至欧洲荒诞戏剧的先驱为中国学者所熟知。反传统、颠覆性创新、无逻辑是描述哈尔姆斯创作的关键词。哈尔姆斯的一生可以比喻为一条反传统、创新的道路。作家喜欢在小说中编造自己的出生。例如，他的父母早在1902年便结婚，但直至1905年才生出哈尔姆斯。因为哈尔姆斯的父亲希望他的孩子在新年出生，所以计算着日期一年与妻子尝试一次等。而实际上，哈尔姆斯的父亲并未如此精细地计算。他“常年出差在外，哈尔姆斯很少与父亲见面，甚至连他的名字都是父亲通过电话取下的”[①]。哈尔姆斯从青年时期开始接触并学习克鲁乔内赫和赫列勃尼科夫的先锋诗作，模仿马雅可夫斯基的前卫衣着。后来，哈尔姆斯还曾与好友维坚斯基吸食致幻剂，甚至对印度瑜伽和佛教思想也一度热衷。正是哈尔姆斯叛逆、敢于尝试的品质让他与以反传统、创新为核心的形式主义精神如此接近。

提及哈尔姆斯与俄国形式主义之间的关系就不能忽略未来派诗人的作用。哈尔姆斯的先锋诗歌受未来主义者影响很深。他通过造新词、阶梯诗、无意义语等形式革新效仿“具有批判精神的

---

① Кобринский А. А. *Даниил Хармс*, М.: Издательство АО «Молодая гвардия», 2008, с.3.

马雅可夫斯基等未来派诗人向理性、秩序等发出挑战，……而未来主义者对其后形成的俄国形式主义奠定了理论基础”[①]。此外，俄国形式主义理论家对哈尔姆斯本人诗学的形成也有极大的启发。1926年哈尔姆斯进入了俄罗斯国立艺术史学院下设的高等艺术史学习班深造，并在那里开始接触了形式主义诗学。诗歌语言理论研究协会的艾亨鲍姆和迪尼亚诺夫是执教哈尔姆斯文艺学课程的老师。因此，形式主义对语音、形象及陌生化的全新发现直接影响了哈尔姆斯的创作。

一、形式的反叛 — 无意义语

哈尔姆斯结合形式主义对语音学的发掘，分离了词汇的语义层和语音层，着重加工语音以达到高度的韵律和谐。在形式主义方法的指导下，哈尔姆斯尝试了无意义的玄学诗，提出了全新的诗歌结构。

（一）语音实验

形式主义在语音学方面的独特贡献让词语的选音在诗歌构成中也占据了不可小觑的作用。日尔蒙斯基认为诗歌创作时应突出音调、音律对于诗歌抒情印象的抒发，而非语义，称“音调的意义差异并不重要，词义中的逻辑—质料成分不占优势”[②]。哈尔姆斯十分重视语音选择给诗语带来的情感色彩。他效仿马雅可夫斯基、赫列勃尼科夫、克鲁乔内赫等先锋诗人对语言的外部形式进

① 荣洁：《走近俄罗斯先锋诗歌》，《中国比较文学》2017年第4期，第52页。
② ［俄］什克洛夫斯基等：《俄国形式主义文论选》，方珊等译，三联书店1989年版，第301页。

行大胆改造和实验，以语音变形、阶梯诗、无意义语为手段加强声调律动与诗语旋律的音乐性。

哈尔姆斯写诗时经常改变词语的大小写，增加连字符、下画线，对传统诗歌形式进行大胆突破。其诗中常见马雅可夫斯基的阶梯诗的影子。《不倒翁》<II>（Ваньки встаньки<II>）中哈尔姆斯就基于马雅可夫斯基递减的阶梯诗，尝试了丰富多样的诗行形式实验，创造了内行阶梯递减、外行呈菱形等多种增减相续、颇富对称美的诗歌结构。

…

замочили туфли лаковые

со свечой читали Лермонтова

влюбились в кого то кавалера там

　　на груди у него солнышко

　　а сестра его совушка

　　волоса его рыжие

　　　　королеву прижили

　　　　может кушать рябчика

　　　　да и то только в тряпочке

　　　　у него две шашки длинные на стене висят···

　　　　…[1]

　　　　……

　　　　弄湿漆皮鞋

---

① Хармс Д. *Полет в небеса*, СПБ: Азбука-клласика, 2003, с.48.

借着烛光读莱蒙托夫
爱上了那里的某位男伴
　　他胸前有自己心爱之人
　　猫头鹰游戏是他的姐妹
　　他的头发是棕红色的
　　　　他们姘居生下了女王
　　　　他可以吃榛鸡
　　　　但就是它在抹布里
　　　　他有两把马刀挂在墙上……
　　　　　　（《不倒翁 II》，1926）

生活化诗歌在哈尔姆斯的创作中了占很大的比重。哈尔姆斯将口语，甚至带消极情感色彩的低俗语、情色用语引入了诗歌创作。为配合生活化诗风，哈尔姆斯对诗的韵律和重音进行了调整，将“音调滑动大为缩短，使用具有音韵铿锵特点的单音调”[①]。

комната, комната горит.
…
«где ж ты Петя мальчик милый
что ж ты кашу не доел?»
«Няня, я сгораю няня!»
…
Нянька к ним: Вы невидали
Петю мальчика? Не дале

① ［俄］什克洛夫斯基等：《俄国形式主义文论选》，方珊等译，三联书店1989年版，第311页。

как вчера его кормила.

Брандмайор: как это мило!

Нянька: Боже мой! Но где ж порядок?

Где хваленая дисциплина?

Брандмайор: Твой Петя рядом

он лежит у цеппелина

Он сгорел и папа стонет:

жалко сына.

Нянька: Ох!

Он сгорел - и тихо стонет

тихо падает на мох.[1]

房子，房子着火了。

……

“可爱的小男孩别佳你在哪儿

你怎么没把粥吃完？”

“保姆，我着火了保姆”

……

保姆走向他们：你们看没看见

小男孩别佳？不久之前

就昨天，我喂了他

消防总队长：多么可爱啊！

保姆：上帝啊！还有规矩吗？

备受吹捧的纪律在哪？

---

① Хармс Д. *Полет в небеса*, СПБ: Азбука-класика, 2003, cc.63-64.

消防总队长：你的别佳在旁边
他躺在飞艇的旁边
他烧着了，爸爸在呻吟：
可怜的儿子。
保姆：哦哟！
他烧着了——悄悄地呻吟
悄悄地堕落。

（《火灾》1927）

诗行、词组、单词的外部形式在形式主义者看来同样是构建独特诗学的重要手段。在《火灾》（Пожар）中，除了用口语所特有的重点突出、重复性话语结构 “комната, комната горит”（“房子，房子着火了”），体现音韵的铿锵、干脆、有力之感；采用口语词 видали（видеть 的口语形式），为文本增加生活色彩外；哈尔姆斯还通过 б、ж 等词的加入切断连贯的话语，形成话语间隔和韵律阻滞，对诗语旋律进行了口语化改革。此外，哈氏的诗中也常见跳脱上下诗行进行语音重叠或无意义的音节拖延、机械地重复拖长的 у、а、е、о 等音节，以营造诗语忧郁凄凉的基调。

《火灾》中还牵入了保姆、消防总队长、父亲的日常对话。哈尔姆斯广泛使用疑问和强调调型，使得诗歌基调中的嗓音音色也变得尖锐且具有冲突性。随着事件的揭示和人物情绪的变化，语音也经历着不断发展，由弱音、低音调跳跃到重音、高音调，再重新回升到弱音、低音调，用音调配合调型旋律营造出了具有生活气息的诗歌抒情氛围。

在 1927 年创作的《致阿·伊·维坚斯基》（А. И. Введенскому）一诗中，哈尔姆斯就大胆取缔了诗歌的文本背景、逻辑链条甚至词义含量，以尽可能顺畅地进行语音组合。

В смешную ванну падал друг
Стена кружилася вокруг
Корова чудная плыла
Над домом улица была
И друг мелькая на песке
Ходил по комнатам в носке
Вертя как фокусник рукой
То левой, а потом другой
Потом кидался на постель
Когда в болотах коростель
Чирикал шапочкой и выл
Уже мой друг не в ванне был.[1]

朋友去了可笑的澡堂
墙将四周合围
绝妙的胖女人游泳
在房子的上面曾有条街道
朋友在沙滩上
穿着袜子在房间里走来走去
像变戏法的人一样旋转着手
一会儿左手，一会儿右手
然后他跳进被窝。

① Хармс Д. *Полет в небеса*, СПБ: Азбука-клласика, 2003, с.65.

当长脚秧鸡在沼泽里
用头冠唧唧叫长鸣
我的朋友已经不再去澡堂了。

（《致阿·伊·维坚斯基》1927）

全诗从形式上看，押韵十分工整，读起来朗朗上口。为使韵律和谐，哈尔姆斯更改单词的变位，将“кружиласть”改成“кружилася”；随意增减音节，将“мелкая”改成“мелькая”，等等，以改变重音位置等方式，增强语音的艺术感染力。

诗人专注押韵，创作出了无实际意义、只留语音外壳的玄学诗，用音韵、语调的升降决定诗语的旋律，承担诗歌的主题。全诗完全抛弃了语义，诗行内部逻辑混乱、语义矛盾，让读者混乱不已。不但首尾两句关于朋友去澡堂的讲述自相矛盾，其余诗行更是自说自话与主题毫无关联。或是游泳的胖女人，或是在房间内走动、转动双手的朋友，或是沼泽中唧唧叫的长脚秧鸡，都各有荒唐的讲述重点。杂乱无章的信息与诗歌的主题没有任何语义的连贯。哈尔姆斯故意创作了语义内涵支离破碎的诗语。语音的押韵与严整只是为了保留诗歌的形式，荒诞才是他真正想要传递的内容。哈尔姆斯以形式主义方法为指导的新诗歌摒弃了象征主义所推崇的形象性诗语。哈尔姆斯通过打破语义逻辑，极大地拓宽了未来主义诗歌的先锋表现手段，创造了传达荒诞感受的新型先锋诗歌。

（二）陌生的形象

哈尔姆斯突破了传统文学对形象的定义，取缔了形象与惯性思维之间的联系，赋予了词汇全新的意义，用陌生化手法革新了形象体系。传统认识论将形象理解为进行思维的手段，联想是将事物连接成类的重要方法。什克洛夫斯基对传统“思维=形象性”的认知进行了反驳，称“形象的目的不是使其意义接近于我们的理解，而是造成一种对客体的特殊感受，创造对客体的‘视像’，而不是对他的认识”①。哈尔姆斯在自己的创作中便实践了形式主义对形象性的新定义。他故意割裂了形象和思维之间的联系，取消了人们由于惯性联想对事物、事物之间联系的自动感知，让惯性思维在他的小说中形成断裂。

《第 10 号蓝色笔记本》中哈尔姆斯描写了突破思维边界的“人”的形象。“有一个红头发的人，他没有眼睛和耳朵。他也没有头发，因而人们假定地称他为红头发的人。”② 在之后的叙述中，我们得知被称为“红头发的人”没有五官、四肢、内脏，什么都没有。哈尔姆斯忽略了事物形象的认知功能，将不可见的虚拟事物与“人”的形象相联系，打破了人们已经适应的思维定式和审美习惯。诸如此类与传统形象思维相去甚远的片段常见于哈尔姆斯的创作中。而正是在思维差异中我们才能管窥哈尔姆斯独特诗学的世界图景。将虚无等同于另类存在着的人，这样看似荒唐的联想背后隐藏的是哈尔姆斯对人的存在、世界秩序的全新解读和定位。

在哈尔姆斯的作品中，通过怪人、孩童视角对事物进行描述的例子屡见不鲜。《14 行诗》中人、人的邻居甚至收银员都忘了数字 7、8 的前后位置。虽然小说情节滑稽荒诞，但却值得我们深思。7 和 8 的顺序与惯性思维一样本就是人为制定的，是人无数次感知和经验累积的结果。哈尔姆斯用不识数的孩童或者怪人

---

① [俄]什克洛夫斯基等:《俄国形式主义文论选》，方珊等译，三联书店 1989 年版，第 8 页。

② [俄]丹尼尔·哈尔姆斯:《蓝色笔记本》，张猛译，四川人民出版社 2016 年版，第 3 页。

的视角，如初见般对事物进行了描绘，创建了全新的世界形象及世界联系。

哈尔姆斯一直致力于用一种新逻辑来代替旧秩序。在散文《军刀》（Сабля）中，他将自己关于世界的重新构思进行了全面呈现。他认为“1 是一个特殊的数字，它可以作为计数功能缺失的证明。2 是第一个复数，2 之后的数字都是复数。原始人在计数时只有 1 和多的概念”①。哈尔姆斯将这样的数字关系比作我们与世界的关系，将“我”与“世界”相割裂。个体的“我”等同于世界开始的基础“1”，这样整个世界就变成以我为中心和基础展开的“复数”。无“我”便无“世界”。借此，哈尔姆斯将作为个体的“人”提到了第一位。哈尔姆斯打破了惯性思维的限制，对人的存在、数字及其背后的理性世界进行了全面颠覆，形成了独特的诗学。

他认为数字只是记录世界、确立世界的形式之一，我们应该自己发掘出一种新的“世界注册系统”。如果说数理世界中计数的小棍是辅助统计工具，那么我们的新世界将以“质量”为单位。哈尔姆斯认为“我们”的当务之急就是找到能够确认人的“质量”单位，确定重新测量世界的“俄尺”，也是我们未来生活的武器。

（三）新符号

哈尔姆斯创造“新符号”承载自己对全新世界认知，将新词作为对抗陈旧迂腐世界的武器、测量新世界的标尺。哈尔姆斯继承了形式主义对词汇语音、词形和语义层的分割。传统语法理论中词具有的统一、确定的意义在哈尔姆斯的创作中完全被否定

---

① Хармс Д. *Сабля*, http://xapmc.gorodok.net/prose/1259/default.htm.2018.10.07.

了。他开发词汇的换喻性，发掘出符号系统隐藏的新形象、新联系，赋予符号前所未有的新内涵、新形式，“表示出人对现实的新的态度”[①]。

在其短篇小说 *Biu* 中男女主人公因 Biu 一词发生争吵。凭空出现在小说中语义不明的 Biu 起着推动情节发展的作用。两人的争吵由 Biu 开始，以 Biu 结束。哈尔姆斯将小说的标题和主题设置成一个看似没有任何意义的符号，用“无意义”新符号挑战了读者的常规认知，延长了读者对小说的阅读过程，加深了读者的审美感受。

而这类新词汇、陌生物的背后，隐藏的是哈尔姆斯从未被了解的对人的存在和理性的颠覆性思考。哈尔姆斯用“反常化在艺术中经常更新人对世界的感受，从而在人们眼中展现一个全新的世界”[②]。他认为世界是由无逻辑和偶然组成的集合，与我们的常识相反，现实中往往没有理智可循。在《军刀》中哈尔姆斯指出，“只有将个体与周围世界隔离，个人的独立存在才能凸显出来”[③]，并将这种隔离视为确定个人存在的计量工具。这种“隔离”以剥离了语义的语音层、陌生的形象解读、全新的符号体现在文本中，激发读者对世界和人的存在的深入思考。

“Biu”像哈尔姆斯独特诗学世界的通关口令。哈尔姆斯让主人公的荒诞感激发并引导读者的迷惑和荒诞之感。小说最后女主人公因 Biu 产生的强烈荒诞感也是读者们的同感。而当新词造成读者思维阻滞进而深入思考的同时即是小说获得成功的时刻。

---

① ［俄］什克洛夫斯基等：《俄国形式主义文论选》，方珊等译，三联书店 1989 年版，第 22 页。

② ［俄］什克洛夫斯基等：《俄国形式主义文论选》，方珊等译，三联书店 1989 年版，第 22 页。

③ Хармс Д. *Сабля*, http://xapmc.gorodok.net/prose/1259/default.htm.2018.10.07.

"Biu"正是哈尔姆斯对世界和个人存在的荒诞解读，只有最反叛的精神和最富于想象的思维才能揭开"荒诞 = 世界"的真相。

二、形式的颠覆——无逻辑叙事

分离的叙事时空、混杂的叙事题材、颠覆的叙事模式是哈尔姆斯荒诞诗学的重要表现手段。在哈尔姆斯与利帕夫斯基等一众奥贝利乌者的共同宣言中曾提及作家关于"世界无联系、时间无连接的世界感受。而由于这与理智是相矛盾的，所以这就意味着理智无法理解世界"[①]。

预感到了理智和时空等传统叙事方式的失效，哈尔姆斯对不同时空、叙事题材、叙事者进行了大胆的形式实验。哈尔姆斯重新定义了形式和内容的关系，来解构以追求真实感为目的的传统叙述方式。

日尔蒙斯基认为"形式与内容统一在审美对象上，艺术中的任何新内容都必须表现为形式。艺术中不存在没有得到形式体现的内容"[②]。哈尔姆斯认同形式主义的诗学观念。他十分注重作品的内部构成因素，精心挑选材料，用无逻辑叙事手法将材料进行重新呈现，以体现荒诞的世界感受。

（一）叙事时空的跨越

在哈尔姆斯的小说中，事件的发生缺乏具体的时间范畴，没

① Липавский Л. С. Разговоры // Сборище друзей, оставленных судьбою. А Введенский, Л. Липавский, Я. Друскин, Д. Хармс, Н. Олейников: *«Чинари» в текстах, документах и исследованиях* / сост. В. Н. Сажин: В 2 т. Т. 1. М.: Ладомир, 2000, сс.174-253.

② [俄]什克洛夫斯基等：《俄国形式主义文论选》，方珊等译，三联书店1989年版，第18页。

有明确时间标志，往往用“从前”一笔代过。空间也多为抽象地点，最典型的情况就是“在某个城市，但是我不会说是哪个城市”，仿佛身处童话时空一般。哈尔姆斯对传统叙事方式和目的进行了大胆的反叛，“解构了传统小说历时性时间和事件因果关系交叉而成的坐标轴”[①]。他的小说不但时间、空间不确定，时空之间的界限也并不分明，往往有不同时空人物混杂的叙事效果。

哈尔姆斯在《圣经》创世记神话（夏娃在伊甸园偷食善恶果）的基础上，加入了现代人物大师莱昂纳多，用充满现代气息的“FIGURA”代替上帝的角色，一起构成了戏剧《堕落抑或知善恶》（Грех о падение или познание добра и зла）。剧中，大师莱昂纳多爱慕夏娃，并用充满肉欲的话语赞美她的美貌和身体，赤裸裸地表达自己的爱意。夏娃顺水推舟骑在大师肩上摘下了善恶果。更荒唐的是，蛇竟因为诱惑夏娃成功而拍手称快。戏剧让历史背景、宗教信仰不同的人物跨越时空的阻隔产生交集，共同构建了一个虚拟空间。时空的混合成功地消解了不同民族、不同时代之间的差异与隔阂。

在《尼古拉二世：我锁上了门……》（Николай II. Я запер дверь…）中哈尔姆斯用同样的手法，让历史真实人物沙皇尼古拉二世和亚当一起讨论生命的意义。哈尔姆斯借尼古拉二世之口，在感叹创世神奇之时说出“所有死者都急着消失，而所有生者都日夜追求不朽”[②]这一名句，来讽刺当时占主流的“为劳动献身”的社会思想。哈尔姆斯将神话故事与现代人物、历史态度与现实视角的拼贴使得叙事和荒诞思想的表达没有禁忌、

① 姜玉琴：《“马原的叙述圈套”与中国当代先锋小说的“虚构”》，《中国比较文学》2017年第4期，第61页。

② Хармс Д. *Николай II. Я запер дверь…*, http://haharms.ru/harms-099.html,2018.10.08.

更加流畅。

在小说《学术期刊》中哈尔姆斯将空间抽离了时间轴。俄罗斯的知识分子们都跨越了时空距离、死生阻隔，汇聚在了哈尔姆斯的艺术世界中，互相嘲讽、诋毁、嬉笑怒骂。哈尔姆斯通过时空的混合达到了不同主题相互注释、互为补充的特殊审美效果，使得部分之和大于整体。

（二）叙事题材的混杂

艾亨鲍姆有感于俄罗斯文学的程式化，称“我们对因循守旧的喜爱有时竟达到了令人吃惊的地步，总是兴致勃勃地重复同一样东西”。[①] 哈尔姆斯响应形式主义者的号召，大胆打破传统文学体裁和形式的束缚，创造性地综合多种文学体裁于一体，对已成惯性的旧有文学形式进行了全面颠覆。

他在诗歌中创造性地加入了在叙事史诗作品才会出现的组织材料形式。在《传说饲马员们想出的地球》（землю, говорят, изобрели конюхи）中，哈尔姆斯用黑色字体标出了引入（Вступ）、开头（Начало），将诗歌各部分用史诗讲述形式进行了另类呈现。诗歌的副标题是“献给住在马厩里的人们”，但是内容却与标题相去甚远。哈尔姆斯为了达到语音韵律和谐，创作出语义关联不大的诗歌，混合了庄严和无意义两种相反的风格，打破了诗歌风格和题材之间的界限。

哈尔姆斯的小说中混合着戏剧元素。哈尔姆斯的小说很多以对话形式进行呈现。对话进入小说的目的不再是对人物肖像和人物心理的呈现，而是“采取一种纯戏剧的形式，推动情节展开的

---

① [俄]什克洛夫斯基等:《俄国形式主义文论选》，方珊等译，三联书店1989年版，第32页。

功能更多，……对话变成了结构的基本要素”[①]。

哈尔姆斯小说结尾多见“幕落”（Занавес），戏剧以潜藏形式存在于小说文本中。短篇小说《马卡洛夫和彼得森 No.3》中小说情节在戏剧特有的结束标志“落幕”之下戛然而止。而紧张与停滞之间的极差就是哈尔姆斯用来扩展荒诞感的手段。哈尔姆斯将小说开头比作大幕拉开的舞台，将小说的结束比作大幕降下的剧场，对小说进行了转折明显、冲突强烈的戏剧性呈现。“落幕”、“剧终”（Всё）是哈尔姆斯在文本世界的化身，在切断荒诞离奇的故事结束的同时，也引起了读者关于人欲望与灭亡的思考。

哈尔姆斯的戏剧中也不同程度地渗透着诗歌形式。哈尔姆斯的戏剧深受未来主义者的影响。他不断尝试革新传统戏剧，综合各种创作题材打破戏剧形式的束缚，调整戏剧创作重心，进行形式主义实验。

在拉吉科斯（Радикс）戏剧团体时期，哈尔姆斯曾与维坚斯基合作了第一部戏剧《我的妈妈浑身是表》（Моя мама вся в часах）。这部作品就其本身而言是一首诗歌，改编之后被冠上了戏剧题材。该剧最终因为“诗行中间散文性质的过渡”[②]，而未能通过演出审查。

另一部喜剧《彼得堡之城喜剧》（Комедия города Петербурга）是哈尔姆斯创作的重要作品，其中包含了几乎所有形式主义戏剧创作的基本特征。除了用抽离第一章节方式突出形式外壳之外，哈尔姆斯还广泛运用了幕间合唱、跳跃等即兴且突出动作的

---

① 托多罗夫：《俄苏形式主义文论选》，外国文学资料研究丛书编辑委员会编译，中国社会科学出版社 1989 年版，第 174 页。

② Кобринский А. А. *Даниил Хармс*, Москва: Издательство АО «Молодая гвардия», 2008, с.12.

艺术方法对戏剧形式进行拓展，创建自己的新型实验戏剧。

（三）叙事者的曝光

哈尔姆斯的情节总是给人一种仿佛进入了死胡同的感觉，不断机械地重复循环，事件的推进和演化纯属偶然。他的叙事重点不再是对作品内容层面的简单挖掘和通过变更情节分布营造新鲜感，而是转变为对叙事迷宫的关注。

什克洛夫斯基在《关于散文的理论》中指出，“一个新形式的出现不是为了表达一个新内容，而是为取代已经丧失其艺术性的旧形式”[①]。传统文学中作家通常精心刻画小说的背景、情节、人物形象，力图让读者陷入叙事真实中无法自拔。哈尔姆斯反对以塑造“不是真实而胜似真实”为目的的传统小说叙事手法，试图以一种全新的形式来组织素材、呈现内容。他将小说剥离成故事和超故事两个层次，让叙述者从故事层钻到超故事层，向读者宣告自己的存在，取代老旧形式的叙事模式。

哈尔姆斯不但用离奇荒诞的情节来消解故事的真实性，还在小说的结尾借助叙事者直接和读者进行交流，提醒读者关注小说更深层的内涵。此外，哈尔姆斯常用不符合作品风格的附言和寓言性质的说明来明目张胆地告诉读者故事是假的，点明“这，就是整个事情的经过”[②]，让读者对小说内容持冷静旁观的态度，将注意力集中到“怎么写”上面，关注小说的外部组织形式。

哈尔姆斯通过曝光叙事者来解构文本的真实性，通过采用新形式“转移人们对作品情节的兴趣，而将所有写作的重点放在分

---

① [俄]什克洛夫斯基等：《俄国形式主义文论选》，方珊等译，三联书店1989年版，第20页。

② [俄]丹尼尔·哈尔姆斯：《蓝色笔记本》，张猛译，四川人民出版社2016年版，第16页。

析方面，注重作品的细节”[1]，吸引读者对故事写法的关注，自主地开始重读小说，分析作家的创作……这些在哈尔姆斯的作品中惯用的元叙事手法极大地影响了后现代主义的创作。以中篇小说《老太婆》为例，作为哈尔姆斯的重要作品，小说以其情节的独特性、荒诞性著称。哈尔姆斯为小说安排了一个匆忙的结尾，以“就暂且先写到这里吧，我觉得，这部小说已经拖了太长时间了”[2]将还没完全展开的故事戛然而止。短篇小说《会面》同样如此，寥寥十余字结束上班途中偶遇的无意义叙述之后，以元叙事的剖白匆忙结束了小说。这样颠覆传统叙事模式的结尾看似破坏了小说的严整性，打破了精心营造的小说故事情节。实则，这才是哈尔姆斯构建小说特殊艺术世界的重要手段，借此使得读者的荒诞感受达到顶峰。

哈尔姆斯这种破格的创作风格往往让习惯了传统小说阅读及审美模式的读者觉得创作缺乏诚意。然而事实并非如此，哈尔姆斯将读者纳入了自己小说创作的框架中，成了共同作者。他重视读者的审美体验，不满足于通过文本与读者交流，迫不及待地冲破叙事的束缚，借助叙事者不停地与读者对话。哈尔姆斯在创作时预设了“读者的阅读”这一重要环节的存在。不仅是哈尔姆斯，这是同时期因种种原因作品无法与读者见面的大部分作家的总体状态。

奥贝利乌者们在共同宣言中称：“在最初的概括中，我大胆做了在我之前没有人做过的假设，提出了一个全新概念。……我确信旧有的‘联系’是虚假的，但我说不出新的‘联系’应该是

---

①［俄］扎娜·明茨、伊·切尔诺夫原编：《俄国形式主义文论选》，王薇生编译，郑州大学出版社2005年版，第191页。

②［俄］丹尼尔·哈尔姆斯：《蓝色笔记本》，张猛译，四川人民出版社2016年版，第302页。

什么。我甚至不知道‘联系系统’应该是一个还是多个。”[①]哈尔姆斯大胆地打破时空阻隔，将故事与人物进行拼贴；突破题材规范的束缚，对不同题材进行混合尝试；颠覆力求真实的叙事模式，通过叙述者在文本的形象，曝光叙事的虚假性，将自己对世界的重新理解用消极狂欢体现了出来。

三、形式精神——消极狂欢

艾亨鲍姆在《散文理论》中敏锐地发现了文学的演变规律，即“对认真而详细地说明理由的曲折情节作出严肃的解释，被讽刺、玩笑、模仿所取代，用来说明出现一个场面的理由和种种联系变得更单薄”[②]。哈尔姆斯放弃传统文学重视的心理描写，打破陈旧严肃的文学风格，进行荒诞写作；通过戏仿进行大胆的形式实验，为正面人物形象脱冕，塑造出让人过目难忘的新性格、新形象。哈尔姆斯的文学创作体现的是一种反传统、反逻辑的形式精神，为消极情绪营造了独特的狂欢广场。

（一）荒诞精神

在戏剧《伊丽莎白·巴姆》中哈尔姆斯进行了大胆的无逻辑形式实验。戏剧第一幕时，主人公伊丽莎白·巴姆的身份是被伊万·伊万诺维奇和彼得·尼古拉耶维奇两位警官抓捕的嫌疑犯。然而，随着戏剧的后续发展，我们得知父母双全、丈夫健在的巴

---

① Липавский Л. С. Разговоры // Сборище друзей, оставленных судьбою. А Введенский, Л. Липавский, Я. Друскин, Д. Хармс, Н. Олейников: «Чинари» *в текстах, документах и исследованиях* / сост. В. Н. Сажин: В 2 т. Т. 1. М.: Ладомир, 2000, сс.174-253.

②［俄］托多罗夫：《俄苏形式主义文论选》，外国文学资料研究丛书编辑委员会编译，中国社会科学出版社 1989 年版，第 182 页。

姆有 10 万岁高龄、两个父称（Елизавета Таракановна 和 Елизавета Эдуардовна）。更荒唐的是，戏剧的最后伊万 · 伊万诺维奇在彼得 · 尼古拉耶维奇在场的情况下，指控伊丽莎白 · 巴姆谋杀了彼得 · 尼古拉耶维奇。这样缺乏叙事逻辑、主题前后矛盾、情节漏洞百出的戏剧形式，消解了结构在戏剧中的作用，呈现出一种反结构的叙事。不单巴姆，剧中其他人物都有不同程度的自相矛盾。这样违反上下文因果联系的安排，使得戏剧本身的合理性也受到质疑，让读者的荒诞感受达到顶峰。

哈尔姆斯擅用戏仿改造旧有形象，创造滑稽的形式精神。哈尔姆斯对文学泰斗们进行了全面的戏仿改造，隐没了他们的光环，解构了他们在人们心中的“高大全”形象，突出了滑稽荒诞之感。如《普希金和果戈理》中普希金和果戈理相互被对方绊倒，一路走一路绊地从台上持续到台下。两人甚至因此彼此咒怨，相互谩骂。小说《普希金生活中的笑话》中哈尔姆斯将普希金讽刺得体无完肤，称普希金喜欢被恭维、没有胡子，他的四个孩子都是傻子，等等。在哈尔姆斯的荒诞世界中俄罗斯文学的太阳被彻底掩盖了光辉。

哈尔姆斯非常热衷于给庄严的正面人物脱冕。在《历史片段——致 B. H. 比特洛夫》中，哈尔姆斯又将受人尊敬的民族英雄伊万 · 伊万诺维奇 · 苏萨宁的形象进行了颠覆。这位英雄在哈尔姆斯为他虚构的时空中，成了就着自己胡子吃牛排的蠢货、被大贵族误伤的糊涂蛋、蠕动前行的怪胎。格林卡在歌剧中塑造的有血有肉、英武忠诚的苏萨宁英雄形象就这样被哈尔姆斯寥寥数笔诋毁得形象尽失。哈尔姆斯用荒诞滑稽解构了历史人物的旧形象，使其获得新联想。

哈尔姆斯用荒诞对戏剧逻辑和人物形象的大胆颠覆让我们想

到中世纪尊卑颠倒、雅俗共存的狂欢。但是在哈尔姆斯的狂欢中似乎更加注重的是脱冕的下降行为。他激烈地排斥崇高或有意的抬高行为。哈尔姆斯的狂欢广场是卑鄙甚至略显血腥庸俗的狂欢空间。似乎主人公们的劣性表现得越大胆露骨，主人公存在的荒诞性就越明显，作品的存在主题就越成功。哈尔姆斯的无逻辑叙事中夹杂着一种倒行逆施的力量，甚至可以说是一种反逻辑的黑暗力量。

（二）变形的球体

“艺术家总是使事物造反的罪魁祸首，他使事物不断抛弃自己的旧名字，并以新名字向世人展现自己的新颜。”[①] 哈尔姆斯发掘物象的反逻辑联系，赋予旧事物——球形和类球形的物体新内容，使其冲破小说文本空间的束缚，让思维表达更加深刻灵活。

哈尔姆斯的作品中四处可见球形或圆形的形象。大小不同的立体球形、平面圆形，还有被针刺穿的苹果、摔碎的手表、光头等对球形的抽象。在塑造球体形象时，哈尔姆斯多使用重复手法来增强球体在荒诞世界中的存在感和形象本身的影响力。比如在《小球在天空中飞翔》中，哈尔姆斯通过整句重复，加强对球体本身形象的表达，用天空中闪烁、发光、飞翔的小球来引起人们对球体的关注。这里球体形象更多体现的是哈尔姆斯诗学的幻想特质，他儿童般的天真想象造成了审美的繁化，延长了读者对诗歌本身的审美时间。短篇小说《数学家和安德烈·谢苗诺维奇》中同样有关于球体的重复。数学家凭空从自己的脑袋里取出一个球体，并对该诗句进行机械的重复。数学家剖开脑袋从中取出的

---

① [俄]什克洛夫斯基等：《俄国形式主义文论选》，方珊等译，三联书店1989年版，第20页。

毫无童趣，甚至伴随血腥残酷的球体形象才是哈尔姆斯笔下大多数球形的共性。

在哈尔姆斯的创作中，球体的出现和重复与人的存在、个人欲望的消亡等有密切关联。短篇小说《马卡洛夫和彼得森3》中两位主人公找到了一本关于人性欲望的神秘之书《МАЛГИЛ》，在研读该书时由于不慎念出书中的咒语，一个消失不见，另一个变形成了球。小说的最后，作者借助具有毁灭意义的球体揭示了克制个人欲望的秘密：人褪掉自身的形体变成球体。《老头之死》中，老头为了捡从自己鼻子里掉落出来的小圆珠，迎来了本体存在的强烈变形，直至走向死亡。

球形在哈尔姆斯独特诗学体系中占有重要的地位。能够凭空出现、随意变形、离奇消失的球形与个人欲望、生死等永恒命题联系紧密，且具有丰富的象征意义。“球体作为内部构造最完美的形状。而球体高度的内部饱和性也使其很难与其他几何图形产生交集。”① 从这个意义上讲，球形有着象征独立存在和单独个体的象征意义，并且与其他形体（包括其他球体）很难兼容、并存。在《关于现象和存在 No.1》中，主人公就将只有勺子大小的球体幻想成了有轮船大小将与地球发生猛烈撞击的彗星天体。

哈尔姆斯在观察事物、定位事物、呈现事物的形象时总是使用前所未有甚至与常理完全相反的思维联系。哈尔姆斯剥离了球形本身所有的惯常思维联系，赋予了球体形象毁灭与消失、矛盾与冲突等抽象象征意义。哈尔姆斯用比例构造近乎完美的球体象征消失、死亡的反常规诗学受马列维奇影响很大。马列维奇是哈尔姆斯的老师兼挚友，“哈尔姆斯在自己的日记中写道：‘我仍是

① Ямпольский М. *Беспамятство как исток (Читая Хармса)*, Москва: Новое литературное обозрение, 1998, с.196.

只喜欢马列维奇一人……’”[①]。马列维奇将1922年创作的《上帝不曾跌落：艺术、教堂、工厂》赠予哈尔姆斯。他在自己的著述中将生活分为两阶段，“第一阶段是无法被感知、无法解释的纯生活，第二阶段的生活则是……真实可见的思想，而确定其真实性和存在的方式就是荒诞”[②]。哈尔姆斯结合自己的诗学思考抛弃了圆形的“终极圆满”属性，反逻辑地给圆形赋予了荒诞意义，用传统形象思维中能象征物质根基——地球、精神归宿——上帝的球体来比喻分裂和毁灭，实现了从真实严肃的理性向荒诞、无逻辑的观念世界的彻底转变。

在哈尔姆斯的狂欢诗学中，球形不再象征复活和新生。球形的灭亡意义之下隐藏的是一切精神与物质的灭亡和终极圆满的崩塌。哈尔姆斯通过对球体形象的反逻辑变形，表达了对生命、圆满等积极意象组成的乌托邦的强烈否定，力图让消极意象加冕为自己荒诞世界中的主宰力量，肆意狂欢。

（三）消极力量的象征——蟑螂

哈尔姆斯“所关注的不是静物，而是一系列物体的碰撞和相互作用，物体在运动过程中获得了充满现实意义的全新外形，这种获得新和谐的运动保留着经典的痕迹，同时又代表着现实艺术协会感觉的深广”[③]。在哈尔姆斯以及奥贝利乌者的诗学体系中，蟑螂这一独特的物象有着独特地位。哈尔姆斯抛弃了蟑螂在人类普遍认知中的旧有形象和僵化联系，使它不再是拥有强大繁殖能

① Karaulova Gulbagira：《哈尔姆斯的艺术世界》，博士学位论文，上海外国语大学，2012年，第55页。

② Малевич К. *Бог не скинут: Искусство, церковь, фабрика*. Витебск: Издание УНОВИС, 1922, с.1.

③ 米慧：《哈尔姆斯的时空观及其表现》，《俄罗斯文艺》2017年第4期，第93页。

力的害虫；保留了蟑螂处在食物链最底层这一能让人联想起现代人精神中的消极部分的重要特征，赋予其模糊、神秘的象征意义，创造出了全新且独一无二的荒诞诗学象征形象。

蟑螂是《伊丽莎白・巴姆》中无法忽视的主题之一，从主人公的假想开始，贯穿了戏剧的始终。彼得・尼古拉耶维奇在陈述与伊丽莎白的渊源关系时，穿插了自己的过往生活的论述。“当我还非常年轻时，我住在一幢门板吱吱作响的小房子里。我一个人住在这个房子里，除我之外，只有老鼠和蟑螂。蟑螂无处不在。每当夜幕降临，我就锁上房门，熄灯，然后睡觉。我没有任何恐惧。”①

哈尔姆斯这段关于蟑螂的陈述，让我们不禁想起了陀氏的地下室人。彼得・尼古拉耶维奇对自己贫困、孤独状态的讲述与《地下室人手记》中主人公的独白惊人地相似。《地下室人手记》中象征着苦难深重、心理畸形地下人形象的老鼠，在这段讲述中与蟑螂形象合二为一。两位作家将焦点都对准了 20 世纪被时代所辜负和欺辱的小人物。哈尔姆斯笔下的主人公都像蟑螂一样，不被待见、压抑着、隐忍着。他们没有能力将自己从困境、暴力、欺辱的泥沼中解救出去。从旁走过的有同病相怜的苦命人、幸灾乐祸的观赏者、落井下石的迫害者，独独缺了伸出援手的拯救者。

“奥贝利乌者们关于蟑螂最出名的文本要数尼古拉・奥列伊尼科夫 1934 年创作的同名诗《蟑螂》……该诗深刻体现了包括哈尔姆斯在内整个现实艺术协会的诗学。诗中作为诗学符号的蟑

① Хармс Д. *Избранное*, https://profilib.net/chtenie/77541/daniil-kharms-izbrannoe-4.php, 2018,03,01.

螂是对俄罗斯文学‘小人物’形象的续写。”[①]不过，哈尔姆斯笔下的小人物和传统文学中的小人物形象有所差别。在20世纪战争频发的环境中，被暴力流血威胁着、被黑暗势力压制着、被苦难逼到绝望的小人物本身也发生了变形。希望抛弃了哈尔姆斯还有和他一样柔弱的人。而小人物们也放弃了希望、挣扎和反抗，关闭了内心，开始用冷漠荒诞的角度观察世界。哈尔姆斯不相信小人物有力量改变自我和世界，所以他笔下的主人公们都不抵抗罪恶的世界，甚至静静地接受罪恶力量的侵袭，用病态的快乐享受痛苦。哈尔姆斯继承了陀氏对堕落、消极存在悲剧的续写。“在这一堕落之中，力量变成了完全的无力，狂欢变成了冰冷。在荒淫之中，一切欲望都枯竭和死亡。”[②]

哈尔姆斯大胆戏仿经典，以无逻辑思维塑造荒诞精神；用颠覆传统的反逻辑改造形象，将球体变形为分裂、毁灭的象征；抽离蟑螂形象的传统认知，加入独特的荒诞诗学，形成消极力量的象征。在哈尔姆斯笔下，消极是旧绝望的悲壮狂欢，荒诞成了新形式的精神表达。

结语

哈尔姆斯用荒诞消解传统、反叛经典，他用形式改造的新世界是非崇高和庸俗等消极情感的集合，是消极狂欢的舞台。在哈尔姆斯消极狂欢广场上，充斥着机械呆滞的、粗鲁暴力的、濒死扭曲的人的形象。哈尔姆斯用另类的方式将其对世界秩序的全新

---

① Кобринский А. А. *Даниил Хармс*. М.: Издательство АО «Молодая гвардия», 2008, с.26.

② [俄]别尔嘉耶夫：《陀思妥耶夫斯基的世界观》，耿海英译，广西师范大学出版社2008年版，第63页。

定义呈现给了读者。他的新形式解读让我们不禁对人的存在产生了强烈的质疑，对世界产生了不信任。

哈尔姆斯消极狂欢世界观的形成有其现实原因。作家本人一直处于与世界隔离的状态。孤独而又任性的哈尔姆斯通过消解一切、改造一切的方式，为自己营造出独特的消极狂欢节氛围。每一个角色都在狂欢节中身着盛装，配合着哈尔姆斯故作疯癫，帮他排解着与世界隔离的孤寂之感。

厌恶儿童和老太婆、对死亡的独特描绘等只是他消极狂欢的数个特征之一。哈尔姆斯对俄国文学的影响不只停留在苏联时期。他的文学作品在 1970 年前后一经发表，就引起了巨大反响。哈尔姆斯在孤独世界的消极狂欢、他的形式实验、荒诞诗学影响了一大批俄罗斯现当代作家的创作。在形式消解、荒诞狂欢的世界中，哈尔姆斯将是永远孤独的主角。

"没人到得了佩图什基"——论《从莫斯科到佩图什基》中的虚无主义

吕天威

谈起俄罗斯后现代主义文学，我们不得不提韦涅季克特·叶罗费耶夫的小说《从莫斯科到佩图什基》。作为俄罗斯后现代主义文学的"开山之作"[①]——《从莫斯科到佩图什基》同时也被当代俄罗斯文学史学家尊为"俄罗斯后现代主义最主要的艺术、哲学宣言和俄罗斯地下文学的一个传奇"[②]。时至今日，这部作品仍是中外学者热衷研究的后现代主义文本之一，研究重心主要集中在"圣愚形象""戏仿《圣经》""文本狂欢化""旅行意义""对话性"等论题。

"虚无主义"源自拉丁文"nihil"，意指"什么都没有"。"虚无主义"一词在文学领域最早出现于屠格涅夫的《父与子》中，屠格涅夫将巴扎洛夫的"否定一切"[③]称为"虚无主义"。在哲学上，虚无主义表现为绝对的否定，坚信"一切发生的事件都是毫无意义的和徒然的"[④]。尼采将否定历史和传统以及颠覆最高道德的现象称为"虚无主义"，虚无主义"没有目标，没有对'为何之故？'

① Богданова О.В. *Постмодернизм в контексте современной русской литературы*. СПБ.: Филологический факультет С.Петербургского гос. университета, 2004, с.37.

② Лейдерман Н.Л. и Липовецкий М.Н. *Современная русская литература*. Книга 2. 1968—1986. М.: Едиториал УРСС, 2001, с.267.

③［俄］屠格涅夫：《屠格涅夫全集》第3卷，智量、磊然译，河北教育出版社2000年版，第236页。

④［德］尼采：《权力意志》下卷，孙周兴译，商务印书馆2007年版，第719页。

的回答……意味着……最高价值的自行贬黜”[①]。尼采向世人高声宣告“上帝死了”，随之而来的是欧洲基督教信仰价值体系的崩塌，信仰的缺失造成了思想的颓废，个人生活困于彻底的价值空虚中，文艺创作也陷入了无序和混乱。

在虚无主义的影响下，众多俄罗斯文学大师也开始在创作中塑造带有其色彩的人物形象。受影响较大的当属陀斯妥耶夫斯基：《地下室手记》中的“地下室人”、《罪与罚》中的拉斯科尔尼科夫、《群魔》中的斯塔夫罗金等，这些都是带有虚无主义色彩的人物，这些人物大都对社会秩序、价值观和现实抱有怀疑、否定和批判的态度和立场，生存对他们来说毫无意义，他们对人世表现出的只是消极悲观的颓废情绪。总的来说，文学作品中的虚无主义描述了在信仰缺失之下，人类普遍的生存状态——即人的存在毫无意义可言，世界的存在毫无意义可言，所有的传统价值观和社会建构都处于动荡和质疑之中。

作为俄罗斯后现代主义文学的“开山之作”，小说《从莫斯科到佩图什基》中的人物描写和情节设置都带着虚无主义的色彩。叶罗费耶夫在小说中对传统观念进行了嘲弄和解构，使之虚无化。小说中无休止的醉生梦死、反叛的宗教观、虚幻的旅行叙事等文本内容都体现了其对传统观念的背离和否定，叶罗费耶夫的创作有着浓厚的虚无主义色彩。

一、无休止的醉生梦死

叶罗费耶夫曾在访谈中表示，如果不喝酒就“读不懂《从莫斯科到佩图什基》，就无法理解韦涅奇卡这个主人公”[②]。的确，酒

① [德]尼采：《权力意志》下卷，孙周兴译，商务印书馆2007年版，第400页。

② 余一中：《维涅季克特·叶罗菲耶夫和他的小说〈从莫斯科到佩图什基〉》，《当代外国文学》2004年第4期。

在《从莫斯科到佩图什基》中发挥着极其重要的作用，作品中“几乎所有的人间万象、逸闻趣事都是通过酒这个三棱镜来审视的”①，作者试图以酒为手段对历史和现实进行解构，俄罗斯有批评家指出“酒是作家叶罗费耶夫创作的根本与实质所在”②，更有甚者直接把小说称为“一个俄罗斯酗酒者的自白”③。

主人公韦涅奇卡一出场就开始胡言乱语，他因醉酒“从北走到南，从西走到东，从这儿跑到那儿，从那儿跑到这儿，跑遍了整个城市——却一次也没有见过克里姆林宫”④。正是酒，直接促成了他肉体与精神的游荡，他游荡的过程可以说是酗酒的过程。当他还没踏上火车、醉眼蒙眬地在莫斯科城游荡的时候，酒便成了他的执念，缺少了酒精的麻醉，他感叹道：“从天亮等到酒馆开门！这段时间会让无家可归的，牢骚满腹的我们在深色头发上平添了几根白发！”⑤在天使的指引下，他游荡到广场餐厅试图寻找“雪利”酒，因为喋喋不休，他被餐厅工作人员扔了出来，不禁哀叹：“唉，生活张开了獠牙！”⑥

此时韦涅奇卡的心情是极度郁闷、失落的，由于个人饮酒量图表被错误当作生产进度表上交到管理局，他突击队长的职位刚刚被撤。精神恍惚中，他坐上了去往佩图什基的电气火车。在电气火车上，他发现周围的旅客也都是酒的爱好者，于是他们成

① 张建华：《新时期俄罗斯小说研究（1985—2015）》，高等教育出版社2016年版，第222页。

② Генис А. Благая весть: Венедикт Ерофеев. *Звезда*, 1997, No.6, c.228.

③ Скоропанова И.С. *Русская постмодернистская литература*. М.: Флинта：Наука. 1999, c.146.

④［俄］韦涅季克特·叶罗费耶夫：《从莫斯科到彼图什基》，张冰译，漓江出版社2014年版，第5页。

⑤［俄］韦涅季克特·叶罗费耶夫：《从莫斯科到彼图什基》，张冰译，漓江出版社2014年版，第8页。

⑥［俄］韦涅季克特·叶罗费耶夫：《从莫斯科到彼图什基》，张冰译，漓江出版社2014年版，第17页。

了酒友，开始喝酒、论酒。他们无所不谈，话题从蒲宁、库普林、高尔基、契诃夫到席勒，又从果戈理、穆索尔斯基、里姆斯基·柯萨科夫、奥涅金、皮萨列夫、赫尔岑到歌德。在对话中，他们对官方意识进行了调侃，所有这些历史人物都成了醉汉揶揄的对象，所有历史事件在醉汉的眼里都是跟酒有关系的：契诃夫临终前还想喝香槟酒，喝完香槟他才死去；席勒喝一杯香槟就能写一部悲剧，喝五杯就能写五部；果戈理每次去阿克萨科夫家做客都会用玫瑰色高脚杯喝酒；穆索尔斯基烂醉如猪猡，他是在里姆斯基的逼迫下才将《戈凡斯基党人之乱》写完；乌斯宾斯基，蓬皮亚洛夫斯基“如果不来一杯酒，一行字也写不了”①；歌德为了不让自己翘辫子，就转而强迫他笔下的那些人物喝个七荤八素……在他们的解释下，喝酒成了日常生活中最重要的活动，醉酒与清醒两种状态成了生活的基本存在：“在俄罗斯，只要是个人物，全都喝的，而且还喝得像猪猡一样”②，“我们全都像是酒鬼，只不过每人的表现方式不同罢了，有人喝得多，有人喝得少。”③在车厢里，以韦涅奇卡为首的醉汉们由于酗酒“取得了普通人在正常情况下所没有的超出常规的、‘胡说八道’的话语权利”④，他们用反传统的个性化思维“冒犯”了文化经典，对官方固有的传统话语进行了否定和解构。

作者以酒为手段，在车厢里构建了一个全民酗酒的“狂欢广场”。在这个广场里，有的尽是烂醉的酒鬼。在酒的作用下，酒

① [俄]韦涅季克特·叶罗费耶夫：《从莫斯科到佩图什基》，张冰译，漓江出版社2014年版，第98页。

② [俄]韦涅季克特·叶罗费耶夫：《从莫斯科到佩图什基》，张冰译，漓江出版社2014年版，第97页。

③ [俄]韦涅季克特·叶罗费耶夫：《从莫斯科到佩图什基》，张冰译，漓江出版社2014年版，第196页。

④ 余一中：《维涅季克特·叶罗菲耶夫和他的小说〈从莫斯科到佩图什基〉》，《当代外国文学》，2004年第4期。

鬼被麻醉的意志已经脱离了现实的束缚与禁锢，他们幻想着要改变世界、改变现实，试图寻找拯救世界的良方、寻找精神的自由，然而他们终究是活在梦里。他们在一起谈酒酗酒，以酒来麻醉灵魂，以酒来消解心中的苦闷与失望，他们的酗酒无不是生活麻木无望使然，他们无所顾忌地吐露心声，随心所欲地谈论、评议、咒骂、欢呼、嬉笑，这种狂欢里“充满了对一切神圣物的亵渎和歪曲，充满了不敬和猥亵，充满了同一切人一切事的随意不拘的交往”①。车厢里的纵酒狂欢成为了酒鬼们“否定理性、颠覆传统、解构现实的一种方式”②。

韦涅奇卡说：“我一辈子都在做噩梦，在梦里，我的意思不仅被误解，而且恰恰是被反向解释。”③由于酒精的作用，他半醉半醒，文本中看似真实存在的事件又显得极为虚幻，通篇的对话似乎只是他醉酒后的梦呓，他与天使、上帝、弱智爷孙、戴贝雷帽的小胡子、“十二月党人”、缺了门牙的女人、谢苗内奇、吉洪诺夫、撒旦、斯芬克斯、公爵夫人、男仆彼得、复仇女神、米特里达梯等各个角色对话，很难证明这些对话是否真实存在，也许所有对话只是他的自言自语，“他一个人在扮演着所有的角色，调度着全部的故事情节”④。

小说中现实和梦幻交织，以致我们很难分清梦幻和现实，或许梦幻即现实，现实即梦幻，两者无颠倒可言，也没有什么客观判断标准，梦幻和现实是相同的。小说中这种“酗酒后失去理智、

① [俄]巴赫金：《陀思妥耶夫斯基诗学问题》，白春仁、顾亚铃译，三联书店1988年版，第184页。

② 温玉霞：《醉酒、疯癫的“圣愚”——论小说〈从莫斯科到彼图什基〉主人公形象的内涵》，《解放军外国语学院学报》2012年第4期。

③ [俄]韦涅季克特·叶罗费耶夫：《从莫斯科到佩图什基》，张冰译，漓江出版社2014年版，第34页。

④ 张建华：《新时期俄罗斯小说研究（1985—2015）》，高等教育出版社2016年版，第228页。

梦中状态的狂欢化效应是作为重新认识真理、接近真理的手段保留下来的”[①]。酗酒后的迷醉反而给了韦涅奇卡独处思考的时间，使他更加清醒，更加接近真理：“我比所有人都清醒，我身上就是没发生过酒精的作用”[②]，他甘愿“用酒鬼的眼睛开启世人的双眼，让世人看到真切的现实”[③]。

韦涅奇卡离不开酒，难道纯粹是因为他喜欢并需要这些酒吗？并不是，酒只是他逃避现实的工具，酒并没有带给他快乐，只是他“灵魂为之受苦的东西”[④]。以韦涅奇卡为首的醉汉们对社会现实感到失望，却又无力改变任何东西，他们明白个人努力是无法改变历史进程的，于是只能选择酗酒来麻痹自己、逃避现实，只得屈服于无望的社会现实，沉浸在自己的呕吐物中，痛苦不堪。只有醉酒能带来片刻的欢愉，酒醒之后却是愈加无边的黑暗和空虚。极度失望中，他甚至渴望建立一个“全民普遍意志薄弱”的社会：“不要什么积极分子，也不要任何功勋业绩，更不要什么奋不顾身、英勇献身——就让全民普遍意志薄弱好了。假如之前有人告诉我一个勇气永远都用不上的角落，那么我同意在这世上生活到千秋万代。‘全民普遍意志薄弱！’这可是全体人民脱离灾难的途径啊，是医治百病的灵丹妙药啊，同时也是达到极致完美的表现啊！”[⑤]酒是叶罗费耶夫解构历史、逃避现实的工

---

① 张建华：《新时期俄罗斯小说研究（1985—2015）》，高等教育出版社2016年版，第232页。

② [俄]韦涅季克特·叶罗费耶夫：《从莫斯科到佩图什基》，张冰译，漓江出版社2014年版，第196页。

③ 张建华：《新时期俄罗斯小说研究（1985—2015）》，高等教育出版社2016年版，第233页。

④ [俄]韦涅季克特·叶罗费耶夫：《从莫斯科到佩图什基》，张冰译，漓江出版社2014年版，第23页。

⑤ [俄]韦涅季克特·叶罗费耶夫：《从莫斯科到佩图什基》，张冰译，漓江出版社2014年版，第16页。

具，作者“以醉酒者的疯癫话语表达了对绝对权威、唯一真理以及理性和逻辑的怀疑”[1]。

叶罗费耶夫在小说中塑造了一个醉生梦死、“醉了由他”的主人公形象，并进而扩展为社会群氓大众的酗酒狂欢。在这狂欢里，我们看到的是一个个在黑暗旋涡中挣扎的灵魂。小说中现实和梦幻交织，主人公自始至终都处于一种半醉半醒的梦游状态，作者表现出了对“梦”这种具有极端浓厚虚无主义色彩的创作形式的偏爱。作品中出现的酗酒、迷醉的社会群体，都已饱尝人生的艰辛和世态炎凉，他们对人生感到迷茫和无奈，这充分展示了在特定历史时期下，混乱、麻木、空虚的社会中个人生活的无意义。社会群体在无望的现实中只能选择逃避，表达了他们渴望在迷醉的梦中解除尘世烦恼的潜意识，这体现了作品蕴含的对现实的虚无主义态度。

二、对宗教价值的否定

叶罗费耶夫的朋友、语言学家穆拉维约夫指出，“《从莫斯科到佩图什基》是一本宗教意识极其厚重的作品”[2]。在韦涅奇卡的旅途中，有诸多细节都能看到《圣经》的影子。然而，《从莫斯科到佩图什基》并不是简单地模仿《圣经》，小说蕴含的精神也不仅仅是基督精神那么简单。在小说中，虽然“诸多情节与《新约》中的事件相雷同”，但是，“它们的滑稽可笑是被故意设置的”[3]，

① 温玉霞：《醉酒、疯癫的“圣愚”——论小说〈从莫斯科到佩图什基〉主人公形象的内涵》，《解放军外国语学院学报》2012年第4期。

② Генис А. Благая весть: Венедикт Ерофеев. *Звезда*, 1997, No.6, c.227.

③ Лейдерман Н.Л. и Липовецкий М.Н. *Современная русская литература*. Книга 2. 1968—1986. М.: ЕдиториалУРСС, 2001, c.268.

这种模仿是“非同于一般传统的从头到脚的颠倒”[①]。小说对《圣经》中的故事进行了质疑、批评甚至戏讽，而不是简单地重复和模仿。通过这种颠覆性的戏仿，作品塑造了韦涅奇卡这一前期对基督极度虔诚、后期完全反叛的“反基督的勇士”[②]形象。

作为一部宗教意识浓厚的作品，主人公韦涅奇卡在旅途中经历的诸多情节都能看到《圣经》故事的暗示，作品文本中的很多句子更是直接或间接引用了《圣经》文本。小说开始，在“莫斯科。去库尔斯克车站的路上”一节，韦涅奇卡醒来后发现自己“坐在门洞从下往上数的第四十级台阶上”[③]。数字“四十”暗合《申命记》中摩西对以色列人的讲话“你的神在旷野引导你这四十年，是要苦炼你，试验你”[④]中的“四十”，自此摩西带领以色列人在旷野漂泊了四十年。数字“四十”同样暗合《圣经》中耶稣受魔鬼试探在旷野中禁食四十昼夜情节中的“四十”。通过这些暗示，小说从一开始就预示了韦涅奇卡的旅行将是充满痛苦与磨难的。在“莫斯科。库尔斯克车站广场”一节，韦涅奇卡为表达他对拥挤人群的反感，引用了耶稣对自己母亲马利亚的讲话：“就拿救世主来说吧，他对自己的母亲说：‘你是我什么人？’是啊，确实，这些空虚、叫人恶心的家伙跟我有什么关系？”[⑤]《约翰福音》中耶稣对寻求帮助的马利亚说的原话是：“妇人，我与你有什么相干？”[⑥]耶稣

---

① Шафранская Э.Ф. Изучение поэмы Вен. Ерофеева «Москва-Петушки» в 11 классе. *Русская словесность*, 2000, No.6, с.20.

② 温玉霞：《醉酒、疯癫的“圣愚”——论小说〈从莫斯科到佩图什基〉主人公形象的内涵》，《解放军外国语学院学报》2012 年第 4 期。

③［俄］韦涅季克特·叶罗费耶夫：《从莫斯科到佩图什基》，张冰译，漓江出版社 2014 年版，第 6 页。

④ 和合本《圣经》，中国基督教两会，2010，《申命记》第 8 章第 1 节。

⑤［俄］韦涅季克特·叶罗费耶夫：《从莫斯科到佩图什基》，张冰译，漓江出版社 2014 年版，第 9 页。

⑥ 和合本《圣经》，中国基督教两会，2010，《约翰福音》第 2 章第 4 节。

之所以对自己的母亲如此冷漠，是因为他对世间众生的大爱高于自己对父母的爱，在《马太福音》中，耶稣曾说过："凡遵行我天父旨意的人，就是我的弟兄、姐妹和母亲了。"[①] 韦涅奇卡在此处蔑视芸芸众生，就是要强调基督对世人的爱是真正的大爱，是高于一切的爱，他自己对基督的信仰也是高于一切的。在"列乌托沃——尼科利斯科耶"一节，韦涅奇卡这样形容佩图什基："在佩图什基，鸟儿从未停止歌唱，不管白天还是黑夜，在佩图什基，茉莉花从未停止开放，不管春秋还是冬夏。"[②] 这些美好愿景暗合了《出埃及记》里上帝对以色列人"应许之地"的描述："(我)领他们出了那地(埃及)，到美好、宽阔、流奶与蜜之地"[③]，韦涅奇卡将佩图什基视为上帝许诺的"流奶与蜜之地"，他遵从上帝的指示前往佩图什基，前往他心中最美好的理想天国，寻找自己的完美的天国女王。在"铁道车站——乔尔诺耶"一节，韦涅奇卡交代了自己的出行日期："今天是第十三个周五了"[④]，"十三"是西方社会最忌讳的数字，出席"最后的晚餐"的人数正是13人，而耶稣又是周五被钉上十字架，这暗示了韦涅奇卡最后如基督受难般痛苦的结局。在"33公里——煤电城"一节结尾，韦涅奇卡道出了自己对上帝的崇拜："他无所不能，我们只不过是些吓得发抖的牲畜。他——就是那高举于我们头顶之上的神的正义之手……所以，你们要像你们天上的父一样完满。"[⑤] 韦涅奇卡在这里引用耶稣的话，是为了说明自己对耶稣是完全赞同的，他认为

① 和合本《圣经》，中国基督教两会，2010，《马太福音》第13章第50节。

②［俄］韦涅季克特·叶罗费耶夫：《从莫斯科到佩图什基》，张冰译，漓江出版社2014年版，第46页。

③ 和合本《圣经》，中国基督教两会，2010，《出埃及记》第3章第8节。

④［俄］韦涅季克特·叶罗费耶夫：《从莫斯科到佩图什基》，张冰译，漓江出版社2014年版，第64页。

⑤［俄］韦涅季克特·叶罗费耶夫：《从莫斯科到佩图什基》，张冰译，漓江出版社2014年版，第75页。

世间众生都是不完满的，唯有上帝是全能、完满的，这里可以看出韦涅奇卡对上帝的极度崇拜。“煤电城——43 公里”一节里的“我信我主就是善……他是善。他引导我从痛苦走向光明”[①] 再次表明了这种崇拜。在“乌萨德——105 公里”一节，即使韦涅奇卡面对撒旦死亡的诱惑、面对孤独和黑暗，他仍然选择相信上帝：“等到我那第十三个星期五的曙光到来的那一刻。”[②] 可以说，在这之前，韦涅奇卡对上帝是无比崇拜的，上帝给了他信仰和希望。

如果小说到这里就结束了，那么我们完全可以说韦涅奇卡是一名十分虔诚的基督徒，然而小说并没有结束。随着情节的发展，韦涅奇卡对上帝的态度发生了完全的颠覆。在“105 公里——波克罗夫”一节，韦涅奇卡受到了斯芬克斯的捉弄，斯芬克斯告诉他“没人到得了佩图什基”[③]，他开始产生悲观的情绪。在和公爵夫人、男仆彼得、复仇女神对话后，他的悲观情绪加重。在“佩图什基——月台”一节，他被米特里达梯连刺几刀，四处逃命，“身边除了风儿，黑暗和冰冷，一无所有”[④]。绝望和疼痛摧残着他，他对自己产生了怀疑：“假如今后我的每个礼拜五都是今天这样，那我宁愿在礼拜四把自己吊死！”[⑤] 之后的韦涅奇卡仿佛变了一个人，他开始直接对上帝表达质疑和嘲讽。面对追杀，在巨大的无助和恐惧面前，他产生了背叛上帝的念头。为了论证自

---

① [俄]韦涅季克特·叶罗费耶夫：《从莫斯科到佩图什基》，张冰译，漓江出版社 2014 年版，第 76 页。

② [俄]韦涅季克特·叶罗费耶夫：《从莫斯科到佩图什基》，张冰译，漓江出版社 2014 年版，第 168 页。

③ [俄]韦涅季克特·叶罗费耶夫：《从莫斯科到佩图什基》，张冰译，漓江出版社 2014 年版，第 177 页。

④ [俄]韦涅季克特·叶罗费耶夫：《从莫斯科到佩图什基》，张冰译，漓江出版社 2014 年版，第 193 页。

⑤ [俄]韦涅季克特·叶罗费耶夫：《从莫斯科到佩图什基》，张冰译，漓江出版社 2014 年版，第 194 页。

己即便是背叛上帝也是无罪的，他举出实例：“在鸡叫之前，使徒背叛基督三次。”[①] 在死亡面前，他对上帝表现出了怨恨，并表达了要彻底背叛上帝的决心：“如果他们现在拷打我，我会出卖他七七四十九次甚至更多……”[②] 当他在无名门洞里垂死挣扎时，他试图最后一次寻求上帝的救赎，他像耶稣临死前呼喊的那样喊道：“主啊，你为何抛弃我？”然而主没有回应，“主在沉默”，“天使们却哈哈大笑”[③]。小说结尾，韦涅奇卡在痛苦和绝望中死去。

从韦涅奇卡的整个旅行经历来看，他一开始是笃信基督的，他坚信上帝能带他到“流着奶与蜜之地”，虔诚地遵从上帝的指示前往有他“天国的女王”的佩图什基，即便面对撒旦的诱惑，他也没有动摇自己的信仰。当他面对冰冷和死亡的威胁，求助上帝，希望得到救赎，上帝却沉默不语时，他开始咒骂上帝，选择了彻底的背叛。作者叶罗费耶夫通过韦涅奇卡的旅行经历试图向世人阐明：死亡面前，宗教毫无用处，上帝毫无意义。

宗教在俄罗斯发挥着极其重要的作用。别尔嘉耶夫在其著作《俄罗斯思想》中指出：“俄罗斯民族，就其类型和就其精神结构而言，是一个信仰宗教的民族。俄罗斯的无神论、虚无主义、唯物主义都带有宗教色彩。”[④] 自公元 988 年基辅罗斯将基督教定为国教，俄罗斯民族一直是信仰上帝的民族。宗教作为社会意识形态的一部分，发挥着重要的社会作用，它成为人们关于真、善、美、丑、恶最重要的评判标准，它渗透到俄国社会生活的各个领

---

① [俄]韦涅季克特·叶罗费耶夫：《从莫斯科到佩图什基》，张冰译，漓江出版社 2014 年版，第 201 页。

② [俄]韦涅季克特·叶罗费耶夫：《从莫斯科到佩图什基》，张冰译，漓江出版社 2014 年版，第 201 页。

③ [俄]韦涅季克特·叶罗费耶夫：《从莫斯科到佩图什基》，张冰译，漓江出版社 2014 年版，第 207 页。

④ [俄]别尔嘉耶夫：《俄罗斯思想》，雷永生，邱守娟译，三联书店 1995 年版，第 245—246 页。

域，并深深融入到了俄罗斯民族的血液之中。对基督的笃信成了人们的普遍信仰，以“君权神授”为宗旨的基督教成为统治阶级最有力的思想武器。

基督教信仰以耶稣上帝为中心，以《圣经》为蓝本，《圣经》是基督教最重要的经典，在基督徒心中，《圣经》有至高无上的权威，是其信仰和生活的唯一准则。《圣经》支配了西方人的思想和行为长达数千年，它构成了西方文明和价值观的基础。这种唯上帝和《圣经》为绝对权威的宗教观同样对俄国社会生活产生了巨大的影响。基督教成了可以维护稳定的国家机器，为了维护统治，统治阶级向人民的头脑中灌输现存制度合理的思想，让他们回避斗争，甘愿受苦受难，甘愿接受“上帝的惩罚”。《圣经》“一方面成为规范人行为、伦理道德的典籍；另一方面又被历代专制统治者、强权者所利用，成为制约和统治劳动人民的合理化工具，成为束缚和羁绊个体行为自由、压抑个人思想、心灵自由甚至扼杀个人生存的一个合理化的手段”[①]。

韦涅奇卡对上帝的质疑、对《圣经》的解构体现了小说反抗一切权威、反对一切中心、本质、真理的后现代特征，“后现代文化主张意识形态的多元性，宣称不存在涵盖绝对真理的宗教信仰或世界观，亦不存在‘全然客观’的解释”[②]。在韦涅奇卡眼里，不存在任何绝对真理，上帝是可以被质疑的，宗教是无价值的，“他以纵酒狂欢的行为蔑视任何强权对人的肆意压制，以叛逆的圣徒姿态指责上帝的绝对权威、强权的非正义和统治者的残

---

① 温玉霞：《解构与重构：俄罗斯后现代小说的文化对抗策略》，中国社会科学出版社 2010 年版，第 106 页。

② 梁工：《读者反应理论与圣经批评》，《东北师大学报（哲学社会科学版）》2013年第 6 期。

酷”[①]。他惨遭割喉的死亡结局也论证了小说蕴含的“一切归于虚无”“宗教无用”“上帝死了”的思想。

叶罗费耶夫在《从莫斯科到佩图什基》中通过戏仿《圣经》表达了对基督宗教价值的怀疑，这挑战了社会生活的“唯一真理”，“既是对一种僵化的概念化的文化思想、思维模式的挑战，也是对当时主流一元意识形态和政治权威的否定和对抗”[②]。叶罗费耶夫的“反上帝”宗教观暗合尼采口中的“上帝死了”。尼采的“上帝死了”恰恰道出了虚无主义的一个重要原则：基督教体系下的最高理想价值的神话被打碎，上帝不复存在，宗教信仰毫无意义。由此可见，《从莫斯科到佩图什基》蕴含着浓厚的反宗教价值的虚无主义色彩。

三、无法到达的佩图什基

从小说的标题来看，《从莫斯科到佩图什基》是一部以“旅行”为主题的作品。韦涅奇卡要离开莫斯科前往佩图什基，那里有他的理想，有他的情人和他“从天堂来的孩子”，那里“鸟儿从未停止歌唱，不管白天还是黑夜……茉莉花从未停止开放，不管春秋还是冬夏”[③]。在韦涅奇卡看来，莫斯科是他拼命想逃离的地方，佩图什基就是他理想的天国，他的旅行是一次“从痛苦走向光明”的旅行。

小说伊始，韦涅奇卡由于醉酒，早晨醒来“发现自己躺在不

① 温玉霞：《醉酒、疯癫的“圣愚”——论小说〈从莫斯科到佩图什基〉主人公形象的内涵》，《解放军外国语学院学报》2012 年第 4 期。

② 温玉霞：《解构与重构：俄罗斯后现代小说的文化对抗策略》，中国社会科学出版社 2010 年版，第 106 页。

③［俄］韦涅季克特·叶罗费耶夫：《从莫斯科到佩图什基》，张冰译，漓江出版社 2014 年版，第 46 页。

知什么人家的前门门洞里”[①]。这为小说结尾韦涅奇卡的结局埋下了伏笔。在“萨尔蒂科夫斯卡亚——库奇诺”一节，天使们提醒韦涅奇卡不要喝太多酒，否则有可能“走不到佩图什基”，这是对韦涅奇卡结局的再次暗示。在“铁道车站——乔尔诺耶”一节，韦涅奇卡这样描述自己的情人：“她就是从幸福和香气里泡出来的，她不是用来摸用来打的……你们要呼吸她。”[②]在小说文本中，情人其实是韦涅奇卡个人理想的象征，他把自己的情人描写得如此圣洁，是为了表明自己理想的完美和遥不可及。在“煤电城——43公里”一节，韦涅奇卡强调自己的旅行是“从痛苦走向光明”，在他眼里佩图什基“鸟儿从未停止歌唱……茉莉花从未停止开放”，而自己想逃离的莫斯科则与之相对立，莫斯科是一座迷宫一样的“象征着苦难、黑暗、撒旦、斯芬克斯”[③]的城市，只有街道上刺骨的寒风、永远无法到达的克里姆林宫、冷漠的人群、无尽的黑暗以及无休止的醉生梦死。莫斯科和佩图什基对于韦涅奇卡来说，“一个现实，一个虚幻；一个如地狱般黑暗，一个似天堂般光明；一个始终无法逃离，一个却可望而不可即”[④]。

在“沃因诺沃——乌萨德”一节，因为醉酒，韦涅奇卡不知道火车究竟到达了哪里，他产生了疑惑，“佩图什基究竟在哪儿呢？”[⑤]没有回答，面对他的只是黑暗、孤独和茫然。在“105公

① [俄]韦涅季克特·叶罗费耶夫：《从莫斯科到佩图什基》，张冰译，漓江出版社2014年版，第6页。

② [俄]韦涅季克特·叶罗费耶夫：《从莫斯科到佩图什基》，张冰译，漓江出版社2014年版，第63页。

③ 傅星寰：《20世纪俄罗斯文学发展进程》，辽宁师范大学出版社2012年版，第342页。

④ 李俊学：《后现代视域下的“莫斯科书写”》，辽宁师范大学出版社2017年版，第13页。

⑤ [俄]韦涅季克特·叶罗费耶夫：《从莫斯科到佩图什基》，张冰译，漓江出版社2014年版，第161页。

里——波克罗夫”一节，斯芬克斯给韦涅奇卡出了两个诡异的谜语：英国首相张伯伦在佩图什基滑了一跤，但他需要在库尔斯克火车站赔偿；喝醉的米宁和波扎尔斯基背道而驰各自前往佩图什基，他们两人无论怎么走都只会到达库尔斯克火车站。这是斯芬克斯对韦涅奇卡旅行终点的暗示：旅行的终点不是佩图什基，而是库尔斯克火车站。猜完谜语，斯芬克斯对绝望的韦涅奇卡直接道明：“没人到得了佩图什基。”这句话昭示了韦涅奇卡悲剧般的宿命，他无法“从痛苦走向光明”，无法到达“理想的天国”佩图什基，最终也只能惨死在自己拼命逃离的莫斯科。通过判断站牌的位置，韦涅奇卡终于意识到自己“在离开佩图什基去往莫斯科，而非从莫斯科到佩图什基”①，然而他还是不敢相信自己没有到达佩图什基，他强迫自己喝酒冷静下来，直到他看到金碧辉煌的克里姆林宫：“这不是佩图什基，不是！克里姆林宫正金碧辉煌地在我面前闪耀。”②小说结尾，韦涅奇卡惨死在无名门洞里，一如小说开始早晨他醒在无名门洞里。

韦涅奇卡坐上了去佩图什基的火车，列车的终点却是他作为起点的莫斯科；他向往“鸟儿从未停止歌唱……茉莉花从未停止开放”的佩图什基，到达的却是他拼命逃离的莫斯科；他一生从未到过克里姆林宫，最终却倒在它的宫墙下；他幻想着“从痛苦走向光明”，最终却死于那从未体验过的痛苦。韦涅奇卡“从门洞到门洞”的旅行让我们怀疑他“从莫斯科到佩图什基”的旅行是否真的存在，整篇小说似乎只是他醉酒后在门洞里的遐想，他的旅行似乎只是思想上的旅行，所谓的对话也只不过是他的梦

---

① ［俄］韦涅季克特·叶罗费耶夫：《从莫斯科到佩图什基》，张冰译，漓江出版社2014年版，第178页。

② ［俄］韦涅季克特·叶罗费耶夫：《从莫斯科到佩图什基》，张冰译，漓江出版社2014年版，第204页。

呓，所有的故事情节也不是真实存在的。

韦涅奇卡从莫斯科到佩图什基的旅行，一方面是他“从痛苦走向光明”的历程，另一方面，也是他寻找个体价值的历程。他并没有成功，他惨遭割喉的结局表达了作者对当时社会的质疑：集体命运面前，个人的理想和命运已经变得不重要；个人价值在俄罗斯目前的社会环境下，不仅无法实现，还要遭到扼杀。他“从门洞到门洞”的旅行，道出了小说的基本题旨：“社会的无序混乱、人生无有穷尽的苦难是远强于人脆弱的生命的，存在是绝顶荒谬的，主人公渴望新生、自由、幸福的希冀是难能实现的。”[①]

韦涅奇卡从莫斯科到佩图什基的旅行不仅是作者对如何实现个人价值的思考，同时也是作者“对‘俄罗斯的命运’，即‘俄罗斯向何处去’这一重大命题的严肃思考”[②]。作品成书的年代正值国家动荡的历史时期，摆在勃列日涅夫面前的正是苏联究竟要如何改革的问题。叶罗费耶夫笔下的电气火车已不是普通意义上的运输和装载的交通工具，它不仅是个人命运的象征，也是国家命运的象征。在这列火车上，人们醉生梦死，沉醉于无法到达的虚幻理想中。火车向着注定悲剧的结局出发，转了一圈又回到了最初的起点，一切努力都是徒劳，一切终将归于虚无。作者利用韦涅奇卡从莫斯科到佩图什基的旅行反思着国家命运、反思着俄罗斯民族究竟要往何处去，而韦涅奇卡永远无法到达佩图什基、惨死街头的结局也象征着俄罗斯民族在找寻自我道路上的迷失。

叶罗费耶夫通过主人公韦涅奇卡的旅行思考了如何实现个人

---

① 张建华：《新时期俄罗斯小说研究（1985—2015）》，高等教育出版社2016年版，第231页。

② 皮野：《维涅奇卡的旅行神话：从莫斯科到佩图什基》，《长春师范大学学报》2015年第3期。

价值与集体价值的问题，思考的答案就是在当时的社会环境下，个人价值只能被扼杀，集体价值更没有实现的可能。韦涅奇卡酒后梦呓似的对话、无法到达的佩图什基、惨死的结局表明了这次旅行也许只是一次存在于梦中的旅行，这种虚幻的旅行叙事揭示了作品蕴含的对存在的虚无主义态度。

四、结语

俄罗斯作家韦涅季克特·叶罗费耶夫说："新的俄罗斯文学毫无例外地怀疑一切：爱情、孩子、信仰、教堂、文化、美、高尚、母性、民间智慧，随后是西方。这种怀疑主义与时俱增。其怀疑主义是对野蛮的俄罗斯现实和俄罗斯文化亢进的道德主义的双重反拨。"[①] 随着传统信仰价值体系的崩塌、意识形态的颠覆，社会生活陷入无序和混乱，怀疑主义盛行，一切传统都处于动荡和质疑之中。在这种颠覆中，一部分俄罗斯作家"在实现创作的'自觉''自立''呈现多元'的同时，也彻底失去'自信'而走向了'虚无'"[②]。韦涅季克特·叶罗费耶夫就属于这样"走向虚无"的俄罗斯作家，小说《从莫斯科到佩图什基》向我们展示了一幅带有浓厚虚无主义色彩的画卷。

---

① Ерофеев В. Русские цветы зла. М.: Издательский дом «Подкова», 1997, cc.13-14.

② 张建华：《新时期俄罗斯小说研究（1985—2015）》，高等教育出版社2016年版，第59页。

Ипполит Соколов: между имажинизмом и экспрессионизмом*

Вера Николаевна Терехина

Взаимопроникновение разных художественных направлений, их взаимообогащение стало характерной чертой русской культуры 1900—1910-х годов.

Одной из наиболее актуальных проблем современного российского литературоведения стал в последнее десятилетие вопрос о русском экспрессионизме. Что это — миф или реальность? Каковы границы понятия? В чем истоки его поэтики?

Интерпретация этого неоднозначного явления и некоторых аспектов современного научного представления о нем связана, в частности, с разрушениемстереотипов деления художественной сферы в России начала XX века на реализм, символизм, футуризм и акмеизм, а также их последовательной смены в поступательном движении. Создавая укрупненную картину литературного развития, идущего во взаимодействии, обогащении и проникновении новых идей как в контексте крупных течений, так и в деятельности небольших групп и отдельных писателей, мы отмечаем

* Статья подготовлена при поддержке гранта РФФИ (ОГН) № 17-04-00373 «Литературный процесс первой половины XX в. в Европе и Америке: направления и школы».

диффузный характер многих процессов, их типологическую связь с зарубежными явлениями. Вместе с тем, важным моментом исследования остается рассмотрение русской родословной экспрессионизма, обнаружение собственных национальных корней экспрессионизма, до сих пор нередко расцениваемого по инерции в качестве заимствованного и подражательного.

В стилевом многообразии и на основе реалистических, символистских, акмеистических, футуристических творческих потенциалов формировался русский экспрессионизм. Он складывался в России в начале XX века подспудно, без манифестации своего появления в качестве особого художественного направления. Профессор Ван Цзунху в диссертации «Экспрессионистская тенденция в русской прозе первой третиXX века» (2004) также отмечает, что в России экспрессионизм проявляется не как какое-нибудь четко сформулированное направление или школа, а как сильная художественная интенция, которая находит отражение в творчестве писателей разных направлений и группировок на протяжении первых тридцати лет XX века.

По сравнению с другими творческими направлениями начала XX века сущность экспрессионизма и границы понятия определить значительно сложнее, несмотря на ясную семантику термина. С одной стороны экспрессия, экспрессивность присущи самой природе художественного творчества и только крайняя, экстатическая степень их проявления (отказ от правдоподобия в пользу деформации и гротеска, сгущение мотивов боли, крика) может свидетельствовать об экспрессионистском способе выражения. С другой стороны, программа экспрессионизма складывалась стихийно, вбирала широкий круг типологическиродственных, но не принадлежащих ему явлений, привлекала многих писателей и художников, не всегдаразделявших его мировоззренческие основы. Это искусство, как видится ретроспективно, в высшей степени «сложносоставное» (П. Топер), «негомогенное» (Н. Пестова).

Нельзя не согласиться и с тем, пишет профессор Ван Цзунху, что «экспрессионистический дух вышел далеко за пределы стран своего рождения и проник в области искусства многих стран того времени. Например, в русской прозе началаXX века намечается сильная экспрессионистская тенденция, которая многое сделала для обновления литературных традиций. Но из-за узкого восприятия исследователями экспрессионизма (как литературная школа или группировка) данная тематика по сей день остается малоизученной».

В перспективе завершивших свое существование художественных течений первой трети XX века восприятие многих процессов естественно усложнилось. Основным полемтипологического сближения с экспрессионизмом в поэзии, как уже отмечалось нами, был русский футуризм, в значительной части наследовавший символизму, а через него и романтизму (Маяковский, Большаков, Пастернак, Шершеневич)[①]. Однако дробление русского футуризма на группы и традиционное их соперничество мешали увидеть в их поэзии нечто общее, а именно — стилевое

---

① Терёхина В.Н. *Экспрессионизм в русской литературе первой трети XX века: Генезис. Историко-культурный контекст. Поэтика.* М.: ИМЛИ РАН, 2009.

единство на экспрессионистской основе.

Внутри русского футуризма главенствовали две тенденции — романтическая (содержательная, экспрессивная) и конструктивная (заумная, беспредметная). В декларациях и творческой практике обнаруживался широкий спектр программных, стилеобразующих и тематических признаков иных художественных движений, одни из которых воспринимались как противостоящие (натурализм, символизм), другие, не успевшие обрести целостные формы, существовали внутри футуризма на уровне тенденций (экспрессионизм, дадаизм, сюрреализм).

Особенностью русской ситуации является совмещение на коротком отрезке времени разных и равных культурных возможностей в рамках становления большого стиля эпохи.«У искусства путей много», — подчеркивала художница О.В.Розанова в манифесте общества «Союз молодежи»(1913), чья деятельность была отчасти созвучна немецкому и скандинавскому экспрессионизму. В 1910-е годы к оппозиции «реализм — символизм» прибавились такие оригинальные направления как будетлянство, интуитивная школа эгофутуризма, аналитическое искусство П. Н.Филонова, музыкальный абстракционизм В.В.Кандинского, заумь А.Е.Крученых, неопримитивизм и лучизм М.Ф.Ларионова, всечество И.М.Зданевича, супрематизм К.С.Малевича, эмоционализм М.А.Кузмина, музыка высшего хроматизма А. С. Лурье и т.п.

Творчество неопримитивистов и лучистов группы М.Ф.Ларионова, по мнению Д.В.Сарабьянова, типологически являет русский вариант экспрессионизма. На выставках «Ослиный хвост»,

« № 4» преобладали мотивы “заборной живописи” и маргинальные сюжеты из солдатской жизни, мещанского быта, ибо экспрессионизм растет и питается из хаоса человеческих отношений.

Футуристы ощущали наибольшее совпадение с экспрессионизмом в пересмотре традиции, в поиске нового чувства жизни, в антиэстетизме.

Внутри русского футуризма главенствовали две тенденции — романтическая (содержательная, экспрессивная) и конструктивная (заумная, беспредметная). В декларациях и творческой практике обнаруживался широкий спектр программных, стилеобразующих и тематических признаков иных художественных движений, одни из которых воспринимались как противостоящие (натурализм, символизм), другие, не успевшие обрести целостные формы, существовали внутри футуризма на уровне тенденций (экспрессионизм, дадаизм, сюрреализм).

В качестве названия литературной группы в России термин «экспрессионизм» введен И.В.Соколовым (1902—1974) летом 1919 года. Кроме группы Ипполита Соколова, существовавшей в 1919—1922 гг., к объединениям экспрессионистского свойства относятся фуисты (1921—1924), «Московский Парнас» (1922—1925) и петроградские эмоционалисты (1921—1925). Программные документы и поэтика этих небольших, но существенных для понимания русского экспрессионизма групп, возникших в послереволюционный период, составляли противовес формирующемуся ангажированному искусству.

Несколько ранее возникла группа имажинистов[1]. Существуют различные суждения о состоятельности и самостоятельности имажинизма как течения — от признания его крупнейшим явлением наряду с символизмом, акмеизмом и футуризмом до свидетельств о том, что имажинисты не смогли открыть принципиально новых путей развития поэзии и в итоге остались только эпигонами футуризма.

Название, как и у экспрессионистов, было заимствовано за рубежом, у авангардистской школы англоязычной поэзии — имажизма. Это слово впервые попало в поле зрения русских читателей в 1915 году с появлением статьи З.А. Венгеровой «Английские футуристы» (сб. «Стрелец». Пг., 1915), рассказывавшей о лондонской поэтической группе имажистов, во главе которой стояли Эзра Паунд и Уиндем Льюис. Хотя русских имажинистов нельзя назвать преемниками имажистов, их творческие искания во многом соответствовали теоретическим установкам английских поэтов, прежде всего в противопоставлении себя футуристам и в приоритете образа и «каталога образов»: «Мы не футуристы, — писал Паунд, — в поэзии мы "имажисты" . Наша задача сосредоточиться на образах, составляющих первозданную стихию поэзии…».

Необходимо подчеркнуть, что самими представителями разных течений экспрессионистского толка «экспрессионистская поэтика» понималась преимущественно формально как опреде-

---

① Дроздков В.А. *Русский имажинизм: История. Теория. Практика* . М.: ИМЛИ РАН. 2005.

ленная система, или тип, поэтических образов и принципов их создания. По мнению И. Соколова, суть экспрессионистской поэтики заключалась в достижении предельной экспрессивности в выражении чувств человека, «максимума экспрессии и динамики восприятия»[1]. Эмоционалисты под поэтикой понимали «передачу в единственной неповторимой форме единственного неповторимого эмоционального восприятия»[2]. Такие неповторимые формы передачи восприятия человека XX века, по наблюдению Н.Пестовой, обусловили необычайную плотность и многослойность образности, порой переходящей в «одну клокочущую косноязычь»[3] и за это подвергавшейся насмешкам и критике как «ненужная заросль внешней непростоты»[4] и как «испорченная неясностями». Но И. Соколов уверен, что «художественное творчество вообще идет не по линии наименьшего сопротивления, а, наоборот, через усложненную и затрудненную форму по линии наибольшего сопротивления»[5].

Представители имажинизма настаивали на оригинальном характере создаваемого объединения. Уже в 1916 году Вадим Шершеневич писал: «Футуризм умер потому, что таил в себе нечто

---

① *Русский экспрессионизм: Теория. Практика. Критика.* Сост., вступ.ст. В.Н.Терехиной. Коммент. В.Н.Терехиной и А.Т.Никитаева. М.: ИМЛИ РАН 2005. с.75.

② *Русский экспрессионизм: Теория. Практика. Критика.* Сост., вступ.ст. В.Н.Терехиной. Коммент. В.Н.Терехиной и А.Т.Никитаева. М.: ИМЛИ РАН 2005. с.270.

③ *Русский экспрессионизм: Теория. Практика. Критика.* Сост., вступ.ст. В.Н.Терехиной. Коммент. В.Н.Терехиной и А.Т.Никитаева. М.: ИМЛИ РАН 2005. с.263.

④ *Русский экспрессионизм: Теория. Практика. Критика.* Сост., вступ.ст. В.Н.Терехиной. Коммент. В.Н.Терехиной и А.Т.Никитаева. М.: ИМЛИ РАН 2005. с.478.

⑤ *Русский экспрессионизм: Теория. Практика. Критика.* Сост., вступ.ст. В.Н.Терехиной. Коммент. В.Н.Терехиной и А.Т.Никитаева. М.: ИМЛИ РАН 2005. с.55.

более обширное, чем он сам, а именно имажионизм»<так первоначально было обозначено это течение. — В.Т.>.

Несомненно, теоретическая программа имажинистов перекликалась и с декларациями кубофутуристов, несмотря на взаимное неприятие этими группами друг друга. Имажинисты выступали одновременно оппонентами и наследниками футуристов. «Самоценный образ», «образ как таковой» был провозглашен кубофутуристами, и с этим приходилось считаться, вырабатывая собственный принцип поэзии: Не слово-символ с бесконечным количеством значений (символизм), не слово-звук (кубофутуризм), не слово-название вещи (акмеизм), а слово-метафора с одним определенным значением является основой имажинизма.

О возникновении имажинизма было объявлено 29 января 1919 г. в Московском городском отделении Всероссийского союза поэтов на первом поэтическом вечере имажинистов. Декларация имажинизма была опубликована 10 февраля 1919 г. в воронежском журнале «Сирена». Ее подписали поэты В. Шершеневич, С. Есенин, А. Мариенгоф, Р. Ивнев и художники Б. Эрдман и Г. Якулов.

Создание поэтической группы экспрессионистов и провозглашение летом 1919 г. манифеста русского экспрессионизма было скорее явлением литературной жизни, чем фактом истории и теории литературы. Инициатор, начинающий поэт Ипполит Соколов, студент философского факультета Московского университета, стремился присоединиться к ранее образованной и уже известной группе имажинистов. На заявлении Соколова о вступлении в Союз поэтов стоят подписи рекомендовавших его лидеров имажинизма В. Шершеневича и С. Есенина. Однако дальше этого сотрудничество с имажинистами не продвинулось. Семнадцатилетний философ И. Соколов претендовал на самостоятельную выработку философской программы имажинизма. Он рассматривал поэтические выступления известных поэтов как площадку для самоутверждения. Входившие в состав объединения поэты не ставили задачи выработки «философии имажинизма», тем не менее, практически все выступали со статьями и манифестами.

В результате нескольких скандалов в кафе «Стойло Пегаса» И. Соколов лишился поддержки имажинистов и вынужден был объявить о создании собственной литературной группы - экспрессионистов. В связи с этим важно отметить, что провозглашая свой экспрессионизм, Ипполит Соколов учитывал неоднородность футуристических экспериментов и надеялся преодолеть эту раздробленность: «Русский футуризм умер лишь потому, что за 9 лет своего существования распался на множество отдельных фракций. Каждая фракция культивировала какую-нибудь одну сторону футуризма. Чистокровные маринеттисты, классики имажизма Маяковский, Шершеневич, Большаков и Третьяков были Дон- Кихотами одного только образа. Кубисты Крученых и Хлебников во имя языка будущегоразрушали только наш похабный синтаксис и нашу похабную этимологию. Центрифугисты-ритмисты Бобров и Божидар довели вопрос ритма до головокружительной высоты. Эхист-евфонист Золотухин довел свою виртуозность в области концевого созвучия, кажется, прямо до шарлатанства···

«Экспрессионизм, черт возьми, будет по своему историческому значению не меньше, чем символизм или футуризм»①.

Очевидно, выполнение столь важной миссии требовало философской подготовки. В книге «Бедекер по экспрессионизму» Соколов признавался: «Моя первоначальная теоретическая схема экспрессионизма как исключительно синтеза всех достижений четырех течений русского футуризма, давно оказалась для нас узкой. Экспрессионизм как течение под знаком максимума экспрессии не будет одним синтетизмом, а будет еще и европеизмом и трансцендентизмом.»②

Основным создателем теории имажинизма и руководителем был поэт и драматург, переводчик манифестов и прозы Маринетти В.Г. Шершеневич (1893—1942). В 1913 г. он создал московскую группу эгофутуристов «Мезонин поэзии», в 1914—1915 гг. сотрудничал с кубофутуристами, в поэтической практике пользовался метафорами. Выделяя образную основу, Вадим Шершеневич подобно английским имажистам, называвшим поэзию «вдохновенной математикой», утверждал, что «поэт — это точный математик, и только он знает точное значение a и b».

В то же время Шершеневич различал слово-понятие и слово-образ: «философ может сказать “красные чернила” , но для

---

① Терёхина В.Н. Русский экспрессионизм: Теория. Практика. Критика.М.: ИМЛИ РАН 2005. сс.50-51.

② Терёхина В.Н. Русский экспрессионизм: Теория. Практика. Критика. М.: ИМЛИ РАН 2005. с.61.

поэта здесь непоборимая коллизия»①.

Упрекая футуристов в том, что их творчество «из свободного делается агитационным, государственным», он объявлял имажинизм индивидуалистическим течением, основанным на «извечной необходимости для искусства протеста и предугадывания»②.

А. Мариенгоф, автор поэм «*Магдалина*», «*Руки галстуком*», в работе «*Буян-остров.Имажинизм*» (1920) обращал внимание на «нарочитое соитие в образе чистого с нечистым»: «Почему у Есенина "солнце стынет, как лужа, которую напрудил мерин", или "над рощами, как корова, хвост задрала заря", а у Вадима Шершеневича "гонококк соловьиный не вылечен в мутной и лунной моче"?»③ Для имажинистской поэзии характерны образы нередко грубо физиологического свойства («менструация флагов», «в жиже мочи и крови», «кишки по торцам, как вожжи»). В этом стремлении «вызвать у читателя максимум внутреннего напряжения, как можно глубже всадить в ладони читательского восприятия занозу образа»④ имажинисты сближались с экспрессионистами.

---

① Шершеневич В. 2x2=5. Листы имажиниста. *Поэты-имажинисты*. Сост., подг. текста, биограф. заметки и примечания Э.М.Шнейдермана.М.: Аграф; СПб.: Петерб. писатель, 1997. с.24.

② Шершеневич В. 2x2=5. Листы имажиниста. *Поэты-имажинисты*. Сост., подг. текста, биограф. заметки и примечания Э.М.Шнейдермана.М.: Аграф; СПб.: Петерб. писатель, 1997. с.23.

③ Шершеневич В. 2x2=5. Листы имажиниста. *Поэты-имажинисты*. Сост., подг. текста, биограф. заметки и примечания Э.М.Шнейдермана.М.: Аграф; СПб.: Петерб. писатель, 1997. с.34.

④ Шершеневич В. 2x2=5. Листы имажиниста. *Поэты-имажинисты*. Сост., подг. текста, биограф. заметки и примечания Э.М.Шнейдермана.М.: Аграф; СПб.: Петерб. писатель, 1997. с.34.

Здесь приходится вернуться к парадоксу возникновения и сосуществования имажинизма и экспрессионизма. Можно сказать, что обе группы возникли на авангардной основе, решали близкие по содержанию задачи, однако статус этих групп был различен.

В связи с необходимостью более глубокого понимания литературной ситуации начала 1920-х гг. в настоящей работе обратимся к последней из опубликованных И.Соколовым статей. Это небольшого формата брошюра «Новое мироощущение», сохраненная в частной коллекции и опубликованная мною в антологии «Русский экспрессионизм». Она датирована в соответствии с обычаем экспрессионистов: XX год и век. На обложке указано: «*Ренессанс XX века*», РСФСР. 0,21 XX века. Таким образом, работа написана в конце 1920 г. (после известного манифеста «Ренессанс XX века»), но опубликована в 1921 г., вслед за стиховедческой книгой «*Имажинистика*».

Какую роль отводил Соколов этой брошюре? Все его тексты имели конкретный смысл и адресацию. Так, программная брошюра «*Бунт экспрессиониста*» (1919) была обозначена как «декларация и стихи». Проект созыва всероссийского конгресса поэтов (1920) назывался «воззвание», а следующий за ним «*Экспрессионизм: Агитлистовка*». После упомянутого манифеста «*Ренессанс XX века*» следовали две теоретические работы: путеводитель «Бедекер по экспрессионизму» (1920) и «*Имажинистика*» (1921). В сопоставлении с перечисленными брошюрами рассматриваемый текст приобретает особое значение — автор сопроводил его многозначительным подзаголовком: «*Прозрение*».

Несомненно, «*Прозрение*» связано с тем, что в деятельности И. Соколова наступил перелом, на поэтическую сцену вышли новые, более талантливые писатели, хорошо знакомые с литературой и культурой немецкого экспрессионизма. Они образовали свои группы, самостоятельно печатали книги и уже не нуждались в манифестах И. Соколова. Тем не менее, основатель группы экспрессионистов продолжал доказывать свой приоритет в формировании «нового мироощущения». Он сравнивает «европейскую логику» с испанским башмаком с железными гвоздями: «Если в Германии в XVI веке существовало 50 или 70 видов пыток, то для нашего европейского мышления существует 12 категорий Канта». Отвергая классическую философию, И. Соколов создает яркий образ «научной инквизиции», которая «сжала наш череп особым орудием и заклепала нашу голову в какой-то железный станок логики»[1]. Противостоит этому, по мнению И. Соколова, интуитивизм Анри Бергсона, дающий непосредственное восприятие действительности не столько логически, сколько в переживании. Как и прежде, автор обращается к возможностям мистики, теософии и «алогизма древних индусов». Но в чем заключается новизна этого мироощущения, то прозрение, ради которого написана брошюра?

«Мы все живем, сами того не замечая, под напором новых интеллектуальных, эмоциональных и моральных переживаний,— пишет И. Соколов, отмечая, — самое страшное, что новое мироощущение по декларациям и брошюркам из-за недостатка

---

① Соколов И. *Ренессанс XX века*, РСФСР. 0,21 XX века. М.: Б. и.,1920. с.8.

времени или места становится схемой, фразой, каким-то техническим приемом…»[①] В этих словах заключено разочарование трехлетними попытками придать своему учению философскую мотивированность, создать не только группу экспрессионистов, но и экспрессионистскую эстетику. Таково было прозрение И. Соколова, заставившее его свернуть в сторону конструктивизма, а затем далекой от поэзии деятельности: обоснование тейлоризма и производственной гимнастики, организация первых парадов на Красной площади, создание киносценариев.

Но было и другое, более важное прозрение, в котором звучит оправдание молодых устремлений к новому мироощущению: «Если бы не было нас, экспрессионистов, все равноэкспрессионизм существовал бы в наше время и даже мог бы не называться экспрессионизмом»[②].

Современный подход выявляет типологические черты экспрессионизма в перспективе различных художественных явлсний XX века. Существует представление об экспрессионизме как о большом стиле, о его всеохватности: «Поздний символизм и, казалось бы, давным-давно исчерпанный натурализм, акмеизм, эго и кубофутуризм, имажинизм, дадаизм, сюрреализм — все эти течения вобрал в себя экспрессионизм, став единым и единственно мощным литературно-художественным движением первой трети века»[③].

---

① Соколов И. *Ренессанс XX века*, РСФСР. 0,21 XX века. М.: Б. и.,1920. с.16.
② Соколов И. *Ренессанс XX века*, РСФСР. 0,21 XX века. М.: Б. и.,1920. с.16.
③ Топоров В.Л. *Сумерки человечества*. М.: Рабочий, 1990. с.6.

Пристальное рассмотрение деятельности имажинистов и экспрессионистских групп позволяет прийти к аргументированному выводу о том, что они были органическим продолжением и развитием русского футуризма. При контакте с европейским имажизмом и экспрессионизмом их собственные находки складывались в новый язык искусства, органичный и своеобразный. Русский экспрессионизм, как ожидал И. Соколов, не стал синтезом всех ветвей футуризма, но продолжал быть ориентиром для постфутуристического крыла творческой молодежи, для писателей других школ и направлений, что значительно расширяло горизонты его распространения и влияния.

附译文：

伊波利特·索科洛夫：在意象主义与表现主义之间[①]

［俄］维拉·尼古拉耶芙娜·捷廖希娜　李元 译

1900—1910 年间俄罗斯文化的典型特征是各艺术流派之间的相互融通和相互丰富。

近十年来，俄罗斯表现主义问题成为当代俄罗斯文艺学中最为重要的问题之一。它究竟是什么？是假象，还是现实？这个概念的外延在哪里，其诗学源头又在何处？

解释这一复杂的现象以及对它的当代科学认识首先必须打破

① 本文受到俄罗斯基础研究基金会（俄罗斯科学院人文科学部）“20世纪上半叶欧洲和美国的文学进程：思潮与流派”项目资助，【项目批号：17-04-00373】

对 20 世纪初俄罗斯文学发展的传统观念，即将文学分为现实主义、象征主义、未来主义和阿克梅主义，而且文学的演进就是这些流派的新旧交替。实际上在文学的发展中各种新思潮总是相互影响、相互丰富、相互交融的，无论是大的流派，还是小的团体，甚至是个别作家之间都存在这种现象。所以我们在构建文学发展的全景图时，发现有很多进程都是相互关联的，它们与国外的同类现象也有着这样或那样的联系。此外，研究表现主义的俄罗斯血统、发现它的民族根基是研究的重要一环，因为至今人们还经常认为表现主义是纯粹的舶来品。

俄罗斯表现主义是在现实主义、象征主义、阿克梅主义和未来主义创作资源的基础上形成的风格多样的一种艺术形态。它在 20 世纪初悄然出现，并没有发表宣言宣称自己是特殊的艺术流派。王宗琥教授在其博士学位论文《20 世纪前 30 年俄罗斯小说中的表现主义倾向》（2004）中指出，俄罗斯的表现主义并没有形成一个具有特定明确纲领的流派，而是呈现出一种强劲的艺术倾向。这一倾向在不同流派、不同团体、不同风格的作家创作中都有体现，而且较为明显地贯穿了 20 世纪的前 30 年。

尽管“表现主义”这一术语意义明确，但是与 20 世纪初的其他文学流派相比，表现主义的实质和概念边界却不那么明晰。一方面，表现和表现力是艺术创造固有的本质，只有它们极端的、亢奋的表现（为了变形和怪诞而拒绝真实，大量使用疼痛、叫喊的情节）可以证明表现主义者的表达方式。另一方面，表现主义的纲领是自然形成的，它广泛吸纳了类型相近却不同属的现象，吸引了很多并不完全赞同其世界观基础的作家和艺术家。以今天的眼光来看，这是一种高度“复杂的”（帕维尔·托佩尔），“非同质的”（娜塔莉娅·佩斯托娃）艺术。

我们很赞同王宗琥教授的观点："表现主义精神远远超出了其发轫国的边界，并渗透到当时许多国家的艺术领域。例如，在20世纪初的俄罗斯小说中就显露出强烈的表现主义倾向，在很多方面革新了文学传统。但是由于研究者对表现主义的狭隘理解（仅将其视为一个文学流派或团体），这个主题至今仍知之甚少。"

由于20世纪前30年的许多流派已经不复存在，在这样的背景下理解很多进程自然比较困难。前文已经说过，在诗歌领域和表现主义类型相近的是俄罗斯的未来主义，这个流派在很大程度上继承了象征主义，又通过象征主义继承了浪漫主义（弗拉基米尔·马雅可夫斯基、康斯坦丁·博利沙科夫、鲍里斯·帕斯捷尔纳克、瓦基姆·舍尔舍涅维奇）[①]。然而，俄罗斯未来主义后来分裂为几个团体以及这几个团体之间的竞争，有碍于发现其诗歌中的共性，即在表现主义基础上的共同风格。

在俄罗斯未来主义内部占主导地位的有两种倾向——浪漫主义倾向（内容丰富的，富有表现力的）和构成主义倾向（超理性的，无对象的）。在未来主义的宣言和创作实践中表现出许多其他艺术运动的纲领、风格和主题特征，其中一些被认为是相互对立的（自然主义、象征主义），另一些尚未定型，在未来主义内部表现为某种倾向（表现主义、达达主义、超现实主义）。

在时代大风格的背景下，各种不同但平等的文化在短时间内进行融合，这是俄罗斯的一个特点。奥尔加·罗扎诺娃在"青年联盟"的宣言中强调"艺术有很多路径"，她的活动部分地与德国和斯堪的纳维亚的表现主义相符。在1910年代，在现实主义

---

① Терёхина В.Н. *Экспрессионизм в русской литературе первой трети XX века: Генезис. Историко-культурный контекст. Поэтика*. М.: ИМЛИ РАН, 2009.

和象征主义的对立体系中，又出现了很多与现实主义相对立的流派，它们是：“布杰特良涅主义”、直觉自我未来主义、帕维尔·费洛诺夫的分析艺术、瓦西里·康定斯基的音乐抽象主义、亚历山大·克鲁乔内赫的超理性、米哈伊尔·拉里奥诺夫的新原始主义和辐射主义、伊里亚·兹达涅维奇的万有主义、卡西米尔·马列维奇的至上主义、米哈伊尔·库兹明的情感主义、阿尔图尔·鲁尔耶的高度半音阶调式。

德米特里·萨拉波雅诺夫认为，米哈伊尔·拉里奥诺夫小组中新原始派诗人和辐射主义画家的创作是俄罗斯表现主义的变体。在“驴尾巴”“第 4 号”的展览中，“围栏画”的主题和士兵、小市民生活的边缘题材占多数，因为表现主义正是在人类关系的混乱中生长并汲取养分。

未来主义者最富表现主义的特征体现在对传统的重新审视、寻求对生活的新感受和反美学主义中。

“表现主义”术语作为俄罗斯文学团体的名称，由伊波利特·索科洛夫（1902—1974）在 1919 年夏天引入。除了索科洛夫的“表现主义”小组（1919—1922）属于表现主义性质的团体，还有“否定主义”（1921—1924）“莫斯科的帕尔纳斯小组”（1922—1925）和彼得格勒的“情感主义者小组”（1921—1925）。这些规模不大的且产生于革命后的现代主义文学团体对于理解俄罗斯表现主义十分重要，它们的纲领性文件和诗学观念完全不同于那些为政治的艺术流派。

意象主义者小组出现得更早一些[①]，不过对意象主义能否作为一个独立的流派存在多种观点——有的人认为它是与象征主义、

① Дроздков В.А. *Русский имажинизм: История. Теория. Практика* .М.: ИМЛИ РАН. 2005.

阿克梅主义、未来主义一样重要的文学现象，有的则认为，意象主义者没能开辟出诗歌发展新路径，只是未来主义的模仿者。

与表现主义一样，意象主义这一名称是从国外英语诗歌先锋派中借用的。这个词在1915年首次进入俄罗斯读者的视野，出自济娜依达·温格罗娃的文章《英国未来主义》(《射手》文集，1915)。这篇文章介绍了由埃兹拉·庞德和乌因杰姆·柳伊斯领导的伦敦意象主义诗学小组。尽管俄罗斯的意象派诗人不能称为意象主义者的继承人，但其创作探索在很多方面与英国诗人的理论宗旨相契合，首先是在与未来主义抗衡的方面，以及在形象优先方面，庞德写道："在诗歌中，我们不是未来主义者，而是意象主义者。我们的任务是把精力集中在形象上，这些形象构成诗歌的原创力……"

需要强调的是，表现主义不同派别的代表对"表现主义诗学"的理解主要是形式上的，将其作为某种诗学形象和建构诗学形象原则的体系或类型。在索科洛夫看来，表现主义诗学的本质在于"用极度的表现力来表达人的情感，争取最大限度的表现力和感受的积极性"[①]。情感主义者将表现主义诗学理解为"用唯一的，不可复现的形式传达唯一的，不可复现的情感体验"[②]。娜塔莉娅·佩斯托娃认为，用这样一些独一无二的形式表达20世纪人们的感受，就造成了形象性方面特别厚重且层次繁多，有时会变成"一个说话含混不清的大舌头"[③]，从而招致嘲笑与批评，被

---

① *Русский экспрессионизм: Теория. Практика. Критика*. Сост., вступ.ст. В.Н.Терехиной. Коммент. В.Н.Терехиной и А.Т.Никитаева. М.: ИМЛИ РАН 2005. с.75.

② *Русский экспрессионизм: Теория. Практика. Критика*. Сост., вступ.ст. В.Н.Терехиной. Коммент. В.Н.Терехиной и А.Т.Никитаева. М.: ИМЛИ РАН 2005. с.270.

③ *Русский экспрессионизм: Теория. Практика. Критика*. Сост., вступ.ст. В.Н.Терехиной. Коммент. В.Н.Терехиной и А.Т.Никитаева. М.: ИМЛИ РАН 2005. с.263.

认为是“狗尾续貂”[1]，或者是“为含糊性所害”。但是索科洛夫相信，“艺术创造一般不沿着最小阻力的线路前进，而是相反，它以复杂而困难的形式沿着阻力最大的方向前进”[2]。

意象主义者们坚持自己团体的独特性。早在1916年，舍尔舍涅维奇写道：“未来主义死了，因为它自身中蕴藏着一个比它更庞大的东西，这就是意象主义。”（这个流派最初的写法是“Имажио-низм”。）[3]

毫无疑问，意象主义者的理论纲领与立体未来主义者的宣言是相呼应的，尽管这两个团体之间互不承认。意象主义者既是未来主义者的反对者又是继承者。“具有自身价值的形象”，“形象本身”是由立体派人士提出的，所以意象主义者在制定自己的诗歌原则时必须考虑这一点：意象主义的基础不是具有无限意义的词汇—符号（象征主义），不是词汇—声音（立体未来主义），不是事物的词汇—名称（阿克梅主义），而是具有一个确定含义的词汇—隐喻。

1919年1月29日，在全俄诗人协会，莫斯科城市分会的第一场意象主义者诗歌晚会上宣布了意象主义的诞生。2月10日，沃罗涅日《汽笛》（Сирена）报发表了意象派宣言，瓦基姆·舍尔舍涅维奇、谢尔盖·叶赛宁、阿那托利·马里延戈弗、留里克·伊夫涅夫和两位艺术家鲍里斯·埃尔德曼、格奥尔基·雅库洛夫在宣言上签名。

表现主义诗学小组的创建和1919年夏俄罗斯表现主义宣

---

① *Русский экспрессионизм: Теория. Практика. Критика.* Сост., вступ.ст. В.Н.Терехиной. Коммент. В.Н.Терехиной и А.Т.Никитаева. М.: ИМЛИ РАН 2005. с.478.

② *Русский экспрессионизм: Теория. Практика. Критика.* Сост., вступ.ст. В.Н.Терехиной. Коммент. В.Н.Терехиной и А.Т.Никитаева. М.: ИМЛИ РАН 2005. с.55.

③ “意象主义”的俄文书写为 Имажинизм，最初写法 Имажионизм。——译者注

言的发表更像是一种文学生活现象，而不是历史事实和文学理论，其发起人是莫斯科大学哲学系学生、初露头角的诗人伊波利特·索科洛夫。一开始他曾希望加入刚成立不久便已经声名鹊起的意象主义小组，甚至有两位意象派代表诗人——舍尔舍涅维奇和叶赛宁都在他的申请表上签名支持。然而，他与意象主义诗人的合作并没有进行下去。17 岁的哲学家伊波利特·索科洛夫希望独自起草意象主义的哲学纲领，他将著名诗人的诗歌表演看作自我确立的一个平台。参加意象主义小组的诗人们没有提出创建“意象主义哲学”的任务，尽管实际上所有人都发表了文章和宣言。

由于在“天马栏”（Стойло Пегаса）咖啡馆的几件丑闻，伊波利特·索科洛夫失去了意象主义者的支持，被迫宣布创建自己的表现主义文学小组。需要说明的是，索科洛夫在宣布自己的表现主义时，考虑到了未来主义实验的异质性并希望克服这种分裂：“俄罗斯的未来主义经过九年的发展已经名存实亡。它蜕化成多个独立的团体，每个团体只发展未来主义的一个方面。嫡系的马里内蒂主义者，亦即意象主义的代表们——弗拉基米尔·马雅可夫斯基、瓦基姆·舍尔舍涅维奇、康斯坦丁·博利沙科夫和谢尔盖·特列季雅科夫只不过是堂吉诃德的一体多面。立体未来主义者韦利米尔·赫列布尼科夫和亚历山大·克鲁乔内赫以未来语言的名义摧毁着我们粗鄙的句法和词源。离心机一韵律派代表谢尔盖·勃布罗夫和博格丹·戈尔杰耶夫将节律问题提高到令人头晕的高度。回声一和声派代表格奥尔基·左洛图欣在句末和声方面的技艺似乎达到了令人生疑的高度……就其历史意义而言，表现主义将不亚于象征主义或未来主义，见鬼去吧。”[1]

---

① Терёхина В.Н. *Русский экспрессионизм: Теория. Практика.* Критика.М.: ИМЛИ РАН 2005. сс.50-51.

显然，完成这样一项重要任务需要有哲学素养。索科洛夫在《表现主义指南》一书中承认："我最初拟定的表现主义理论大纲将俄国未来主义四个流派的所有成就完全综合，对我们来说早就显得不够了。表现主义作为一种倡导最大化表现力的流派不应该只是一种综合，它还将是欧洲主义和超验主义的。"①

瓦基姆·舍尔舍涅维奇（1893—1942）——意象主义理论的创建者和领导者、诗人、剧作家，翻译过意大利未来主义创始人马尔内蒂的宣言和著作，他于 1913 年创建了莫斯科自我未来主义小组——"诗歌顶楼"派，1914—1915 年与立体未来主义者合作，在诗歌实践中使用隐喻。在强调隐喻的形象基础时，舍尔舍涅维奇正如那些称诗歌的灵感来自数学的英国意象主义者，坚称"诗人是精确的数学家，只有他知道 a 和 b 的确切含义"。

与此同时，舍尔舍涅维奇将概念词和形象词区分开来："哲学家可以说'红墨水'，但对于诗人来说，这里却存在着激烈的冲突。"②

在指责未来主义者将自由的艺术变为国家宣传工具时，索科洛夫宣称"意象主义是一个独立的流派，其根基是艺术必须永远反对和预言"③。

长诗《玛格达琳娜》（Магдалина）、《缠领带的手》（Руки галстуком）的作者阿那托利·马里延戈弗在 1920 年发表的论著《意象主义》（Буян-остров. Имажинизм）中对"纯洁与卑污在形象上

---

① Терёхина В.Н. *Русский экспрессионизм: Теория. Практика*. Критика.М.: ИМЛИ РАН 2005.c.61.

② Шершеневич В. 2х2=5. Листы имажиниста. *Поэты-имажинисты*. Сост., подг. текста, биограф. заметки и примечания Э.М.Шнейдермана.М.: Аграф; СПб.: Петерб. писатель, 1997. с.24.

③ Шершеневич В. 2х2=5. Листы имажиниста *Поэты-имажинисты*. Сост., подг. текста, биограф. заметки и примечания Э.М.Шнейдермана.М.: Аграф; СПб.: Петерб. писатель, 1997. с.23.

的蓄意交合”予以关注：“为什么叶赛宁写‘太阳像阉马撒的一洼尿一样渐渐变冷’，‘在小树林的上空，霞光像母牛一样翘起了尾巴’，为什么舍尔舍涅维奇写‘夜莺的淋球菌在污浊的月亮的尿水中没有医好’？”[①] 意象派诗歌的典型特点经常是具有粗俗生理属性的形象（“旗帜的月经”“尿液和血液的沉淀液”“似缰绳的末端肠子”）。“引起读者最高的内心紧张。把形象之刺尽可能深地扎入读者感受的掌心”[②]，在这样的努力下，意象主义者走近了表现主义者。

在这里，我们必须回到意象主义和表现主义产生和共存的悖论上。可以说，两个流派都是在先锋的基础上出现，都解决内容相近的难题，然而它们的地位却是不同的。

由于必须要更加深刻地了解20世纪20年代初的文学状况，我们需要去看一下伊波利特·索科洛夫发表的最后一篇文章——《新的世界感受》，它保存在一本由私人收藏的小册子里，被收入由笔者编撰的《俄罗斯表现主义》选集里（文章日期的标注符合表现主义者的惯例：×× 年 ×× 世纪）。封面的标题是：《20世纪文艺复兴》，俄罗斯苏维埃联邦社会主义共和国，20世纪的20年代出头。因此，这部作品写于1920年年末（在著名宣言“20世纪文艺复兴”之后），却是继《意象主义学》一书之后，于1921年出版。

索科洛夫的这本小册子到底有多重要呢？这里面所有的文章都有具体的意义和明确的指向。比如，纲领性册子《表现主义

---

① Шершеневич В. 2x2=5. Листы имажиниста *Поэты-имажинисты*. Сост., подг. текста, биограф. заметки и примечания Э.М.Шнейдермана.М.: Аграф; СПб.: Петерб. писатель, 1997. с.34.

② Шершеневич В. 2x2=5. Листы имажиниста *Поэты-имажинисты*. Сост., подг. текста, биограф. заметки и примечания Э.М.Шнейдермана.М.: Аграф; СПб.: Петерб. писатель, 1997. с.34.

者的暴动》(1919)的副标题是“宣言和诗”。召开全俄诗人大会(1920)的方案称作“呼吁书”，随后是《表现主义：宣传单》。继上面提到的“20世纪文艺复兴”宣言之后，接下来是两篇理论文章：《表现主义指南》(1920)和《意象学》(1921)。与上述小册子相比，这两篇文章意义颇为特殊——作者加上了一个意味深长的副标题：《顿悟》。

毫无疑问，这里的“顿悟”与索科洛夫的活动受挫有关，彼时诗坛上涌现出一批更有才华且熟知德国表现主义文学和文化的诗人。他们组建自己的文学小组，独立出版书籍，不再需要索科洛夫的宣言。然而，表现主义小组的创始人继续证明他在创建“新世界感受”方面的优势地位。索科洛夫将“欧洲逻辑”与带有铁钉的西班牙鞋进行比较：“如果在16世纪德国有50或70种酷刑，那么对于我们的欧洲思想来说，存在康德的12个范畴。”拒绝接受古典哲学的索科洛夫创造了一个生动的“科学裁判所”形象，“用一种特殊的工具挤压我们的头骨，并将我们的头脑与某种逻辑车床铆接起来”[①]。在索科洛夫看来，与此对立的是亨利·柏格森的直觉主义，这种直觉主义与其说通过逻辑，不如说是在体验中直接感知现实。和以前一样，作者转向了神秘主义，神智学和“古代印度教徒的非逻辑主义”。但是这种世界感受的新颖之处在哪里，这本小册子所写的那个“顿悟”又在何处呢?

索科洛夫指出：“我们都在新的智力、情感和道德体验的压力下生活，但大家都没有意识到这一点。最可怕的是，由于时间或者地点的不足，宣言和小册子所宣扬的新世界感受变成了呆板的公式、一纸空文或某种技巧手法……”[②]在这些话中包含了对

① Соколов И. *Ренессанс XX века*, РСФСР. 0,21 XX века. М.: Б. и.,1920. с.8.
② Соколов И. *Ренессанс XX века*, РСФСР. 0,21 XX века. М.: Б. и.,1920. с.16.

自己三年努力的失望，因为三年来他一直尝试为自己的学说找寻哲学依据，不是简单地成立一个表现主义小组，而是要创立表现主义美学。这就是迫使索科洛夫转向构成主义并远离诗歌活动的“顿悟”：证明泰勒制和工间操的必要性，组织最初的红场阅兵，创作电影剧本。

但是还有另一个不一样的，也许是更为重要的感悟，其中表达了对年轻人追求新的世界感受的肯定：“如果没有我们——表现主义者，表现主义在我们这个时代也一样会存在，它甚至可能不叫表现主义。”①

当代的研究揭示了表现主义在 20 世纪众多艺术现象中的类型学特征。有一种观点认为，表现主义是一种无所不包的宏大艺术：“晚期的象征主义，似乎早已消失的自然主义，阿克梅主义，自我未来主义和立体未来主义，意象主义，达达主义，超现实主义——表现主义对这些流派都兼收并蓄，成为 20 世纪前 30 年唯一一个强大的文学艺术运动。”②

仔细研究意象主义和表现主义团体的活动，可以得出这样一个结论，即它们是俄罗斯未来主义的有机延续和发展。在与欧洲意象主义和表现主义的交流中，它们将自己的发现熔铸为一种新的、有机且独特的艺术语言。正如索科洛夫所预料的那样，俄罗斯的表现主义并没有成为未来主义所有分支的综合体，而是继续成为后未来主义青年创作团体以及其他流派作家的风向标，这极大地拓展了它的传播和影响的疆域。

---

① Соколов И. *Ренессанс XX века*, РСФСР. 0,21 XX века. М.: Б. и.,1920. с.16.

② Топоров В.Л. *Сумерки человечества*. М.: Рабочий, 1990. с.6.

О некоторых особенностях издания и комментирования записных книжек Даниила Хармса[①]

Александр Кобринский

Среди сохранившегося рукописного наследия Даниила Хармса особое место занимают его записные книжки (далее — «ЗК» с указанием номера). Как известно, после смерти в 1980 году Я. С. Друскина, которому мы обязаны спасением рукописей Хармса и Введенского, небольшая часть его архива была передана в РО ИРЛИ, а все остальное — в ОР РНБ (тогда — Государственная Публичная библиотека им. М.Е. Салтыкова-Щедрина). При этом почти все записные книжки остались у сестры Я. С. Друскина — Лидии Семеновны Друскиной и были переданы в ОР РНБ значительно позже — уже в XXI веке. В ОР РНБ, в фонде № 1232 Я. С. Друскина, до этого момента хранились лишь большие листы с дневниковыми записями (то, что принято называть «Дневником») и лишь несколько записных книжек.

Последние материалы были опубликованы с подробными комментариями А.Кобринского и Д. Устинова[②]. Должно было

---

① Исследование выполнено при финансовой поддержке РФФИ в рамках научного проекта No. 18-012-00479.

② Хармс Даниил. *Горло бредит бритвою. Случаи, рассказы, дневниковые записи.* Сост. А.Кобринского, комм. А. Кобринского и А. Устинова. М.: Глагол, 1991 г.; *Дневниковые записи Даниила Хармса.* Публикация А. Устинова и А. Кобринского. Минувшее. Исторический альманах 11, сс.417-583.

пройти еще десять лет, пока не появились два тома полного собрания сочинений Хармса (далее — ПСС), в которые вошли все записные книжки и дневники.[①]

Поскольку с момента появления этого издания прошло более полутора десятилетий, возникла необходимость критического осмысления как самих опубликованных текстов, так и комментариев.

В текстологии, как известно, принято различать издания текста и издания рукописи. Последние издаются как с помощью факсимильного воспроизводства, так и как дипломатическое издание. Дипломатическое издание фактически предназначается не столько для рядовых читателей, сколько для исследователей. Как отмечал Д. С. Лихачев, «В дипломатических изданиях текста документ воспроизводится средствами типографского набора с максимальным приближением ко всем особенностям оригинала. "Узнать" в подлиннике все буквы и знаки, определить их взаимоотношение— в ряде случаев задача совершенно необходимая для будущих истолкователей текста. Практика показывает, что дипломатические издания - один из самых сложных способов воспроизведения текста и одновременно наиболее "долговечный" ».[②]

На важность дипломатического издания для ученых указывал и Б. В. Томашевский, который писал, что такое издание представ-

---

① Д. Хармс. *Полное собрание сочинений. Записные книжки. Дневник.* Сост. В. Сажина и Ж.-Ф. Жаккара. Примеч. В. Сажина. Кн. 1-2. СПб, Гуманитарное агентство «Академический проект». 2002.Далее ссылки на это издание даются в тексте в круглых скобках с указанием номера записной книжки, ее листов, а также тома и страницы.

② Лихачев Д. С. *Текстология. На материале русской литературы X - XVII веков.* Изд. Третье, переработанное и дополненное. СПб.: Алетейя, 2001. с.484.

ляет «большой интерес как результат исследования и прочтения данного текста данным ученым, а с другой стороны - большую научную ценность как материал для дальнейшего изучения и толкования текста будущими специалистами».[1]

Именно в режиме дипломатического издания и были опубликованы записные книжки и дневники Хармса. Разумеется, для исследователей это, в самом деле, удобно, так как облегчает работу, не требуя постоянного обращения к архиву. Однако надо понимать, что при таком способе подачи материала публикатор фактически отстраняется от решения научных проблем, связанных с определением статуса того или иного фрагмента, выбором орфографического облика текста, а также — с объектами комментария и комментаторским материалом. Между тем, записные книжки Хармса представляют собой сложную структуру из текстов разных жанров и разной природы, а также из фрагментов и заметок, статус которых порой оказывается весьма затруднительно определить. В связи с этим представляется необходимым критически переосмыслить имеющееся издание, а также предложенные в нем комментарии.

1.

В ЗК 2 (март 1925 года) имеется запись: «Вторник 8 ч. У Туфанова D. S. O.» (Л. 6. 1. 17). Речь, конечно, идет о созданном

---

① Томашевский Б. В. *Писатель и книга. Очерк текстологии*. Изд. 2-е. М.: Искусство. 1959. с.139.

Александром Туфановым именно тогда «Ордене заумников DSO». Однако комментарии представляются весьма странными. Так, В. Сажин указывает, что «D.S.O. — исторически — старинный сигнал бедствия» (2. 239) и ссылается на стихотворение А. Туфанова «Над могилой рыцаря на Неленьге». Это диалогическое стихотворение входило в сборник «Ушкуйники» (1927). В нем персонаж, обозначенный как «Ушкуйник» спрашивает:

Что я вижу? Что вижу я? Что?
Эсоэс-дээсо? Что за знаки?

Второй персонаж — Схимник Соловецкого монастыря отвечает:

Сэйваурсоул дээсо, мой сыне,
«Спасите душу» - бает нам плита.①

К слову «Эсоэс-дээсо» в берклианском издании дается следующий комментарий: «Международный сигнал бедствия на водеSOS. DSO старинный сигнал бедствия, обозначавший то же, что впоследствии SOS. Аббревиатурой ДSO<Так! — А.К.> Туфанов называл свой “заумный орден” ».②

① Туфанов А. Ушкуйники. Сост. Ж.-Ф. Жаккар и Т. Никольская. Berkeley, 1991 (Berkeley Slavic Specialities. Modern Russian Literature & Culture. Studies and Texts. Vol. 27.). с.81.

② Туфанов А. Ушкуйники. Сост. Ж.-Ф. Жаккар и Т. Никольская. Berkeley, 1991 (Berkeley Slavic Specialities. Modern Russian Literature & Culture. Studies and Texts. Vol. 27.). с.103.

Этот комментарий является ошибочным. На самом деле, первым сигналом о бедствии на море был сигнал CQD, а не DSO. Поскольку, все эти сигналы никогда изначально аббревиатурами не были, слова для них подбирали позднее. К сигналу CQD подобрали выражение «Come Quick, Danger», а к появившемуся позднее сигналу SOS — «Save Our Souls».

Создавая свой «Орден заумников», Туфанов, конечно, имел в видувоенную награду Великобритании — орден «За выдающиеся заслуги» (Distinguished Service Order), что и следовало указать в комментарии. Но и этого мало для понимания, почему Александр Туфанов назвал созданную им организацию «Орден заумников D.S.O.». Следовало бы указать на два обстоятельства: с одной стороны, это, конечно, отсылка к награждению этим орденом Николая - младшего брата Туфанова, вступившего в Славяно-Британский легион и погибшего в Архангельской губернии 22 февраля 1919 года во время разведки (в августе 1919 года этот орден англичанс вручили А. Туфанову как брату погибшего героя). С другой стороны, награжденный этим орденом имел право *после* своего имени ставить буквы DSO — таким образом, Туфанов фактически превратил созданную им организацию в памятник любимому брату; следовало бы напомнить, что свою книгу «К зауми…» (1924)[①] Туфанов сопроводил посвящением: «Посвящается Брату Николаю — Рыцарю Ордена DSO, ушедшему из моей страны Зауми 23-х лет в землю Древнего Заволочья — к костям предков,

① Александр Туфанов. К зауми. Фоническая музыка и функции согласных фонем. Петербург, Издание автора. Государственная типография им. т. Зиновьева. 1924 г.

Новгородских Ушкуйников».

Если посмотреть анкеты и автобиографии, которые Туфанов писал после революции, то легко заметить, что он старательно избегал упоминаний о реальной судьбе своего брата, воевавшего с большевиками, и о своей работе в газете «Возрождение Севера» в 1918—1919 годах. Эта газета выходила в Архангельске, на территории, подконтрольной Временному правительству Северной области и носила антикоммунистический характер. Статьи и стихи, которые там помещал Туфанов после гибели брата Николая, стали носить особенно страстный характер, они были проникнуты жаждой уничтожения большевиков и мести за брата.①

2.

Не менее интересна ситуация с записной книжкой № 2. На листах 7— 13 об. (1. 18-22) присутствуют записи как дневникового характера, так и творческого: стихотворные наброски и черновики. Рассмотрим текст на первых листах:

«Но по дороге я (не знаю как ты) все время думал о нем и мне было смешно. Чорт тебя дери из-за твоей Образины и Риты, мне пришлось убивать время за этим идиотским письмом. Варшавского, ясно, куда-то унесло, и, чтоб тебе лопнуть, я обречен на писание.

Положение безвыходно! Я как честный человек и друг в це-

① Крусанов А. А. В. Туфанов: архангельский период (1918-1919 гг.). *Новое литературное обозрение*. 1998. No.30. сс.97-102.

лях чести минета, без примеси других извращений не иду в залу за своим пальто, а сижу на твоем ложе и хвалю себя за свою честность.

Оказывается ты меня зовешь, но я вошел уже в азарт и мне охота писать все дальше и дальше. Какой-то жесткий картон сгибается в гиме и теме, даже глюкерики назонят стрехи. Такамбы глувеются стинерий повойные клюши. Гирейся сиверий старайный каранда, суплися сдвигоной минется шерсти. глазофиоли здвойнись развротем зовись на секунду наивным чуродом. Гранись иззостенний пламенькой в нестенах огрошно и скушно <1 нрзб.> орнаментно вдруг. Там пляшут полены головочным меном и миги мигают минет. Росиньки отравны и вредны забульки, кидаешь гостинец — разврат — писталет. Прорада плазнется и стихится струнно. Каберним веселкой в препляс полонез. Полюбются, голубо стенкой задвинулся, стиль — да дорай да дорай да дуды···» (л.л. 7-9 об.).

Комментарий в ПСС к этой ЗК дается сразу к листам 8-10: «Этот фрагмент записной книжки с неопубликованным произведением Хармса даст представление о механизме порождения его текста - раздражение (в том числе, эротическое) непременно выявляется на бумаге в процессе записывания: сначала прозаического, а затем и поэтического» (2. 240).

Этот комментарий вызывает большое количество вопросов. Прежде всего: каков статус этого текста? Как его публиковать и в каком разделе? Где он начинается и заканчивается? Единый ли это текст или несколько, или он состоит из нескольких автономных фрагментов? и т.п.

Прежде удивляет указание на то, что этот текст «неопубликованный». Записные книжки Хармса публиковались в ПСС после всех остальных томов, куда входили, в том числе, стихи, проза с драматургией и отдельный том «Неизданного Хармса» (видимо, то, что по каким-топричинам не успело войти в первые тома). Следовательно, публикатор, работавший со всеми текстами Хармса, включая ЗК, пересмотрел статус этого текста уже в процессе публикации. На эту мысль наталкивает тот факт, что подавляющее большинство произведений Хармса (самых разных жанров), которые были записаны в ЗК, вошли в предыдущие тома ПСС. Это стихотворение публикатором включено в них не было. Следовательно, он считал его частью записи, не имеющей отдельного литературного статуса. Основания для такой трактовки, действительно, имеются. Запись датирована 18 марта 1925 года. Процитированному тексту в ней предшествует следующий фрагмент:

«Баба - Яга.

Сломанная лилия.

Д р р я н ь!

Ни слова о Багдадском Воре.

Ша». (л. 7. 1. 18).

Комментируется только «Ни слова о Багдадском Воре»:

«Так назывался фильм режиссера Р. Уолша (1924), в 1925 г. на этот фильм была поставлена пародийная комедия под тем же названием по сценарию Н. Агнивцева» (2. 239).

На самом деле, фильм Р. Уолша назывался «Багдадский вор»

(*The Thief of Bagdad*), так же он назывался и в советском прокате.

Логично при этом было бы при комментировании учесть контекст и поискать другие фильмы с похожими названиями. Источник упоминания «Бабы Яги» установить пока не удалось, но не столь сложный поиск сразу дает нам немой фильм режиссёраДэвида Гриффита «Сломанные побеги» (англ. *Broken Blossoms*; другой прокатный вариант названия *Broken Blossoms, or Yellow Man and the Girl)*, который в российском прокате назывался как раз «Сломанная лилия»), снятый в 1919 году. Оценка («Дррянь!»), которую Хармс дает этим фильмам, - достаточно недвусмысленная.

Затем в тексте идет обращение («ты»), которое легко расшифровывается: это воображаемое обращение к Эстер Русаковой, в которую Хармс тогда был влюблен, но которая готовилась выйти замуж за своего жениха. За Хармса она выйдет замуж только послеразвода, через три года. Запись, судя по всему, происходит в квартире Русаковых на Большой Конюшенной улице («сижу на твоем ложе»).

Текст представляет собой, конечно, не следствие «эротического раздражения», как пишет комментатор ПСС, а по сути — образец опыта автоматического письма. Заумный текст непосредственно вытекает из мысленного диалога с Эстер и овладевает сознанием автора. Процесс письма как раз препятствует воссоединению с возлюбленной: несмотря на то, что Хармс слышит, как Эстер его зовет, он полностью поглощен процессом автоматического порождения зауми, будучи не в силах его прервать.

Публикуя в свое время автоматические записи Владимира

Соловьева, Г. И. Чулков указал на то, что они фактически являются результатом его «медиумического опыта».[1] У Вл. Соловьева достаточно явственно выявлялся «диктующий голос» Софии — небесного аспекта мировой души, по его собственному представлению. У Хармса, конечно, такого мистического опыта не было (хотя имеет смысл вспомнить его стихотворные и прозаические молитвенные обращения, к которым надо отнести также и обращения к индивидуальным божествам, а также часто повторяющееся обращение на немецком языке «Крест и Мария» (ЗК 3. Л. 16 об. 1. 31). Нет у Хармса и «диктующего голоса», который бы транслировал через его сознание и руку текст от первого лица. Текст явственно «вырастает» от обычной записи (мысленный диалог с Эстер) до автоматически порождаемой семантической зауми, причем Хармс подчеркивает невозможность остановить процесс текстопорождения. Этот автоматизм связан и с минимальным количеством правки автографа.

В этом заумном стихотворении явственно видно сильное влияние А. Крученых и И.Терентьева, что свидетельствует о том, что Хармс в это время уже понемногу начал отходить от фонетической зауми Туфанова. Это впоследствии приведет к уходу Хармса и Введенского из-под влияния Туфанова.

Но каков статус этого текста и как его печатать?

Из всего сказанного выше следует, что перед нами — текст-эксперимент, вообще вряд ли когда бы то ни было предназначавший-

---

① См. об этом: Чулков Г.И. Автоматическое письмо Вл. Соловьева (предисловие к публикации М.В.Михайлова). *Вопросы психологии*. 1992, No.8, с. 121-132.

ся для публикации или чтения в каком бы то ни было виде. Суть поставленного Хармсом эксперимента заключается в попытке уравновесить реальную жизнь и творчество, заместив — хотя бы на некоторое время - вторым первое. Для него оказывается важным не столько написанное, сколько инициация процесса заумного текстопорождения и его длительность, вытесняющие реальные стимулы и побуждения. Автоматический процесс писания приковывает его к месту, несмотря на то, что его звала Эстер, в которую он был влюблен.

При этом стихотворная часть, будучи опубликованной без прозаического предисловия, будет представлять собой лишь часть текста, и, как следствие, - лишенную части смысловой структуры. Поэтому надо сделать вывод, что весь этот текст не может и не должен в принципе публиковаться в составе литературных текстов, а лишь в разделе записных книжек — с комментарием, раскрывающим его автоматическую сущность.

Во многом также интересно обозначение границ этого текста. О начале его уже сказано выше. Что же касается финала, то он не имеет характерного для стихотворений Хармса этого периода слова «всё», из чего можно сделать предположительный вывод о принципиальной его незавершенности. Это тоже свидетельствует о неразрывности данного текста с обрамляющей его записью.

3.

Иногда комментарий к ЗК требует учета вполне конкретного

исторического контекста, без которого записи не будут поняты адекватно.

Один из самых ярких примеров — это записи на лл. 2 — 3об в ЗК № 34. Датируется эта книжка так: «1939 г.; март— апрель 1940 г.» (2. 144). Записи на указанных листах предположительно все относятся к 1939 году, поскольку на л. 4об имеется запись: «Сейчас в мировых событиях проходит и осуществляется всегда самый скучный и неинтересный вариант. 1939 год». (2. 146). А лл. 2 — 3об — это перечень работ по психиатрии и конспекты некоторых из них. Интересно, что кроме медицинских книг Хармс включил в список и повесть К. К. Случевского «Голубой платок». Среди изучаемых Хармсом книг мы находим, например, книгу российского психиатра и психотерапевта Юрия Каннабиха «Что такое душевные болезни» (М.-Л.,1928), русский перевод книги немецкого психиатра и невропатолога Освальда Бумке «Обычные заблуждения в суждении о душевно-больных» (Priv.-Doz. Dr. O. Bumke; Пер. с нем. О.Г. Георгиевой и К.И. Кисляковой. М. Наука, 1913. [4] , 123 с.). Кроме того, из одного из учебников по психиатрии немецкого психиатра Эмиля Крепелина тщательно переписывает знаменитую ‘Kleines Schema’ — созданную им классификацию душевных расстройств. Эта классификация легла в основу работы русских психиатрических больниц еще до революции. Книги О. Бумке, Ю. Каннабиха и повесть К. К. Случевского также упоминаются и в ЗК 33 (л.л. 8 — 9. 2. 137 — 138).

Все эти записи в ЗК 34 комментируются в ПСС следующим образом: «Очевидно, Хармс занимался изучением психиатрии и отражения психических заболеваний в литературе и искусстве» (2. 308). Записи в ЗК 33 вообще никак не комментируются, несмотря на то, что публикуются раньше, чем ЗК 34 (датировка — «конец 1939»). Наконец, имена Ю. Каннабиха и О. Бумке даже не вошли в общий указатель имен, который помещен в конце второго тома записных книжек.

Понятно, что дать подобный «комментарий»— все равно, что не дать никакого комментария вообще.

То, что Хармс интересовался психическими расстройствами,— общеизвестно. Например, в конце октября 1928 года он записывает в ЗК 15 в перечне дел, которые необходимо сделать, следующее: «Сходить с Вагиновым в сумасшедший дом» (1. 252). Судя по всему, Вагинову этот визит требовался для продолжения работы над «Козлиной песнью». Запись зачеркнута, однако непонятно, что это означает: то ли совместный поход в сумасшедший дом не состоялся, то ли данный пункт плана был выполнен.[1] Мотив сумасшествия в самых различных формах присутствует в текстах Хармса — от ранних до поздних.

Но почему Хармс вдруг в 1939 году стал изучать учебники и научные работы по психиатрии?

Причиной, конечно, явилась начавшаяся 1 сентября 1937 года вторая мировая война. Повседневная жизнь советских граждан, которая и до этого была существенно милитаризована, с этого момента превратилась в постоянное ожидание неизбежной войны.

---

① См.: Кобринский А. А. Хармс и Вагинов // *RussianLiterature*. LX (2006), III-IV. pp.379-386.

Людям раздавались противогазы (предстоящая война ожидалась как химическая[1]), проводились регулярные военные занятия для гражданских лиц, вовсю работала пропаганда. Хармс прекрасно понимал, что вступление СССР в войну — это вопрос очень недолгого времени.

Отношение Хармса к войне и военной службе лучше всего демонстрирует его запись 1937 года: «Если государство уподобить человеческому организму, то в случае войны я хотел бы жить в пятке» (ЗК 32, л. 3 об.; 2. 129). А еще в начале марта 1928 года во время пребывания на краткосрочных вневойсковых сборах Хармс записывает молитвенное обращение: «Очень нехорошо. Господи, помоги мне освободиться от военной службы - совсем» (ЗК 11, л. 53 об. 1. 215).

Друживший с Хармсом в его последние годы жизни художник В.Н. Петров вспоминал:

«Военная служба казалась ему хуже и страшнее тюрьмы.

— В тюрьме можно остаться самим собой, а в казарме нельзя, невозможно! — говорил он мне».[2]

Начало войны было для Хармса сильным психологическим ударом. Он понимал, что скоро в СССР понадобится большое количество новых солдат, начнутся мобилизационные мероприятия... Разумеется, билет члена Союза советских писателей не спас

---

① Эта тема не сходила со страниц русской советской литературы. Стоит упомянуть, к примеру, роман В. Шкловского и Вс. Иванова «Иприт» (1925) или пьесу М. Булгакова «Адам и Ева» (1931).

② Всеволод Петров. Турдейская Манон Леско. Воспоминания. СПб.: Издательство Ивана Лимбаха. 2016. с.199.

бы Хармса от отправки на фронт.

Вот именно в этом контексте и следовало комментировать изучение Хармсом работ по психиатрии. Способ, с помощью которого Хармс решил спастись от грядущего призыва в армию, был, конечно, не нов, он, к примеру, описан в «Золотом теленке» И.Ильфа и Е. Петрова, где бухгалтер Берлага вместе с другими советскими служащими пытался отсидеться в сумасшедшем доме во время чистки. И Хармс изучал психиатрическую литературу точно так же, как товарищи Берлаги по несчастью изучали книгу профессора Блейлера «Аутистическое мышление» и немецкий журнал «Ярбух фюр психоаналитик унд психопатологик».

Кстати последующие действия Хармса помогают примерно датировать и эти записи. Мы знаем, что 22 сентября 1939 года Хармс подает заявление в Литфонд с просьбой о помощи в связи с психическим заболеванием. В тот же день правление Ленинградского отделения Литфонда рассматривает это заявление и удовлетворяет его. Было принято решение об устройстве писателя в стационар, а также о выдаче ему в качестве «пособия по нуждаемости» 500 рублей, что, конечно, улучшило его материальное положение. 29 сентября Хармс ложится в нервно-психиатрический диспансер Василеостровского района, располагавшийся по адресу 12-я линия Васильевского острова, 39. Обследование заняло ровно неделю, и 5 октября 1939 года Хармс выписывается из диспансера с нужным диагнозом, который, как он полагал, должен обеспечить ему защиту от самых разных невзгод и опасностей. Снова материальную помощь оказал Литфонд, который 4 ноября принял решение оплатить ему бюллетень за время пребывания в больнице, а 26 декабря был списан («в пособие») тянувшийся за ним уже несколько лет долг по ссуде (на тот момент он составлял 199 рублей 50 копеек).

Таким образом, можно сделать вывод, что записи, которые фиксировали изучение Хармсом работ по психиатрии, представляли собой подготовку к симуляции психического заболевания при предстоящем обследовании и были сделаны ориентировочно в августе - первой половине сентября 1939 года.

3 декабря того же года Хармс на основании полученного медицинского свидетельства оформил себе так называемый «белый билет», освобождавший его от армии. Это было уже более чем актуально, так как всего тремя днями раньше — 30 ноября 1939 года - начала печально известная советско-финская война. После начала войны СССР с Германией 22 июня 1941 года он прошел новое освидетельствование, которое завершилось для него так же успешно (судя по записке, которую цитирует Марина Малич в своей книге и которая датирована 9 августа 1941 года, это освидетельствование состоялось незадолго до ареста 23 августа.[1] Известно, что полученный документ Хармс постоянно носил с собой, понимая его важность.

Интерпретация этих записей в ЗК 33-34 имеет очень большое значение для ответа на вопрос, был ли психиатрический диагноз Хармса результатом его талантливой симуляции сцелью

---

① Владимир Глоцер. *Марина Дурново. Мой муж Даниил Хармс*. М.: Б.С.Г.-Пресс, 2000. с.187.

уклониться от военной службы или же каким-то отражением его реального психиатрического статуса. Кроме того, комментатору, конечно, следовало дать ссылку на фрагмент воспоминаний Марины Малич, которые уже вышли к моменту публикации томов с записными книжками.

Описание пребывания Хармса в психиатрическом диспансере, которое мы находим в этих воспоминаниях, выглядит совершенно фантасмагорично, особенно - описание финального обхода Хармсом всех врачей, которые подтверждают его полное здоровье, включая и последнего врача. Изображать психического больного человека Хармс якобы начал уже, выйдя от этого врача, в коридоре, а она, увидев это, вернула его и, немного поговорив, подписала ему полное освобождение от военной службы.[1]

Стоит напомнить, что эти воспоминания Марина Малич (уже носившая фамилию своего третьего мужа - Дурново) диктовала Владимиру Глоцеру через 60 лет после всех этих событий, причем честно признаваясь, что о своей жизни с Хармсом она помнит уже очень немного. Правила обследования в психиатрическом диспансере, существовавшие уже в то время, разумеется, не допускали ничего из того, что она описывает. Диагноз ставился на основании наблюдений в стационаре (Хармс пробыл в нем неделю) и ставился коллегиально, а не одним врачом. Означает ли это, что мы должны отбросить этот мемуар как заведомо недостоверный? Нет, поскольку, как писал Ю.М. Лотман, «признавая критику

---

[1] Владимир Глоцер. *Марина Дурново. Мой муж Даниил Хармс.* М.: Б.С.Г.-Пресс, 2000. сс.96-98.

источников краеугольным камнем всякого исследования, мы хотели бы лишь обратить внимание на то, что само понятие «достоверности» обладает известной относительностью. И безусловное доверие к «достоверным» источникам, и столь же категорический отказ от использования «недостоверных» могут привести к нецелесообразным решениям. Стоит вспомнить, что целые области филологии — связанные с античностью и медиевистикой — традиционно работают с источниками, которые история литературы нового времени признала бы недостоверными, чтобы понять, что дело сводится к соответствию между типом источника и методикой его обработки. При наличии методов дешифровки заведомая фальшивка может быть источником ценных сведений, при отсутствии их самый достоверный документ может сделаться источником заблуждений».[1]

Представляется, что мемуарной доминантой, которая врезалась в свое время в память Марины Малич, были слова, которые действительно, скорее всего, произнес Хармс перед началом всей процедуры медицинского освидетельствования:

Перед тем как лечь в больницу он сказал мне: «Всё, что ты увидишь, это только между нами. Никому — ни Ольге, ни друзьям ни слова!.. И ничему не удивляйся...»[2].

Эти слова вкупе с рассказом, как Хармс панически боялся

---

① Лотман Ю. М. К проблеме работы с недостоверными источниками. Лотман Ю. М. *Пушкин: Биография писателя; Статьи и заметки, 1960—1990; "Евгений Онегин": Комментарий*. СПб. Искусство-СПБ. 1995. с.325.

② Владимир Глоцер. *Марина Дурново. Мой муж Даниил Хармс*. М.: Б.С.Г.-Пресс, 2000. с.96.

войны и военной службы подтверждаются его записными книжками, которых никогда не читала Марина Малич. Это особенно важно на фоне достаточно упорно воспроизводимых слухов о подлинном сумасшествии Хармса, которые исходили зачастую от самых близких его людей. Иногда это было связано с тактикой: совершеннопонятно, что Марина Малич пишет Наталье Шанько «ведь он душевнобольной, и эта мысль сводит меня с ума»[①] как раз в надежде смягчить его участь. До нее дошел слух, что Хармса вместе с другими заключенными вывезли из блокированного Ленинграда в Новосибирск, и она, прося Н. Б. Шанько, по возможности, найти его и оказать какую-либо помощь, одновременно подсказывает и путь, по которому надо идти: апеллировать к психиатрическому диагнозу. Точно так же, видимо, поступила в 1960 году и сестра Хармса Е. Грицына. Справка составлялась в качестве приложения к ходатайству о реабилитации Хармса и, совершенно понятно, что сестра поэта стремилась указать на любые обстоятельства, которые могли бы помочь снятию с него обвинений (хотя бы и посмертно).[②] Зато некоторые исследователи уже совершенно не обращали внимания на обстоятельства появления этих аргументов, радостно повторяя их или даже создавая собственные концепции «шизофренического процесса», якобы присутствовавшего у Хармса, или доказывая, что личность Хармса

---

① Владимир Глоцер. *Марина Дурново. Мой муж Даниил Хармс*. М.: Б.С.Г.-Пресс, 2000. с.120.

② Шубинский В. И. *Даниил Хармс. Жизнь человека на ветру*. СПб., Вита Нова. 2008. с.508.

«можно рассматривать как психопатическую».[1]

Таким образом, анализ записных книжек Хармса на фоне заведомо недостоверных воспоминаний Марины Малич (что впрочем не умаляет их общей ценности) позволяет окончательно поставить точку в вопросе о якобы имевшем место «психическом заболевании» Хармса.

① Бологов П. Даниил Хармс: опыт патографического анализа. http://www.d-harms.ru/library/daniil-harms-opyt-patograficheskogo-analiza.html.

К вопросу о неопределенности в творческой практике Велимира Хлебникова

Рональд Вроон

Понятие «неопределенность» встречается в метаязыке многих научных дисциплин, в том числе в лингвистике, философии и естественных науках. Сам термин, однако, с трудом поддается определению. В настоящем исследовании мы ограничились относительно узкой сферой текстологии, где понятие пока ещё не получило широкого распространения. Под «неопределённостью» в данной сфере имеется в виду особенности текста, которые препятствуют адекватному и полноценному разграничению содержания и формы высказывания или речевого акта. Необходимо отметить, что «неопределённость» не означает «двусмысленность». Тексты, с которыми имеют дела литературоведы, по природе отличаются семантической поливалентностью, и игра с поливалентостью (или многозначностью) - одна из главных черт художественного дискурса. В настоящем исследовании речь идёт об особенностях текста, которые не позволяют определить контур знака или ряда знаков. Если в результате присутствия неопределённости возникает некая двусмысленность текста, то она должна быть отнесена не к знаку как таковому, а к недостаточности или дефектности знака или ряда знаков.

Дефектность знака или ряда знаков чаще всего ассоциируется с испорченными рукописями или небрежно напечатанными текстами, например, когда оторван угол листа, или размыты слова и буквы, или плохо набрана страница. В древних текстах писцовые ошибки часто играют существенную роль в распространении различных видов неопределённости. Влитературе 20-го века возникают новые источники неопределённости, особенно в творчестве русских авангардистов. Бунт против существующих традиций было направлено и против правил, которые определяли создание и применение языковых знаков. Общеизвестны крайние проявления такого литературного «восстания»: они с предельной ясностью изложены в предисловии ко второму выпуску сборника «Садок судей», где, среди прочего, выдвинуты в качестве новых принциповсоздания текстов нарушение грамматических правил, расшатывание синтаксиса, отрицание правописания, уничтожение знаков препинания, признание помарок и виньеток «неотделимой частью» произведения, и т.д. Антиэстетический импульс, лежащий в основе такого литературного поведения, ярко излагают кубофутуристы в первом «Садке судей», где коллектив авторов требует, чтобы «писалось туго и читалось туго неудобнее смазных сапог или грузовика в гостиной (множество узлов, связок и петель и заплат, занозистая поверхность, сильно шероховатая)». Более того, поле неопределенности расширяется за счёт положительного отношения к таким явлениям, как опечатки (которые Велимир Хлебников характеризует как «один из видов соборного творчества») или готовности передать соратникам право на анонимное исправление собственных текстов.

В русском авангарде, очевидно, неопределённость может возникнуть и из личной поэтики или бытовой практики автора, независимо от его (или её) принадлежности к авангардистским группировкам. Поэтом, который был в наибольшей степени затронут моментами преднамеренной или непреднамеренной неопределённости, является именно Велимир Хлебников.Не только его личная поэтика, но и жизненные обстоятельства привели ктому, что его творчество изобилует случаями неопределённости на всех уровнях: на уровне буквы, слова, строки, строфы ифрагмента, вплоть до уровняпроизведения как такового, его состава и границ. В настоящем исследовании рассматривается проблема неопределенности в его творческой практике, ретуширование неопределённостив современных собраниях его сочинений, а также возможные способы восстановления подлинного облика сочинений поэта.

Юрий Марр и группа “41°”

Татьяна Никольская

Группа грузинских футуристов-заумников 41°, возникшая в Тбилиси в период существования Независимой Грузинских Республики, состояла из И. Зданевича, А. Крученых и И. Терентьева, иногда называвших себя «Дуэтом трех идиотов»[1]. Эта троица громко пропагандировала «левобережный» футуризм в столице Грузии. Членом группы считался также и автор стихокартин «тихий» футурист Н. Чернявский. Из автобиографии сына академика Н. Я. Марра, востоковеда Юрия Марра мы узнаем, что он тоже считал себя участником группы: «Лет шести я написал первое стихотворение, — собщает ученый, — потом идет период ученичества... до встречи с Гордеевым[2], когда я резко приобретаю физиономю свою в 41°.»[3]Утверждение о причастности к группе повторяется и в письме Ю. Марра к Гордееву от 27 сентября 1928 г., в котором он рекомендует другу знакомого художника по имени Тариэл: «Прочти ему что-нибудь из своих стихов — он тонкий

① Доклад под таким названием А. Крученых и И. Терентьев прочли летом 1919г. Терентьеву принадлежит также рисунок под таким названием, опубликованный в альманахе «Софии Георгиевне Мельниковой. фантастический кабачок.» Тифлис. 1919.

② Дмитрий Петрович Гордеев 1869—1968-археолог. Искусствовед-мидеевист, тесно дружил с заумниками, был хроникером их деятельности. В 1932г. выпустил в одном экземпляре «на правах рукописи» сборник из пяти стихотворений Ю. Марра.

③ Марр Ю. Художественная автобиография // *Марр Ю. Сочинения в двух томах. 1912-1935*. Т. 1. «Гилея». 2018. сс.21-22.; далее Марр Ю. Сочинения...

критик: так, напр.: мои произведения эпохи 41° очень ему понравилось.»[①]

Футуристическим стихам Ю. Марра 1919—1921 гг. присущи такие приемы, характерные для поэтики 41°, как «разлом и насыщение слов, сочетание в рамках одного стихотворенияразных типов зауми, комбинация заумного языка с нормативным.»[②]В первую очередь это относится к рукописному сборнику 1920г. «Еретический синаксарь. Тексты и песнопения.», жемчужиной которого является многократно повторенное стихотворение «ВыступАЙ сОльма пусТыни». В этом тексте написаное кириллицей, сочетается с вкраплениями арабского письма. С изменением графики меняется и направление чтения, что указано специальными стрелками. Отдельные буквы русского алфавита стилизованны под арабские или сплетены с ними. Арабские вкрапления рассчитаны не только на визуальный эффект, но и поддаются частичной расшифровке.[③]

Нам кажется, что установки заумного футуризма привлекли Ю. Марра и полностью изменили его поэтическую манеру потому, что частично совпадали с его востоковедческими изысканиями и наблюдениями, теми источниками, в которых он черпал вдохновение во время путешествия в 1914 г. по Сирии и Ливану. Так сформулированный И. Терентьевым тезис:

---

① *Марр Ю. Сочинения*...Т.2. с.32.

② Никольская Т. Ю. Н. Марр — поэт, драматург, прозаик // Искусство авнгарда: язык мирового общения. Материалы международной конференции. Уфа. 1993. с.60.

③ Никольская Т. Ю. Н. Марр — заумный поэт. // *Никольская Т. Авангард и окрестности* [М]. СПб.: «изд. Ивана Лимбаха». 2002. сс.81-82.

«Наша поэзия отлична как: 1. Упражнение голоса»[1] соответствовал заимствованной у бедунинов манере Юрия пропевания собственных стихов. По воспоминаниям его жены. Юрий «не бормотал, записывая стихи, а пел. Мелодия рождалась у него раньше слов. Эта особенность сближала его стихи с пением погонщиков верблюдов, которое Юрий любил слушать, путешествуя с караваном в Дамаск.»[2] Увлечение Юрия каллиграфией, отмеченное его учителем арабистом И. Крачковским, оказалось близким учению А. Крученых о фактуре начертания. Знавшему ряд восточных и западных языков ученому легко следовать призыву Терентьева комбинировать языки на заумной основе, как сам Терентьев делал в стихотворениях «Политика» и «К занятию Палестины англичанами».

Точки соприкосновения между предметами научных штудий Ю. Марра и увлечениями футуристов-заумников сохранялись и в дальнейшем. Подобно И. Зданевичу, Юрий изучал типографское дело. В 1926 г. он прочел в ленинградской Коллегии востоковедов доклад «Типографское дело в современной Персии»[3], а затем составил неопубликованное при жизни пособие для наборщиков персидских текстов. Интересовало Юрия и мистическое сектанство — одна из составляющих заумного языка по дефиниции А. Крученых. В 1927 г. ученый прочел в ленинградском Радловском

---

① Терентьев И. *17 ерундовых орудий* . Тифлис. 1919. с.8.

② Марр С. М. Ю. Марр в Сирии. // *Литературная Грузия 1979*. № 11, с.143.

③ Мегрелидзе И. Список работ Ю. Н. Марра // *Марр Ю. Н. Статьи, сообщения и резюме докладов в 2-х томах*. Т.1. Ленинград. 1936. с.20.

кружке доклад «Радение секты Людей Божьих».[1] В стихах 1928-1929гг., когда Ю. Марр вновь вернулся к футуристической поэтике, на этот раз более умеренной, ученый уделял исключительное внимание «сдвигологии» и паронимии — приемам, излюбленным членами группы «41° ». В письмах к друзьям и в примечаниях к своим стихам он сопоставлял «сдвигологию» с явлением арабо-персидской поэзии, известным как «таджнис-и мураккао»— составной каламбур.[2] Увлечение Ю. Марра произносительной стороной слова нашло отвражение в его статье 1934 г «Выражение фонетики стиха в персидском письме».[3]

Остается открытым вопрос, были ли участники 41° знакомы с творчеством Ю. Марра, а в случае положительного ответа, когда это знакомство произошло. Ю. Марр прожил в Тбилиси с 1919 до конца 1921 г. С текстами футуристов заумников его познакомил Д. Гордеев, который, помимо научной работы, увлекался футуристической поэзией с юности, будучи родным братом поэта футуриста Б. Божидара/Гордеева/. Жена Д. Гордеева поэтесса Нина Васильева была секретарем «фантастического кабачка», завсегдатаем которого был и Д. Гордеев, публиковавший в местной прессе литературную хронику. Правда, «фантастический кабачок» просуществовал только до сентября 1919 г. а когда точно Юрий приехал в грузинскую столицу неизвестно. А. Крученых, который старался упомянуть в своих статьях всех поэтов, имевших хоть

---

① Мегрелидзе И. *Список работ Ю. Н. Марра* ... Ленинград. 1936. с.20.
② Марр Ю. *Корная сырка*. Итзехое. 2006. сс.42-43.
③ *Известия Академии Наук*. 1934. No.2, сс.137-178.

малейшее отношение к зауми, имени Ю. Марра не называет. Мы знаем, что Крученых переехал в 1919 г. из Грузии в Азербайджан, но обмениваться новостями со своими коллегами по заумному цеху, остававшимися в Тбилиси, он не переставал. По логике вещей Ю. Марр должен был быть знаком с И. Терентьевым, чьим «учеником и последователем» был. [1] Не исключено, однако, что, подобно Д. Гордееву, который предпочел участвовать в футуристическом альманахе «фантастический кабачок» сугубо научной статьей, Ю. Марр показывал свои поэтические опыты только узкому кругу друзей. С другой стороны, известно, что весной 1921 г. Ю. Марр, также как и И. Терентьев, вступил а образованный под руководством С. Рафаловича «Союз русских писателей в Грузии». Единственной литературной публикацией Юрия был опубликованный в 1919г. в журнале «Орион» перевод персидских «Сказок попугая». Оба поэта выступали на собраниях Союза, где Юрий в конце 1921г. прочел «три лирических стихотворения»[2], но читал ли он свои заумные стихи — неизвестно.

Юрий мог встречаться с И. Терентьевым и в Ленинграде, где Терентьев в 1923 г. читал лекции в самых различных организациях и заведовал фонологической лабораторией в Институте Художественной Культуры, а в 1924 г. прогремел постановкой своей пьесы «Джон Рид» в Красном Театре. Юрий Марр в эти годы работал в Научно-исследовательском институте сравнительной

---

① Богомолов Н., Кудрявцев С. Следственное дело И. Терентьева 1931 // *Минувшее. Исторический альманах*. 18. СПб.: 1995. с.605; подробнее см.: Кудрявцев С. Комментарии // *Марр Ю. Сочинения*...Т.11. сс.221-222; 224-225; 242-243.

② Газ. *Фигаро*. 1922.1 января. No.3. с.2.

истории литературы и языков Запада и Востока. Однако упоминания имени Ю. Марра в доступных нам письмах Терентьева Крученых и И. Зданевичу не встречается.

Единственным членом 41° , который прочел сборник Ю. Марра «Еретический синаксарь. Тексты и песнопения» похоже был И. Зданевич. Во всяком случае этот рукописный сборник был недавно обнаружен Р. Гейро в марсельском архиве И. Зданевича. Взял ли Ильязд этот сборник, когда уезжал в 1920 г. из Тбилиси от автора или получил с оказией нам неясно, также как неизвестно и мнение мэтра зауми об этом произведении.

К костяку группы 41° примыкало несколько поэтов. Это Т. Вечорка, которой принадлежит ряд статей о зауми и несколько заумных стихотворений.[①] Крученых приближал к заумникам А. Чачикова, чьи насыщенные географическими названиями и этнонимами стихи даже «переводил» на заумный язык.[②] По меньшей мере одно заумное стихотворение написал Ю. Деген, также обласканный Крученых[③] Случай Ю. Марра, на наш взгляд, особый. Ученый и поэт, ознакомившись с теорией и практикой 41° , нашел обшие истоки заумного творчества и традиции арабской и персидской поэзии, и попытался отразить их в своих поэтических экспериментах.

① Вечорка Т. *Толстая. Портреты без ретуши.*, 2007. сс.181-212.

② Никольская Т. Поэт с Владимирским крестом // Никольская Т. *Авангард и окрестности*. СПб.: «изд. Ивана Лимбаха». 2002. сс.100-101.

③ Никольская Т., Богомолов Н. Деген // *Русские писатели 1800-1917. Биографический словарь*. Т.2. Москва. 1992. сс.92-93.

附译文：

尤里·马尔和“第41度”社

［俄］塔吉亚娜·尼科尔斯卡娅　郑晓婷 译

格鲁吉亚未来派——超理性主义者团体“第41度”成立于格鲁吉亚民主共和国时期的第比利斯，团体成员包括伊·兹达涅维奇、阿·克鲁乔内赫和伊·捷连季耶夫，他们有时自称“三个白痴的二重奏”。① 三人在格鲁吉亚首都高调地宣传“左翼”未来主义。诗歌—绘画作者、“安静”的未来主义者尼·车尔尼亚夫斯基也被认为是该社成员。此外，我们从科学院院士尼·雅·马尔之子、东方学家尤里·马尔的自传中得知，他也认为自己是其中一员，这位学者写道：“六岁那年我写了第一首诗，后来一直在求学……直至遇到戈尔杰耶夫②，我便忽然在‘第41度’社崭露头角。”③ 尤里·马尔1928年9月27日致戈尔杰耶夫的信再次证明他曾参加“第41度”社，他在信中把一位名叫塔利埃尔的熟人画家推荐给戈尔杰耶夫：“你给他读一读自己的诗吧——他是个非常敏锐的评论家，比如说，他很喜欢我在‘第41度’时期的作品。”④

---

① 1919年夏阿·克鲁乔内赫与伊·捷连季耶夫做同名报告。捷连季耶夫又将一幅同名画刊登在索菲亚·格奥尔吉耶夫娜·梅利尼科娃的文集《幻境》（梯弗里斯，1919年）上。

② 德米特里·彼得罗维奇·戈尔杰耶夫（1869—1968），考古学家、艺术史家，与超理性主义者交往甚密。戈尔杰耶夫出版于1932年的小册子《以手稿的名义》包括尤里·马尔的五首诗。

③ Марр Ю. Художественная автобиография // *Марр Ю. Сочинения в двух томах. 1912-1935*. Т.1. «Гилея». 2018 сс.21-22.

④ *Марр Ю. Сочинения*...Т.2. с.32.

尤里·马尔创作于1919—1921年的未来主义诗歌具有典型的“第41度”诗学特点。如“词语的断裂与饱和，同一首诗中各种超理性类型的融合，超理性语言与标准语言的联合”[①]。

其中，创作于1920年的手稿文集《异端列传：文本与赞歌》首先就属于这类作品，而那首被多次提及的《走进索尔马沙漠》是文集中最璀璨的珍品。这首诗由基里尔字母书写，同时还夹杂着大量阿拉伯文字，随着文字类型的选择变化，阅读的方向在特定箭头的标识下也发生着相应的变化。俄语字母表中的个别字母或与阿拉伯字母趋同，或与之交织在一起，夹杂在文本中的阿拉伯文字不仅影响着视觉效果，还制约着文本的局部阐释。[②]

我们认为，超理性主义的宗旨深深吸引了尤里·马尔并彻底改变了他的诗学风格，因为这些宗旨部分地与他的东方学研究相一致，而这一研究灵感源于尤里·马尔1914年的叙利亚和黎巴嫩之旅。伊·捷连季耶夫曾提出这样的命题：“我们的诗歌不同凡响：1. 它是声音练习”[③]，这一命题适用于尤里诗中从贝都英人那里借鉴来的吟唱风格。据尤里·马尔的妻子回忆，“在记下诗行的时候，尤里并不是喃喃自语，他会唱出来。他的旋律比词语更早显现。在这一点上，他的诗好比骆驼客的歌声，在与驮运队一同前往大马士革的旅途上，他就非常喜欢听这种曲调”[④]。尤里·马尔对文字的偏好受到老师——阿拉伯语言学家伊·克拉奇科夫斯基的影响，这与阿·克鲁乔内赫的“形式表现”理论十分相近。对多种东、西方语言的熟练掌握还使尤里·马尔可以轻松

① Никольская Т. Ю. Н. Марр — поэт, драматург, прозаик // Искусство авнгарда: язык мирового общения. Материалы международной конференции. Уфа. 1993. с.60.

② Никольская Т. Ю. Н. Марр — заумный поэт. //Никольская Т. *Авангард и окрестности*. СПб.: «изд. Ивана Лимбаха». 2002. сс.81-82.

③ Терентьев И. *17 ерундовых орудий* . Тифлис. 1919. с.8.

④ Марр С. М. Ю. Марр в Сирии. // *Литературная Грузия 1979*. No.11. с.143.

地践行捷连季耶夫“在超理性基础上组合语言”的原则，就像捷连季耶夫本人在诗歌《政治》和《致巴勒斯坦民族反抗英国人的解放事业》中体现的那样。

尤里·马尔的科学研究与未来派一超理性主义者的艺术趣味之融合在后来仍有延续。同伊·兹达涅维奇一样，尤里对出版业也有研究。1926年他在列宁格勒东方学家委员会做了题为“当代波斯的印刷业”的报告。[①]随后，尤里·马尔又编订了一本指导波斯文排版工人的参考书，但这本书在他生前并未出版。尤里·马尔对宗教神秘主义也很感兴趣，按照阿·克鲁乔内赫给出的定义，神秘宗教主义是超理性语言的构成要素。1927年，在列宁格勒的拉德罗夫斯基小组，尤里·马尔以“上帝选民的宗教狂热”为题做了一场报告。[②]1928—1929年的诗歌创作表明，尤里·马尔再次回归到未来主义诗学，这一次他的诗歌变得更加平和。尤里·马尔还倾心于“第41度”社员们惯用的“错位”和形似手法。在给朋友们的信和自己的诗歌注释中，他对“错位”手法和阿拉伯一波斯诗歌中著名的“合成韵”——双关语现象做了比较。[③]尤里·马尔对词语发音的重视在其1934年的文章《波斯诗歌的语音表达》中有所体现。[④]

“第41度”社的成员们是否知晓尤里·马尔的创作成了一个公开的谜，乐观估计，他们是知道的。1919年至1921年年底，尤里·马尔一直住在第比利斯。德·戈尔杰耶夫曾向他推荐未来派一超理性主义者的作品，而戈尔杰耶夫本人在学术研究

① Мегрелидзе И. Список работ Ю. Н. Марра // *Марр Ю. Н. Статьи, сообщения и резюме докладов в 2-х томах*. Т.1. Ленинград. 1936. с.20.

② Мегрелидзе И. *Список работ Ю. Н. Марра* ... Ленинград. 1936. с.20.

③ Марр Ю. *Корная сырка*. Итзехое. 2006. сс.42-43.

④ *Известия Академии Наук*. 1934. № 2. сс.137-178.

之外，从青年时期就十分热爱未来派诗歌，他的胞弟波·波日塔尔（戈尔杰耶夫）是一位未来派诗人。戈尔杰耶夫的妻子、女诗人妮娜·瓦西里耶夫娜曾在“幻境”咖啡馆任经理一职，戈尔杰耶夫是那里的常客，他经常在当地刊物上发表一些文学评论。然而，“幻境”咖啡馆只维持到1919年9月，而尤里·马尔来到格鲁吉亚首都的确切时间不得而知。阿·克鲁乔内赫曾试图在自己的文章中列举所有与超理性主义有关的诗人，但“尤里·马尔”的名字并没有被提及。我们知道，克鲁乔内赫于1919年从格鲁吉亚去了阿塞拜疆，但他一直与第比利斯的超理性主义行会同人们保持着联系，从未中断。根据逻辑推断，尤里·马尔应该认识伊·捷连季耶夫，甚至还是后者的“学生和继承者”。[①]但完全有可能的是，像德·戈尔杰耶夫这类的人，他喜欢在未来主义文集《幻境》上连篇累牍地发表自己的学术文章，而尤里·马尔更愿意在狭小的朋友圈子展示自己的诗作。另外，我们知道，1921年春，尤里·马尔和伊·捷连季耶夫加入了由谢·拉法罗维奇组织的“俄罗斯作家驻格鲁吉亚协会”。当时，尤里·马尔唯一公开的文学创作是1919年发表在《猎户星座》杂志的波斯译文《鹦鹉童话》。两位诗人都参加了1921年底组织的协会会议，尤里还在会上朗诵了“三首抒情诗”[②]，他是否读了自己的超理性主义诗歌，我们不得而知。

尤里·马尔应该与伊·捷连季耶夫在列宁格勒有过会面，因为1923年捷连季耶夫在列宁格勒的各个组织频频演说，并主持艺术文化学院音位学实验室的工作，到了1924年，他因剧本《约

① Богомолов Н., Кудрявцев С. Следственное дело И. Терентьева 1931 // *Минувшее. Исторический альманах*. 18. СПб.:1995. с.605.

② Газ. *Фигаро*. 1922.1 января. No.3, с.2.

翰·里德》在红色剧院上演而名声大噪。那几年里，尤里·马尔供职于比较文学史和东西语言科学研究院。然而，在现有的捷连季耶夫致克鲁乔内赫和伊·兹达涅维奇的信中已不见“尤里·马尔”的名字。

伊·兹达涅维奇或许是唯一读过尤里·马尔《异端列传：文本与赞歌》的“第41度”成员，因为不久前里·盖罗在伊·兹达涅维奇的马赛档案馆内发现了这部手稿。我们不能确定手稿是伊·兹达涅维奇在1920年离开第比利斯时带走的，还是托人捎寄过去的，而且，这位超理性主义导师对文集的看法我们也无从知晓。

“第41度”社周围紧密团结了一些诗人。其中包括创作了一系列超理性主义文章和诗歌的塔·威尔乔卡[①]。克鲁乔内赫帮助阿·恰奇科夫走近超理性主义者，甚至将后者充满地理名称和部落名称的诗歌“翻译”成超理性语言。[②]尤·德金和备受欢迎的克鲁乔内赫也至少写过一首超理性主义诗歌。[③]在我们看来，尤里·马尔的经历是独特的，作为一位熟悉“第41度”理论和实践的学者、诗人，他发现了超理性主义创作与阿拉伯—波斯诗歌传统的共同根源，并试图在自己的诗歌实验中将二者表现出来。

---

① Вечорка Т. *Толстая. Портреты без ретуши.*, 2007. сс.181-212.

② Никольская Т. Поэт с Владимирским крестом // Никольская Т. *Авангард и окрестности.* СПб.: «изд. Ивана Лимбаха». 2002. сс.100-101.

③ Никольская Т., Богомолов Н. Деген // *Русские писатели 1800-1917. Биографический словарь.* Т.2. Москва. 1992. сс.92-93.

Авангард и религия

Михаил Эпштейн

И русский, и общеевропейский авангард по своим сознательным установкам были движениями атеистическими или богоборческими. Марселю Дюшану, одному из основоположников и столпов авангардизма, был задан вопрос, верит ли он в Бога. «Нет, совершенно не верю. Не спрашивайте об этом! Для меня этого вопроса не существует. Бог — изобретение человека. ··· Даже не хочу об этом говорить. Я же не обсуждаю с вами, что делают пчелы по воскресеньям. А это примерно одно и то же».[1]

В этих словах Дюшана заключён как бы суммарный ответ всего авангарда XX века на вопрос о вере — «нет, а впрочем, я не хочу даже говорить об этом». Действительно, художники авангардисты предпочитают молчать на этот счёт, словно бы избегая нежелательной темы, но само уклонение от неё выдаёт её глубоко запрятанную значимость. В предисловии к книге своих бесед с Дюшаном журналист замечает: «Он говорит спокойным, ровным, размеренным голосом... Только на один вопрос он отреагировал очень эмоционально - когда, в конце интервью, я спросил, верит

① Pierre Cabanne. Dialogues with Marcel Duchamp. New York: Plenum Publishing Corporation, 1971. p.107.

ли он в Бога.»[1]

В чём здесь дело? Почему наиболее сильную реакцию вызывает вопрос, смысл которого Дюшан отрицает? Почему об этом *так не хотят говорить*?

1. Антиискусство — жест юродивого

Авангард порой характеризуется как область саморазрушения искусства, отрицания художественности. Советский официальный критик авангарда писал: «Авангардистские творения не выдерживают критериев не только великого искусства, но и искусства вообще. Поэтому их невозможно анализировать с искусствоведческой точки зрения (нельзя применять методы искусствоведческого анализа к тому, что по природе своей перестало быть искусством)...»[2] Но если авангард, как принято про него говорить, представляет собой антиискусство, то следует задуматься: какая же сила вытесняет искусство из его собственной сферы и занимает его место? Определение «антиискусство» требует второго, позитивного определения этого же феномена — как социального, религиозного или какого-либо другого.

Разрушение разрушению рознь. Сопоставим два события, происшедших примерно в одно время и имеющих общую предметную основу. В 1917 году Марсель Дюшан попытался вы-

---

① Pierre Cabanne. Dialogues with Marcel Duchamp. New York: Plenum Publishing Corporation, 1971. p.7.

② Ванслов В. *Модернизм - кризис буржуазного искусства*. М., Искусство, 1980. с.19.

ставить на нью-йоркской выставке в качестве художественного объекта обыкновенный писсуар под названием «Фонтан» (в чём ему было в конце концов отказано). В 1919 году в Петербурге состоялся съезд «деревенской бедноты», делегаты которого были размещены в Зимнем дворце. Вот что вспоминает об этом М.Горький, которого вряд ли можно заподозрить в антипатии к простым труженикам. «Когда съезд кончился и эти люди уехали, то оказалось, что они не только все ванны дворца, но и огромное количество ценнейших севрских, саксонских и восточных ваз загадили, употребляя их в качестве ночных горшков. Это было сделано не по силе нужды, — уборные дворца оказались в порядке, водопровод действовал. Нет, это хулиганство было выражением желания испортить, опорочить красивые вещи».[1]

В одном случае *писсуар выставлялся как художественный объект*. В другом случае *художественный объект использовался как писсуар*.

Очевидно, что *между разрушением искусства и созданием антиискусства имеется принципиальная разница, такая же, как между жестом насильника и жестом юродивого*. Употребление севрских ваз в качестве ночных горшков — акт чистейшего нигилизма, имеющий социальную природу: отношение тёмных, невежественных масс к созданиям «аристократического» искусства. Иное дело — художник, «кощунственно» передвигающий границы своего искусства в область низкого, безобразного. *Искусство*

---

① Горький М., В. И.Ленин, *Избр.соч. в 2 т.*, М.: Издательство политической литературы, 1963. с.410.

тем самым сбрасывает себя с пьедестала, добровольно унижает себя, вызывая скандальную реакцию - возмущение и протест у достопочтенной публики, привыкшей благоговеть перед прекрасным и совершенным. Не так ли ведёт себя юродивый, демонстрируя, вопреки благочестивым ожиданиям, что подлинная святость живёт не только в роскошных одеждах архиереев, но и в плотской истерзанности и наготе?

Вот как осмысляет феномен юродства исследователь древнерусской культуры А. М. Панченко: «Жизнь юродивого...— это сознательное отрицание красоты, опровержение общепринятого идеала прекрасного, точнее говоря, перестановка этого идеала с ног на голову и возведение безобразного в степень эстетически положительного.»[1] Но ведь это и вменяется в вину авангарду его критикой с позиции «хорошего вкуса» и «возвышенных идеалов» (образцы которой можно найти и у марксистов, и у ортодоксально-религиозных авторов). *Авангард - это юродствующее искусство, сознательно идущее на унижение, на уродование своего эстетического лика*, вплоть до того, что место скульптуры на выставке занимает писсуар, а место прекрасных и осмысленных созвучий — убогое, кривляющееся «дыр бул щил убещур». Очевидно, что такое юродство - феномен антиэстетический, позитивно же его можно определить как феномен религиозный. А. М. Панченко полагает, что «безобразие юродства также возможно лишь потому, что эстетический момент поглощён этикой. Это возвра-

---

① Лихачёв Д.С., Панченко А.М., Понырко Н.В., *Смех в Древней Руси*, М.: Наука, 1984. с.80.

щение к раннехристианским идеалам, согласно которым плотская красота от дьявола. ...В юродстве словно застыла та эпоха, когда христианство и изящные искусства были антагонистическими категориями». ①

В этом контексте проясняется смысл авангарда как*религиозного отрицания искусства средствами самого искусства. Искусство впадает в убожество, чтобы причаститься участи Божества*, пройти вслед за ним путь позора и осмеяния.

Конечно, авангард может не ставить себе сознательно этой религиозной цели, поскольку остаётся всё-таки искусством, и лишь в том жесте, каким он снимает с себя все эстетические определения, обнаруживается его сверхэстетическая природа. *Религиозное привходит сюда не как цель самоутверждения, а как момент самоотрицания, поэтому авангард не ставит себе задач религиозной проповеди. Это не священник, поучающий с амвона, а именно юродивый, валяющийся на паперти.* Очень важен здесь именно акт самоуничтожения, благодаря которому антиискусство всё-таки остаётся искусством, хотя и включает упраздняющий его религиозный момент. Ведь это упразднение совершается в его собственной сфере, тогда как социальное насилие, приходящее извне, упраздняет саму сферу искусства. Следует различать два вида деэстетизации: как уничтожение искусства это акт социальный, как самоуничижение искусства это акт религиозный, придающий самому искусству новые, парадоксальные свойства антиис-

① Лихачёв Д.С., Панченко А.М., Понырко Н.В., *Смех в Древней Руси*, М.: Наука, 1984. с.80.

кусства.

В самом типе поведения авангардного художника обнажён этот разрыв с привычками и условностями общественной среды. «Чистые» и «святые» понятия подвергаются глумлению. Художник осыпает публику плевками и бранью, чтобы вызвать её ответное возмущение и издевки. «...Он постоянно провоцирует зрителей, прямо-таки вынуждает их бить его, швыряя в них каменьями, грязью и нечистотами, оплёвывая их, оскорбляя чувство благопристойности.»[1] Эта характеристика, данная юродивому, вполне может быть отнесена и к скандальным формам поведения русских и итальянских футуристов, французских дадаистов и сюрреалистов. Скандал — опрокидывание устоявшихся общественных норм, обнажение более глубокой, парадоксальной системы ценностей, где высокое принимает обличие низкого. По сути, скандалом — в рамках законнического иудейского миропонимания — было поведение Христа: тот, кто объявил себя Сыном Божьим, явился в облике нищего странника и водил дружбу с мытарями, блудницами. Сам феномен юродства основан на этом изначальном парадоксе христианской религиозности, и искусство авангарда вновь возрождает во всей остроте кризисное переживание эстетических, моральных ценностей, которые отбрасываются перед Сверхценностью чего-то нелепого, немыслимого.

Это*не отрицание веры, но отрицание верой*. Даже богохульство, порой исходящее из авангардисткой среды, может найти

---

① Лихачёв Д. С., Панченко А. М., Понырко Н.В., *Смех в Древней Руси*, М.: Наука, 1984. с.90.

параллель в поступках юродивых. Так, «Василий Блаженный на глазах потрясённых богомольцев разбил камнем образ Божьей Матери на Варварских воротах, который исстари считался чудотворным. Оказалось, что на доске под святым изображением был нарисован чёрт».[1] Многое в богоборческих элементах авангардистского сознания можно было бы объяснить сознательной или бессознательной борьбой с идолопоклонством. Даже такие эпатирующие заявления у раннего Маяковского: «Я думал — ты всесильный божище, а ты недоучка, крохотный божик. ...Я тебя, пропахшего ладаном, раскрою отсюда до Аляски», - никак нельзя отнести по ведомству «научного атеизма»: во-первых, потому, что борьба с Богом предполагает признание его Живым (вспомним борьбу Иакова с таинственным незнакомцем), во-вторых, потому, что герой обнаруживает свою причастность к смыслу веры через принесение себя в жертву: «Я — где боль, везде: на каждой капле слезовой течи распял себя на кресте.»

Следует различать нигилистическое отрицание, уничтожающее смысл веры, и «протестантское» отрицание, очищающее этот смысл. Авангардизм ближе ко второму. Как бы ни выглядел надменно и повелительно художник-авангардист, в нём есть уязвимость жертвы, добровольно приносящей себя на заклание. Он грубит аудитории, чтобы унизить себя перед ней. Это взвело на Голгофы аудитории Петрограда, Москвы, Одессы, Киева, и не было ни одного, который не кричал бы: «Распни, распни его!»

---

① Лихачёв Д. С., Панченко А. М., Понырко Н.В., *Смех в Древней Руси*, М.: Наука, с.104.

Это сочетание дерзости и уязвимости ставит психологические границы поведению авангардиста. Таково, например, соединение в одном стихотворении Маяковского «Нате!» двух противоположных образов лирического героя: он — «грубый гунн», хохочущий и плюющий в лицо своим слушателям, и у него же - нежная, хрупкая «бабочка поэтиного сердца», на которую взгромоздится озверевшая толпа. Если эта двойственность исчезает, как в послереволюционном творчестве Маяковского, где тяжёлая поступь гунна вытеснила «трепетание бабочки» («ноги знают, чьими трупами им идти»), то исчезаети момент христианского юродства, заменяясь языческой героикой, а поэт-авангардист превращается в «агитатора-главаря», выполняющего социальный заказ. Он уже не эпатирует публику, а пытается вызвать её энтузиазм, возглавить шествие толпы. Такова роль жреца: приносить в жертву не себя, а других. Жрец — центральная фигура язычества, тогда как юродивый, убогий, нищий духом возможен как религиозный феномен только на почве христианства. Такова разница двух моделей поведения: официального художника (находящегося на службе у государства) и «богемного» художника, производящего акт самоуничижения, хотя бы в формах вызывающе-непристойных.

Авангард тяготеет подчас и *к отрицательным формам выражения: косноязычию, зауми, а в пределе — и вовсе к молчанию, к освобождению от знаковости*. В этом публике, воспитанной на традиционных образах звучной, изящной, эстетически оформленной речи, мерещилось кощунство. Но в футуристической «зауми», снимающей все обязательства поэзии перед общепринятостью и требующей «чтить права поэтов... на непреодолимую ненависть к существовавшему до них языку» (из манифеста «Пощёчина общественному вкусу»), опять-таки угадываются некоторые черты религиозного обращения с языком. «Отчуждая себя от общества, юродивый и язык свой отчуждает от общеупотребительного языка.»[1]«Дыр бур щил убещур» Алексея Крученых или «гзи-гзи-гзео» Велимира Хлебникова родственны такому явлению, как «глоссолалия, косноязычное бормотание, понятное только юродивому, те "словеса мутна" , которые произносил Андрей Цареградский».[2] Косноязычие есть способ выразить вещи, не поддающиеся языку, ускользающие от наименования. Авангард — это художественное освоение именно тех областей бытия, которые *незримы, неосязаемы, неизрекаемы*; но специфика искусства в том и состоит, что *сама неизрекаемость должна быть изречена* (а не сохранена в молчании), *незримость должна быть показана* (а не укрыта во мраке). Именно этот парадокс содержания, отрицаемого собственной формой, сближает авагард с юродством как типом духовности.

Да и не только в «словесах мутных», но и в самом облике и поведении Хлебникова, Крученых было много от юродивых, на что указывают знавшие их. «Кожа щёк его была детская, в пупырышках, всегда поросшая седой щетиной, растущей запущенны-

---

① Лихачёв Д. С., Панченко А. М., Понырко Н.В., *Смех в Древней Руси*, М.: Наука, 1984. с.106.

② Лихачёв Д. С., Панченко А. М., Понырко Н.В., *Смех в Древней Руси*, М.: Наука, 1984. с.96.

ми клочьями, как у плохо опаленного цыплёнка. Роста он был дрянного. Одевался в отрепья. ...Он слезился, попрошайничал и вдруг, если соблаговолит, вдруг верещал вам свою "Весну с угощеньицем" . ...Голос у него открывался высокий, с таким неземным чистым тоном, к которому тщетно стремятся солисты теперешних поп-ансамблей.» Таков Алексей Крученый в описании А. Вознесенского.① Это сочетание внешнего убожества, запущенности, «дрянности» с неожиданно чистым, детским тоном голоса напоминает некоторые эпизоды из житий юродивых. «Детски слезяще и немотствующе "а-а-а" , не вемы прочее что глаголати, безгласием уста печатлеем» («Слово надгробное Данилу Викулину»).

Характерна также эксцентрическая одежда, в которой выступали футуристы, - знаменитая жёлтая кофта Маяковского, которой поэт заменял отсутствующий у него пиджак. По своему происхождению это жёлтая лента, постепенно выросшая в размерах до кофты: «галстуковая рубашка и рубашковый галстук». Опять-таки напрашивается сравнение с особым, лоскутным, ветхим облачением юродивого, с его «непотребной» рубахой. Так, Андрей Цареградский, задумав стать юродивым, первым делом изрезал свою одежду. На всех уровнях и во всех областях своего существования *юродивый разрушает знаковую оболочку культуры, возвращаясь к наготе и молчанию, унижая человеческое в себе - чтобы возвысилось божественное.*

---

① Вознесенский А., Собр.соч.т.1, М.: Художественная литература,1983. сс.427-429.

2. Авангардная вера: по ту сторону понимания

Широко известен отзыв В. И. Ленина о ряде авангардистских течений в его беседе с Кларой Цеткин. «Я не в силах считать произведения экспрессионизма, футуризма, кубизма и прочих “измов” высшим проявлением художественного гения. Я их не понимаю. Я не испытываю от них никакой радости.»[①] В этих словах очень точно передано принципиальное различие между восприятием авангардистского и традиционного (для 20-го века — реалистического) искусства. «Понимать» и «испытывать радость» — основные критерии подхода к классике, те зрительские ожидания и требования, которым она призвана удовлетворить. Разумеется, сам термин «классический» очень условен и расплывчат, и здесь он приобретает смысл лишь в контексте с термином «авангардный». «Классическое» - это в данном контексте то искусство Нового времени: ренессансное, просветительское, романтическое, реалистическое — на фоне которого авангард воспринимается как отступление от норм, разрыв с традициями.

Классическое искусство, в самом деле, исходит из презумпции полной понятности своих творений. Разумеется, в масштабе веков обнаруживается бесконечная глубина смыслаклассических произведений, их непонятость современниками. Но для самих современников они были понятны и рассчитаны были на понима-

① Маркс К. и др. *Искусство и литература в марксистско-ленинском освещении*, М.: Мир, 1934. с.344.

ние. Этой «прозрачности» классического искусства соответствовала “прозрачность” классической философии, вплоть до Гегеля исходившей из той предпосылки, что действительность прозрачна для понятия, что всё сущее делится на разум без остатка. «Остаток», обнаруженный в итоге всех этих операций у таких разных мыслителей, как Кьеркегор, Шопенгауэр, Фейербах, Маркс, Ницше, «замутил» классически ясную картину мира, что выразилось в критике «немецкой идеологии», просветительского рационализма, гегелевского панлогизма. Оказалось, что бытие — густое, вязкое, исходящее из материальных, экзистенциальных начал — демонстрирует не совпадение с идеей, а полное отличие от неё и развивается по собственным законам, пребывающим вне сферы самосознания.

Эта непрозрачность бытия, провозглашённая неклассической философией, стала зримой в неклассическом искусстве. Тот первый слой всепонятности, который обязателен для восприятия классических произведений, здесь решительно снимается, как ложный и вредный, поскольку первым признаком подлинной действительности в её столкновении с разумом устанавливается неподатливость, непонимаемость. *Чтобы свет был подлинно светом и обнаруживал силу своего воздействия, он должен слепить глаза. Так и бытие в авангардных творениях заставляет «зажмуриться» разум, «ослепнуть» нашу понимательную способность — столь сильные качества самодовлеющего бытия оно обнаруживает.*

Когда Эрот в сверхповести Хлебникова «Зангези» произносит следующее:

Эмчь, Аминь, Умчь!	Кукарики кикиу.
Думчи, дамчи, домчи.	Ричи чичи ци-ци-ци.
Макарако киочерк!	Ольга, Эльга, Альга!
Цицилици цицици!	Пиц, пач, поч! Эх амачи!

— то в этих звуках не содержится ничего прозрачного для ума, из чего можно было бы извлечь какое-то содержание, рационализировать или идеологизировать. Нет, это «самовитое» слово, само ставшее бытием, столь же первично-неотменяемое и неосмысляемое в своём звучании, как шелест листьев или пенье птиц.

Наряду с «пониманием» отпадает и второй нормативный момент восприятия — эстетическое «наслаждение». Чем обусловлено наслаждение от классических произведений? Очевидно, всё той же прозрачностью, вызывающей в конечном счёте чувство полной освоенности их содержания. Наслаждение — акт полного слияния субъекта с объектом, растворение одного в другом, и классическое искусство — от Шекспира и Рафаэля до Бетховена и Бальзака — создавало иллюзию такого взаимного обладания.

Разумеется, полностью «обладать» классическим произведением не мог ни один читатель или зритель, поскольку многие смыслы оставались нерасшифрованными, предназначались для следующих поколений; но он мог отдать себя всецело в обладание этому произведению, его «второй», вымышленной действительности, которая так ясно и выпукло раскрывалась в нём, что вытеснялось сознание её иллюзорности. Произведение щедро впускало зрителя в свой мир, предоставляя ему там полноту и свободу воображаемой жизни. Содержание этой жизни могло быть страшным, трагическим, ничтожным, комическим - всё равно, разнообразные эти чувства вызывали эстетическое наслаждение, поскольку были открыты для сопереживания, гармонизировались в самом акте восприятия. Художественный рационализм и гедонизм, как достигнутый идеал понимания и наслаждения, - вот черты «классического» восприятия, отражающие языческую прозрачность и проницаемость своего объекта. Он ведь здесь, в этом мире, весь воплощён, открыт для постижения и сопереживания.

Авангардное искусство противится этому акту душевного слияния зрителя с произведением. Скорее, оно должно вызывать раздражение, держать зрителя на расстоянии, оставаясь в зоне отчуждённого, странного, неведомого. Конечно, оно позволяет давать себе различные истолкования, интерпретации — но это далеко не то же самое, что понимание. Интерпретируя, мы создаём систему понятий, изоморфную образной системе произведения: скажем, элемент А означает «а», элемент Б означает «б», связь А — Б означает «а — б»... Но понимание — это нечто другое, не удвоение произведения в сфере понятий и концепций, а возможность отождествить себя с самим художником, почувствовать себя субъектом его смыслополагающей деятельности. Понимание — это единение, истолкование — удвоение. Интерпретировать — значит «не понимать» и создавать такую систему соответствий, которая подменяет произведение и поддаётся пониманию -

вместо него.

Обилие интерпретаций, сразу же возникающих вокруг авангардных произведений, как раз и свидетельствует об их принципиальной непонимаемости. Их невозможно присвоить — они остаются чужими. Порой они могут доставлять радость — но это радость другого порядка, чем «эстетическое наслаждение», это радость отказа от понимания и наслаждения, радость самостоятельного бытия перед самостоятельно бытующей вещью. Это радость смирения с абсурдом и отказа от всяких притязаний на смысл. Такую радость могут вызвать в нас вышеприведённые стихи Хлебникова, которые дразнят нашу понимающую способность смутно проблескивающими значениями «умыкания», «пробуждения», «женственности»: «думчи, дамчи, домчи» — и вместе с тем топят эти проблески в груде самоценно сияющих словесных обрезков, типа «ричи чичи ци-ци-ци».

Что же становится в авангардном искусстве на место таких испытанных эстетических категорий, как «понимание» и «наслаждение»? Мне думается, что *другие, близкие религиозному сознанию категории -«сомнения» и «веры».*

Двойственность «сомнения-веры» отражает парадоксальное бытие самого религиозного объекта. Он абсолютно противостоит всем нашим попыткам рационально понять его. Анализ этой парадоксальности на примере «искушения Авраама» дан в известной работе С. Кьеркегора «Страх и трепет». После того, как вопреки законам природы престарелому Аврааму и его жене Сарре был дарован сын Исаак, благополучно достигший юности, Авраам слышит в себе голос Бога, требующий заклания сына как жертвенного тельца. Именно потому, что этот голос не подкреплялся никакими доказательствами и был закрыт для понимания, Авраам поверил ему. Точно такое же отношение сомнения-веры вызывает, по мысли Кьеркегора, жизнь Христа, если мы отнесёмся к ней не как к давней и, в общем-то, победоносно завершившейся проповеди, а как относились к ней современники, ещё не дожившие до воскресения. Природа религиозного феномена всегда парадоксальна, поскольку одно и то же «противоразумное» поведение может восприниматься и как греховный соблазн: искушение убить сына, искушение принять человека за Бога — и как откровение свыше, испытание веры.

Такого рода искушением выступает и авангардное искусство. Оно возвращает самому слову «искусство» его исконный смысл, связанный с «искусом», «искушением». Потому так много разговоров о сатанинской, бесовской природе авангардизма. Ведь и юродивого, бросающего камни в икону, плюющего, ругающегося, можно обвинить в кощунстве и непотребстве. И находились фарисеи, обвинявшие в кощунстве самого Сына Божия за то, что он называет себя Сыном Божиим. В том и состоят религиозные свойства евангельского текста, что он вновь и вновь вызывает сомнение, разрушает возможность положительного знания — и только на этих развалинах строится вера. «Верую, ибо невероятно». Сомнение устраняет очевидность и открывает место вере — как «осуществлению ожидаемого и уверенности в невидимом» (ап. Павел). Для этого должна растаять уверенность в видимом.

В авангардном искусстве мы находим ту же скрытую, бессознательную структуру религиозного переживания, ведущего от сомнения к вере. Прежде всего, авангардное произведение вызывает в зрителе чувство сомнения и даже отчаяния: неясно, в какой ряд предметов его нужно поместить и как воспринимать. Авангардное произведение предлагает не столько новое содержание, сколько новый способ коммуникации, т. е. структурирует себя в качестве *неопознанного объекта, сама эстетическая природа которого находится под сомнением.* Таковы произведения дадаизма и конструктивизма, минимализма и концептуализма... Например, каменные глыбы, сваленные перед входом в художественный музей (Дж. Бойс), или отправленная в музей телеграмма об ответственности художников за недавнее землетрясение (В. Комар и А. Меламид). Если же перед нами всё-таки картина, заключённая в рамку, значит, взрывчатое коммуникативное устройство находится внутри, на уровне грамматики или семантики живописного пространства. Даже «мягкий» авангардизм М. Шагала, чуждый семиотических крайностей, вызывает сомнение в классически ориентированном зрителе: так вольно совмещены здесь разные пространственные планы, большое помещено внутрь малого, все пропорции сдвинуты, рядом с огромной лошадиной головой крохотные фигурки влюблённых, черный старик перешагивает чёрную хату...

После сомнения начинается полоса всевозможных догадок, домыслов, интерпретаций, соответствующая тому, что в религиозной сфере предстаёт как область слухов, толков, легенд. Поскольку путь к пониманию закрыт, идёт поиск обходных путей, уже, как правило,множественных, пытающихся дать непротиворечивое толкование тому, что по сути является парадоксом. Так, по-разному толковалось поведение Иисуса: он хочет стать царём Иудеи; он подстрекает к бунту против римского императора; он намеревается разрушить Храм. В своём анализе Авраамова искушения Кьеркегор даёт несколько возможных интерпретаций поведения этого «героя абсурда» — но лишь для того, чтобы продемонстрировать неубедительность каждой из них. Так и авангардные произведения бывают окружены толпами интерпретаторов, и всё-таки уровень интерпретации никого по-настоящему не может удовлетворить: в лучшем случае она остроумна, изобретательна, представляет самостоятельный интерес как произведение мысли, но то парадоксальное, чем живёт авангард, проходит мимо неё и требует — веры.

Именно вера и есть последнее, к чему взывает авангардное искусство, порождающее и отбрасывающее все возможные непротиворечивые интерпретации. Сомнение и отчаяние зрителя, не понимающего, что ему хотят сказать, может быть разрешено только верой - верой в этого художника, в это видение мира. Поэтому отношение к художникам-авангардистам в принципе совершенно иное, чем к классическим художникам, которые ценятся прежде всего как создатели самоценных произведений. В произведениях авангардистов всегда имеется тот ускользающий, неделимый остаток, который выводит за рамки произведений, совпадает с личностью творца. Нужно верить в гениальность Пикассо, Дали,

Джойса, Хлебникова, Арто, Шагала... Они гениальнее того, что они создали. Произведения — лишь знаки особой благодати, осеняющей творца, и для массы поклонников знакомство с произведениями - лишь способ благодетельного прикосновения к творцу как к святому. Необычайно изощрённый и искушённый в своём восприятии людей искусства, Вячеслав Иванов говорил: «От Хлебникова пахнет святостью, этот запах святости я чувствую немедленно при входе в его комнату.» И сам мемуарист М.С.Альтман, приводящий эти слова, добавляет о Хлебникове: Вот кто воистину был новый человек, не нашей породы, даже казалось, уже не нашей природы.»[1]

Вся атмосфера авангарда насковозь харизматична, проникнута благоговением перед людьми «не нашей природы», перед непостижимостью дара, посланного свыше. Авангардизм — это культ художников, освящение самой творческой способности, которая превышает все отдельные и вместе взятые произведения, отбрасывает их как нечто более второстепенное. Всё, что исходит от гения, — гениально, даже бессознательный мазок или очертания плевка.[2]

В классическом искусстве «что» значит несравненно больше, чем «кто». Потомки могут создать культ художника, собирать его личные вещи как священные реликвии, но для современников его роль исчерпывается созданными произведениями. Кроме того, культ давно умершего художника, почитание его «мощей»

---

① Альтман М. Из того, что вспомнилось, *Литературная газета*, 3 ноября 1985 г.

② Эта самохарактеристика приписывается П. Пикассо.

часто связан с освящением народного, национального начала, которое олицетворяется классиком, — таким, как Пушкин или Есенин. Авангард же, отбрасывая этот пережиток языческих национальных религий, устанавливает*святость отдельной творческой личности*, предызбранной к духовному озарению. *«Что» оказывается ценно в зависимости от того, «кто» это сказал, сделал, нарисовал.* Именно потому, что каждое отдельное произведение вызывает сомнение, вера обращается непосредственно на его создателя. Устремлённость на сам предмет, восхищение его красотой, свойственная классическому искусству, заменяется устремлённостью на непостижимую и неповторимую личность, осенённую творческой благодатью. Художественность - это свойство быть художником, тайна и откровение личности, от которой производно всё остальное. В классическом искусстве художник тот, кто создаёт художественные произведения. В авангарде художественными считаются те произведения, что созданы Художником.

На этот счёт существует множество свидетельств, исходящих как от критиков, так и от самих авторов. «Никто не может сказать с уверенностью, что является произведением искусства и тем более - что им не является... Художник постискусства заново определяет искусство до тех пор, пока от него не остаётся ничего, кроме места самого художника, — пишет один из ведущих теоретиков авангарда Гарольд Розенберг. — Ну, а что делает художника художником? Этот вопрос не ставится в постхудожественном мире, где художник считается движущей силой всего, своего рода первопричиной — и поэтому существует в силу самопровозглашения.» Когда знаменитого Энди Уорхола спросили, почему его «Девушка из Челси» - это искусство, он ответил: «Во-первых, потому что сделано художником, и во-вторых, потому что оно оказалось художественным произведением.»[1]

Ещё на заре авангарда зародилось это определение искусства как сознательной интенции, а точнее, даже бессознательного атрибута самого Художника. «Искусство, конечно, не существует — и, однако, мы делаем искусство, потому, что это так, а не иначе», — писал в 1917 г. Жак Ваше Андре Бретону.[2]

Таков, по сути, единственный критерий отличия художественных произведений от нехудожественных - кем они сотворены? Если Пикассо мастерит из картона и бумаги каких-то птичек, это, несомненно, художественные произведения; если это делает кто-то другой - не художественные, а декоративные, прикладные, ремесленные. Если Хармс сочиняет анекдоты о Пушкине и Гоголе — это художественные произведения; если кто-то другой — то это просто анекдот, «хохма», байка. Нет и не может быть никаких объективных критериев для установления ценности того или иного произведения, кроме своеобразного «оправдания верой». Верой художника в себя и тем, насколько разделяют эту веру другие.

Итак, классические ценности «понимания» и «наслаждения», исходящие из установки на овладение предметом, постижение и

---

① Harold Rozenberg. The Re-definition of Art: Action Art from Pop to Earthworks. New. York. 1972. pp.12-13.

② Dawn Ades. *Dada and Surrealism*, London: Thames and Hudson, 1974. p.6.

присвоение его смысла, слияние с его содержанием, — всё это уступает в авангарде место изначальному разрыву между зрителем и произведением. *Эта пропасть между ними есть сомнение, и перекрыть его может только вера. В этом смысле авангард возвращает нас к ценности доклассического, средневекового искусства, в котором "понимание" и "наслаждение" также не играли заметной роли.* Правда, и роль сомнения в них была сведена на нет, поскольку господствовала вера, присущая состоянию культуры как таковой и не предполагающая акта свободного выбора. Вот почему авангардное искусство, вырванное из ситуации предзаданной веры и каждый раз рождающее её из сомнения, становится порой даже более «истовым» в своём тайном религиозном пафосе, чем средневековое искусство, получавшее веру в готовом виде из самой культурной традиции. Авангардная вера обращена всякий раз на индивидуальность данного художника, его неповторимый дар.

По этой же причине авангардная вера вообще не имеет или почти не имеет сознательногорелигиозного содержания. Это конфессионально не связанная и, как правило, неосознаваемая религиозность. Религиозное сознание пытается избавиться от собственной противоречивости, выпрямляя и рационализируя исходный парадокс веры. Религиозное бессознательное, проявляющее себя в авангарде, имеет и свои опасные стороны — уход в аморфность, перенос священных предикатов на мирские предметы. Но оно выступает как форма сохранения других качеств религиозности, которые часто утрачиваются в рамках конкретных вероисповеданий: свободного излияния Духа, ценности индивидуального дара (харизматический аспект веры), живого отношения к тайне и чуду, готовности принять абсурд как свидетельство в пользу веры. Вера глубже конкретного вероисповедания, и авангард позволяет заново прикоснуться к её противоречиям.

«Я мечтаю о литературе, которая была бы христианской скорее бессознательно, нежели в результате размышлений...» — писал один из крупнейших поэтов 20-века, Томас Элиот, совмещавший твёрдую верность католицизму с приверженностью авангардистской поэтике.[①] По сути, авангард — это и есть *бессознательная форма религиозности, которая в разных случаях может сочетаться с сознательной религиозностью* (как у Т. Элиота или П. Клоделя) *или с сознательной индифферентностью, даже атеизмом* (как у Б. Брехта, В. Маяковского). Если последнее встречается чаще, чем первое, то в силу особого парадокса 20 века, отмеченного Д. Лукачем: «...Возникает парадоксальная ситуация, когда именно во времена разложения, опустошения религиозной картины мира возникает более сильная привязанность искусства к религиозной сфере, нежели это имело место в течение предыдущих столетий.»[②] И он же показывает, что «новейшее авангардистское искусство... возникло существенным образом в связи с религиозной потребностью».[③] Но какова эта религиозная потребность? Лукач характеризует её как «аморфную, лишённую контуров»,

① Лукач Д. *Своеобразие эстетического в 4 т.*, М.: Прогресс, 1987. с.449.
② Лукач Д. *Своеобразие эстетического в 4 т.*, М.: Прогресс, 1987. с.459.
③ Лукач Д. *Своеобразие эстетического в 4 т.*, М.: Прогресс, 1987. с.402.

и это действительно так — если ограничиться отрицательными признаками: отсутствие форм и контуров, свойственных определённым конфессиям. Положительное начало этой религиозной потребности состоит в заострении тех парадоксов и эсхатологических предчувствий, без которых утрачивается существо религиозности, даже поддержанное самым надёжным авторитетом и твёрдой догматикой.

3. Искусство второй заповеди

Один из общих признаков авангарда, свойственный самым разным его течениям, — отказ от художественного жизнеподобия, от следования формам самой действительности. Авангардное искусство, как правило, нефигуративно — и в этом подчас усматривается его моральное и эстетическое падение, уход в солипсизм и агностицизм, бессилие перед реальностью, отказ от её познания и воспроизведения. Однако не нужно далеко ходить за аргументами, чтобы в неизобразительности авангарда увидеть свойство сакрального искусства, сторонящегося подобий и удвоений действительности — как изготовления фальшивых монет. Жизнеподобие — опасная вещь, ибо создаёт иллюзию устойчивости, завершённости тех форм, которые отображает, и соблазн их обожествления. Поэтому вторая заповедь гласит: «Не делай себе кумира и никакого изображения того, что на небе вверху, и что на земле внизу, и что в воде ниже земли.» (Исход, 20,4). Далее уточняется это требование: «Дабы вы не развратились и не сделали себе изваяний, изображений какого-либо кумира, представляющих мужчину или женщину, изображения какого-либо скота, который на земле, изображения какой-либо птицы крылатой, которая летает по небесам, изображения какого-либо гада, ползающего по земле, изображения какой-либо рыбы, которая в водах ниже земли... Если же... вы развратитесь, и сделаете изваяние, изображающее что-либо, и сделаете зло сие пред очами Господа, Бога вашего, и раздражите его, то... скоро потеряете землю... И рассеет вас Господь...» (Второзаконие, 4:16-18, 25-27).

Итак, изобразительность есть зло перед лицом Господа... И строго монотеистические религии, такие, как иудаизм и ислам, следуют этой заповеди, налагая запрет прежде всего на изображения живых существ.

В этом смысле*авангард есть продолжение и развитие древнего принципа нефигуративности*. Но поскольку он возникает на почве европейской культуры, с её сильнейшими изобразительными традициями, идущими от боговоплощения и иконописи, от попытки запечатлеть лик вочеловечившегося Бога — постольку *авангард допускает фигуративность в качестве основы, подлежащей наглядному стиранию и уничтожению*. В спектре авангардных течений выделяются более или менее фигуративные, от кубизма, придающего геометрические черты природе, до абстракционизма, с его фантастической геометрией. В целом же авангардизм даёт картину постепенного разложения фигуры — но чтобы это разложение было зримым, фигура сохраняется, как бы брезжит в основании. Она перечёркивается и затушёвывается лишь настолько, чтобы осталось ясным, что именно затушёвывается. Как верно замечает Ортега И Гасет в своём трактате «Дегуманизация искусства» (1925), «дело не в том, чтобы нарисовать что-нибудь совсем непохожее на человека, но в том, чтобы нарисовать человека, который как можно менее походил бы на человека; дом, который сохранил бы лишь безусловно необходимое для того, чтобы мы могли присутствовать при его метаморфозе... Надо конкретизировать победу и в каждом случае предъявлять удушённую жертву». ①

Этимавангардизм,конечно, резко отличается от неизобразительных культур неевропейского типа — но одновременно и от классической европейской изобразительной культуры. *Авангардизм есть мучительное поле борьбы этих принципов, причём нефигуративность, чтобы победить, должна сохранить живым своего противника, тесно сжимать его в объятиях, похожих то на удушение, то на ласку*. Абстракционизм не стал и не мог стать господствующим направлением авангарда, ибо добивался победы слишком лёгкой ценой — полностью упраздняя предметность. Тем самым был упразднён и парадокс, удерживающий в напряжении авангардистское полотно, придающий живую и мучительную трагичность всему авангардному мировоззрению. *Нет средства уничтожить видимость, кроме самой видимости. Образ стирает в себе черты образа*. Изображение так преображается, чтобы ничего не изображать или изображать само Ничто. *Авангард —*

① Гальцева Р. Судьба искусства и культуры в западноевропейской мысли XX века, М.: Институт научной информации по общественным наукам АН СССР, 1979. с.128.

это сверхискусство, которое должно оставаться искусством, чтобы показать то, что оно уничтожает и превосходит, иначе оно уйдёт в область чистой мистики, эзотерики, теософии, теургии.

И это опять — та же самая мука и парадокс веры, которые заставляют Фому влагать пальцы в отверстые раны воскресшего Учителя. «Фома неверующий» — говорят про него. Однако в таком неверии и состоит сущность веры. Осязать неосязаемое, узреть незримое, но так, чтобы тайное открыло себя, оставшись тайным и сокровенным. Это невозможно. Это и случается в вере. Начиная от Моисея, просившего у Бога верных залогов того, что именно Бог говорил с ним из горящего куста, вера ищет свидетельства о невидимом, удостоверения в невероятном.

Конечно же, в своём отказе от фигуративности, точнее, допуская её на правах жертвы, авангард вдохновляется не прямым наследием монотеистических культур, а живым ощущением кризиса современной цивилизации. Никто не запрещает изображать сущее — но само сущее утрачивает образ, разлагается и распыляется под мощным дуновением Духа, очищающего мир от коросты материи. Художество утрачивает былую радость: «О, если бы вернуть и зрячих пальцев стыд, и выпуклую радость узнаванья» (О. Мандельштам). Это стон классика, язычника, попавшего в «тёмные» века, где господствует варварское искусство бестелесного загробья. Предметный мир расчленяется на потоки энергий, скрыто льющихся по проводам, на чёрточки и значки компьютерных программ. Где здесь поверхность, которую можно любовно обвести округляющим взглядом?

Физика начала 20-го века вдруг забила тревогу о пропаже материи. Вещный мир провалился куда-то в тартарары, в пропасть пульсирующих полей и растекающихся энергий. Как же было искусству не почувствовать то же роковое оседание материальных платформ в раздвинувшиеся пустоты? Прав ли Лукач, осудивший «капитуляцию авангарда перед аморфной и разлагающей всякую предметность современной религиозной потребностью...»? Но только ли в «потребности» дело, или сама действительность пробудила эту нарастающую и теряющую всякие границы, «аморфную», беспредельную духовную жажду? Когда мир становится пустыней, пророк алчет. Нет, скорее прав Н. Бердяев, уловивший в кризисе пластических искусств тончайшее свидетельство материального «распластования» самого мира. «Мир развоплощается в своих оболочках, перевоплощается. И искусство не может сохраниться в старых своих воплощениях... Истинный смысл кризиса пластических искусств - в судорожных попытках проникнуть за материальную оболочку мира, уловить более тонкую плоть, преодолеть закон непроницаемости... Так свершается судьба плоти мира, она идёт квоскресению и к новой жизни через смерть.»①

Так называемая беспредметность авангарда более точно отражает распредмеченное состояние действительности, переходящей

---

① Бердяев Н. *Кризис искусства. Философия творчества, культуры и искусства*, М.: Искусство, 1994. сс.408-410.

в дрожание «струн»[1], чем старательное предметничество, эпигонский реализм, изображающий покинутые оболочки вещей. Какой мрачностью и бездушием веет от этого ликующего соцреалистического жизнеподобия середины 20-века: новостройки, кварталы, кирпичи, трубы — эта громоздкая вещественность словно пир во время чумы! *Душа уже уходит на небо — а копиист занимается тем, что размалёвывает её прижизненные фотографии, наносит румяна на щёки трупа*. Слово авангардного художника слепой ласточкой бросается навстречу Психее — «с стигийской нежностью и веткою зелёной»; бесплотная мысль возвращается «в чертог теней», «на крыльях срезанных с прозрачными играть» (О. Мандельштам). Вот какой мир мы узнаём на полотнах П.Клее, Х.Миро, в этих щебечущих чёрточках, беспамятствующих значках.

Авангард теснейшим образом связан с апокалиптическим мироощущением, достигшим предельной остроты в раннем христианстве, а затем на долгие века вытесненным из традиций обмирщенной религиозности. Эти традиции всячески прикрепляли живущего к миру, и возникновение светского искусства как раз вытекало из задачи обустройства в стенах материального дома. От Возрождения до 19-века включительно идёт прикипание искусства к поверхности мира, вплоть до иллюзионистской неразличимости. Но вот в теплом, обжитом доме ветер срывает двери и

---

[1] «Туман... струна звенит в тумане», - эти слова Гоголя, повторенные Достоевским, неожиданно дают очертание той картине мира, которую открывает современная физика в «теории сверхструн», одномерных, непрерывно колеблющихся нитей, образующих материальную основу Вселенной.

ставни с петель, распахивает окна...

В авангарде лишь потому так трудно угадать черты религиозного искусства, что оно не предшествует светскому, а следует за ним, как отрицание отрицания. Авангард ближе к иконе, чем к картине, и ближе к письменам и знакам единобожеских храмов, чем к иконе, ибо его предмет — прохождение мира, свёрнутого и запечатанного, как свиток, накануне преображения. «Проходит образ мира сего», — сказано у апостола Павла (1 Кор., 7:31) — и можно ли иначе запечатлеть этот мир, как не в прохождении, исчезновении его образа? Авангард — это и есть искусство построения образа методом его деструкции, отслоения от зримой, кажущейся поверхности мира. Это реализм апокалиптического века, осознавшего призрачность всякого устроения мира в себе и для себя, — апокалиптический реализм.

Порой религиозным искусством считается такое, где представлены какие-то атрибуты конкретных вероисповеданий: кресты, купола, иконы, свечи... (например, на картинах Ильи Глазунова). Но совершенно очевидно, что искусство столь рельефно изображающее некий религиозный предмет, выводящее религию в зону предметности, вовсе не обязательно является религиозным. Религиозность не имеет ничего общего с изображаемой атрибутикой. Можно нарисовать чашку на столе, а можно — свечку на алтаре, и при этом кисть не дрогнет в руке художника, живописующего мир в его ярких и сочных подробностях.*Современное религиозное искусство не играет с религиозными предметами, не объективирует священного*, но пребывает в нём. «Черный квадрат» Малевича или композиции Кандинского заключают в себе не меньшую концентрацию религиозного чувства, направленного на выход за пределы чувственного мира, чем чувственное смакование религиозного предмета у Васнецова или Нестерова. Священна не вещь, а Дух, бегущий вещеподобия. «Чёрный квадрат» — это глубина поглощения на белом фоне отталкивания, зримый образ проходящего мира, открытый нам туннель перехода в иные миры.

Что же вызывает у некоторых религиозно мыслящих людей подозрение, что авангардизм прямо связан с бесовством нашей эпохи, что от него веет демоническим холодом и развращённостью? То, что в авангардистских произведениях абсурд господствует над смыслом, лицо предстаёт в отчуждённых формах, индивид враждебен самому себе и обнаруживает скорее свойства растения, молекулы или дыры, чем человека. *Через авангард искусство вбирает и приобщает к себе невоплощённое и невоплотимое, такие энергии, которые разрывают на части всякую пластическую форму.*

Но разве не вернее предположить, что именно реальность, пышущая здоровьем, чувственно округлая, полнотелая, скорее могла бы послужить демоническому искушению человечества, совратить его на земные пути и уклонить от небесных? Консервативное сознание, совпавшее в каких-то точках с религиозной традицией, не желает расстаться с той любимой реальностью, внутри которой с большим или меньшим удобством расположились организационные и идеологические структуры традиционных вероисповеданий. Они срослисьс тем миром, для осуждения и разрушения которого явились на свет, вошли в плоть этого мира, полюбили его эстетическую видимость, которую с таким блеском выставляет традиционное, «реалистическое» искусство.

Между тем*религиозное мироощущение по природе своей вовсе не консервативно - оно кризисно: это крах всех норм, ломка всех устоев*. Ничто не может удержаться перед апофатическим представлением Бога, который есть не «то», не «то» и не «то» — ничто из того, что в мире.

Какое искусство может выразить эту глубину религиозного бунта против явленного и воплощённого?*Авангардное искусство религиозно в том смысле, в каком сама религия авангардна*, т. е. движется «впереди» всех законченных результатов мирового процесса, оставляя позади всё, что успело приобрести господство и устойчивость. *Авангардная вера находит своё место не в стенах храма*, а за границами мира, откуда ускоренно надвигается на человечество новая земля и новое небо, беглыми очерками и зияниями мелькая среди распадающихся пластов реальности. И потому современное религиозное искусство — не то, что в деталях изображает храм, крест, библейскую сцену, — но то, что обращено к невидимому, неставшему в земной жизни. В произведениях авангардистов реальность теряет зримость и антропоморфность, становится теоморфной, готовится к принятию и запечатлению тех форм, которые выводят за грань исторического существования человека. *Авангардизм есть эстетика конца и является для искусства тем же, чем для религии — эсхатология*: оба кладут меч между Словом и Миром. Искусство второй заповеди — это искусство и последнего Откровения.

4. Уход человека

Понятие «гуманизм» в России, как дореволюционной, так и советской, стало почти фетишем,— так бывает всегда, когда самого явления недостаёт в жизни, оно не освоено реально, практически, не привнесено в повседневный опыт общества — и тогда остаётся лозунгом, мифом, утопией. Там, где гуманизм, т.е. уважение к индивидуальности каждого человека, более обиходен и конкретен, там не возникает этого отвлечённого понятия, идола, перед которым все обязаны преклоняться. Постараемся трезвее воспринимать это понятие, лишить его волшебных чар и небесного ореола - тогда оно предстанет во всей обыденности, вполне годным к сегодняшнему или завтрашнему осуществлению. Уважать права человека, не класть его под пресс государства, предоставить полную свободу передвижения по стране и миру... Гуманистическая программа исчерпаема - и тогда из-за неё выглядывает другая даль, другая перспектива.

Авангард принято обвинять в том, что он дегуманизирует мир — лишает его не только предметности, но и человечности. Это правда, как бы к ней ни относиться. «Первой жертвой была фигура человека. Бессилие современного искусства порождать в красоте — иначе как за счёт красоты человеческой фигуры — тревожный симптом. Если правда, что человеческое тело — самое прекрасное среди природных творений и человеческое лицо по природе священно..., ибо в нём выражено бессмертие души, — то упомянутое бессилие, в разной степени присущее всем великим современным художникам, нельзя считать лёгким недостатком», — с горечью отмечает католический мыслитель Жак Маритен.[①] «Со всех сторон мы приходим к одному и тому же — к бегству от человека», — с удовлетворением заключает Ортега-и-Гасет.[②]

Вопрос в том, что замещает человека в ходе происходящей дегуманизации искусства, какие реальности просвечивают сквозь этот опустевший силуэт. Нельзя согласиться с Ортегой, что «куда» бежит искусство менее важно, чем «откуда»,— ведь одно направление задаётся другим, это цельная, «самонаводящаяся» система ориентиров.

Ради преодоления «человеческого, слишком много человеческого» авангард часто обращается к авторитету вещей, их неподкупной и суровой наличности, перед которой тушуется, расплывается в какой-то жидкий психологический бульон так называемая «личность». Маринетти, апостол футуризма, провозгласил: «Человек, испорченный библиотеками и затюканный музеями, не представляет больше ни малейшего интереса. Он совершенно погряз в логике и скучной добродетели, поэтому из литературы его надо исключить, а на его место принять неживую материю... Человеческая психология вычерпанадо дна, и на смену ей придёт лирика состояний неживой материи... Вы должны запечатлеть электрон-

---

① Jacques Maritain. *Creative Intuition in Art and Poetry*. New.York: 1955. pp.152-153.

② Гальцева Р. Судьба искусства и культуры в западноевропейской мысли XX века, М.: Институт научной информации по общественным наукам АН СССР, 1979. с.136.

ный вихрь и мощный рывок молекул».[1] Казалось бы, этот пассаж, устраняющий человека из искусства, звучит совершенно кощунственно! Но вслед за Маринетти и другие направления авангарда, например, «жестокий театр» Антонена Арто, «новый роман» Алена Роб-Грийе, в своих теоретических манифестах и художественной практике устраняли человека — «персонаж», «характер» — как явление совершенно пережиточное, угасший центр былой активности, на месте которого можно найти только пепел гуманистических банальностей. Активность перешла к Року, который обрушивается на бедное говорящее существо мириадами молчаливых напастей - мир вселенских катастроф и энергий врывается в уютный окультуренный мирок, где человек возомнил себя хозяином. *Активность перешла к структурам: генетическим, ядерным, знаковым, подсознательным — которые формируют человека как ускользающе малую и податливую часть Сверхсистемы.* Поэтому из литературы исчезает персонаж, как самостоятельный генератор поступков, переживаний, исчезает сюжет, как линейная во времени последовательность этих поступков, ведущая к победе или поражению персонажа. Вместо этого — многомерное пространство с нелинейными зависимостями между всеми его элементами, человеческими и не человеческими - жизнь самого пространства, разбитого на мириады миров и смысловых полей, среди которых блуждает и ищет себя чья-то душа.

Читаем, например, стихи поэта Алексея Парщикова (1954—2009),

---

① *Назвать вещи своими именами*, М.: Прогресс, 1986. сс.165-166.

принадлежащего к метареальному направлению:

Открылись такие ножницы
меж временем и пространством,
что я превзошёл возможности
всякого самозванства,
смыкая собой предметы,
я стал средой обитания
зрения всей планеты.
Трепетание, трепетание...

——Алексей Парщиков, «Землетрясение в бухте Цэ».[1]

«Человек» в этой системе координат — всего-навсего «самозванец», который мнит, что он больше окружающих предметов, а на самом деле он больше самого себя, он превосходит «возможности всякого самозванства», границы всякой человечности, когда позволяет через себя сомкнуться разным пространствам и видениям. Он уже не обитает в «окружающей среде», но сам становится средой обитания всего сущего, местом соприкосновения разных уровней и порядков бытия - и это не унижает его достоинства, а, напротив, возвышает над тем горделиво-самозваным «я», с которым он привык отождествлять себя. *Дегуманизация — это такое расчеловечивание человека, которое позволяет ему коснуться каких-то абсолютных, сверхчеловеческих оснований в себе.* Дух

[1] А.Парщиков. Фигуры интуиции. *Московский рабочий*, 1989.

не сводим к облику индивида, но скорее имеет вид колёс, которые двигались от дуновения Духа в Книге Иезекиля, и ободья у этих вращающихся колёс были полны глаз (Иез., 1: 18). Вот архетип и прообраз этой авангардной «среды обитания зрения всей планеты». Не прямая перспектива, исходящая от пары глаз, заброшенных в необъятное пространство, — а мириады глаз, по ободу объемлющие весь круг земного и видимого, в бессчетных скрещениях световых лучей. Зрения зрений, преломленные друг в друге. Вещь одновременно созерцается с разных сторон, обрастая многогранным, объёмным кристаллом зрения, как на кубистических полотнах.

Дегуманизацию не следует путать с антигуманизмом. Когда Маяковский пишет: «Я люблю смотреть, как умирают дети», — то это сознательно заявленная, хотя и крайне надуманная, противоестественная антигуманистическая позиция. Дегуманизация не направлена против человека, она просто не желает ограничивать себя человеческой мерой. И нет ничего кощунственного в том, что гуманистическая проблематика вытесняется структурной, композиционной, языковой, предметной — лишённой всякого этического и психологического привкуса. Ведь человек завладел центральным местом во Вселенной всего несколько веков назад, в эпоху Ренессанса, и он слишком хорошо знает — больная совесть подсказывает, — Чьё место он занял. Пора уходить! *Весь 20-ый век — это не столько "бегство от человека", сколько уход самого человека, то стыдливо потупляющего глаза, то рвущегося назад, на свой опустевший трон во Вселен-*

ной.

Именно торжество человека, который, казалось бы, полностью захватил в свои руки власть над миром, убив одряхлевшего Отца и присвоив себе полноту знания (наука), полноту действия (политика), полноту свободы (этика),— именно это торжество практического гуманизма вдруг последовательно стало обращаться против человека и разрушать его. Чем активнее вёл себя человек, освобождённый от всевышней опеки, тем стремительнее возрастал вокруг него мир грандиозных и неподвластных структур. *Оказалось, что ничем-то он, человек, не владеет, а всё владеет им: извне — государство, общественные механизмы, экономические структуры, тоталитарный строй; изнутри — подсознание, сверхсознание, комплексы, неврозы, чувство вины*. Точно так же владеет им и язык, на котором будто бы он говорит — а на деле сам является орудием языка; все знаковые, информационные системы, начиная от генетического кода и кончая вульгарным семафором, а в перспективе централизованным мировым компьютером, — всё это использует человека как средство, орудие, носителя, передатчика, как живую, гибкую, послушную молекулу нового разумного вещества, структура которого задаётся и управляется, конечно, не человеком. Отчуждение. Сотворённое человеком становится чуждым ему. Благо это или угроза?

До сих пор был принят лишь один ответ: величайшая опасность грозит человеку, чьи руки развязаны свободой и связаны порождениями этой свободы. Но, может быть, отчуждение — это и есть переход власти от «лукавого раба» к истинному хозяину —

тому, кого человечество «не дождалось», решив взять судьбу в свои руки. 20-ый век наглядно показывает человеку, что там, где он больше всего распоряжается, менее всего проявляется его собственная воля. Отчуждением мира от человека восстанавливается воля истинного Творца. Так от противного приводятся доказательства иной субъективности и целеполагающей активности бытия, чем предполагал человек, гордо закрепляя её за собой. Получив бразды правления в свои руки, он смог убедиться, что кони несут его совсем не туда, не к сияющим вершинам, а скорее на самый край пропасти. Осаживает — а они рвутся вперёд. "Чуть помедленнее, кони, чуть помедленнее..." Привередливые кони достались возничему 20 -го столетия — не желают повиноваться. Кто-то Другой правит ими.

Авангард отражает эту ситуацию отчуждения и во многом порождается ею.Антропоморфизм оказывается пройденным — приоритет получают формы вещей, приборов, планет: реаморфизм, техноморфизм, космоморфизм. Дажс самое человеческое: любовь, слабость, мечта — развёрнуто в образах топологии и геометрии, как особые свойства самого пространства, то рвущегося на куски, то коллапсирующего, то перекрученного, как лента Мебиуса:

Расстояние между тобой и мной - это и есть ты.
И когда ты стоишь предо мной, рассуждая о том и о сём,
я как будто составлен тобой из осколков твоей немоты,
и ты смотришься в них и не видишь себя целиком.
Словно зеркало жаждой своей разрывает себя на куски —

это жажда назначить себя в соглядатаи разных сторон —

так себя завершает в листве горемычное древо тоски,

чтобы множеством всем предугадывать ветра наклон...

——Иван Жданов. [1]

Лирическая героиня, адресат стихотворения — не отдельный индивид, а превосходящее целое, система взаимоотношений. «Ты» — это само расстояние между «я» и «ты», и дальнейшее - описание его превращений: то в разорванно-многостороннем объёме зеркала, то в наклонно-ветвистом пространстве кроны, пронизанной ветром. Нравственное и психологическое уступает здесь «лирике состояний неживой материи», поскольку сами индивиды — пластические формы соединяющего их и развёрнутого через них пространства.

Вспомним Книгу Иова, герой которой, без всякой вины поражённый множеством напастей, страшной проказой, вопиет к Господу о несправедливости, вызывает его на суд. Но обсуждение нравственных вопросов происходит лишь до тех пор, пока Иов беседует с друзьями, которые советуют ему покаяться, признать свою вину, углубляются в недра человеческой души. Нет ничего равного этой части книги по остроте нравственного самосознания, по чувству человеческого одиночества во Вселенной. Но вот раздаётся громоподобный голос самого Бога — и мы ждём, когда на

---

[1] И. Жданов. *Неразменное небо*. М.: Современник, 1990.

вопросы Иова будет дан вразумляющий ответ, разрешающий все сомнения, расплетающий все извивы и переплетения этических споров. Однако Бог утверждает свою премудрость в ином, казалось бы, совершенно далёком от интересов и вопросов Иова. «Я буду спрашивать тебя, и ты объясняй мне... ...Кто может расчислить облака своею мудростью и удержать сосуды неба, когда пыль обращается в грязь и глыбы слипаются?» (38:3,37-38). Вся речь Бога — это любовное перечисление его творений, от радуги и до молнии, от вороны до левиафана — инвентарь Вселенной со множеством подробностей: как рожает дикая коза, изгибаясь и выбрасывая детёнышей из своего чрева; как ржёт конь; как устроена челюсть левиафана... Ни одного из тех понятий, которыми изобиловал предыдущий спор («праведный», «нечестивый», «справедливость», «вина», «суд», «кара»); ни одного намёка на этические и психологические рассуждения — и в этом состоит грандиозный ответ Бога Иову. Как может Иов понять замысел Бога о себе, если не знает, как удержать дождь и почему зажигается радуга? Грех настолько застилает глаза человека, что побуждает его говорить и думать только о себе. Этика и психология — плоды, сорванные с древа познания добра и зла, а Бог призывает человека вернуться к *древу жизни*, к цельному устройству мира, где каждая тварь — свидетельство во славу Господа и буква его Премудрости. Вот почему *Бог говорит не как судья, разрешающий споры человеческие, но как натуралист, как технолог, изготовляющий прекрасные стихии*, «сосуды неба» и «ворота земли», «хранилища снега» и «основания земли», «травяные зародыши» и «капли росы» — и любящий их любовью мастера. Нельзя достигнуть высшей мудрости на путях познания добра и зла, но только путь жизни ведёт к ней.

Таково*религиозное значение «неживой материи»*, такова лирика «молекулярных состояний», засвидетельствованная и воспетая величайшим лириком всех времён — их Создателем. Все эти вещи в конечном счёте обнаруживают теоморфную природу - мудрость и силу Того, Кто их создал. И потому авангардное искусство, лишая человека привилегированной точки отсчёта, совершает заново «коперников» переворот, ставя в центр Вселенной не «своё», а «чужое», «ругое», «непонятное», «скрытое» — «наваждение самих вещей», за которыми стоит таинственная мудрость Создателя. В авангардных произведениях, за нагромождением вещественных, растительных, геометрических — нечеловеческих форм, угадывается веяние иного, высшего духа, который изнутри входил в эти вещи, освоил их для себя и сделал такими, какими они нам предстают. «Ноги у него, как медные трубы; кости у него, как железные прутья; это — верх путей Божьих...» (40:13). Не о человеке сказано «верх», но о бегемоте, в ком нагляднее всего представлен ужас и загадка могучих внечеловеческих форм жизни. Вот такие «ноги, как медные трубы» и «кости, как железные прутья» можно увидеть на картинах Сальвадора Дали и Макса Эрнста. Авангард исполнен *религиозного восхищения перед нечеловеческим в мире и в самом человеке* — это религиозность, возвращённая к своим догуманистическим истокам и вместе с тем устремлённая к концу времён.

Неужели человек, созданный «по образу и подобию» Бога,

лишён всяких привилегий? Нет, если судить по Книге Иова, у него есть одна привилегия — слушать Бога. Не человек — верх путей Божьих, но с человеком Бог говорит о своих путях. Человек сохраняет своё достоинство перед Богом, оставаясь за рамками начертанной им картины мира, где есть всё: лани и кони, дождь и град, облака и звёзды - нет только человека. Но человек, Иов, слушает Бога. Так и у авангардистов — человекоподобного нет на их полотнах, но, конечно же, они обращены к человеку. И в этом проявляется своего рода целомудрие авангардного искусства — изображая человеческое в овеществлённых, отчуждённых формах, оно оставляет самого человека за гранью изображения.

Вот почему вряд ли можно согласиться с Ортегой И Гасетом, который из дегуманизации нового искусства выводит такое его «определяющее качество», как «нетрансцендентность», т. е. отсутствие всяких указаний на «иное», «потустороннее». «Искусство, освободившись от человеческой патетики, лишилось какой бы то ни было трансценденции, осталось только искусством, без претензии на большее.»[1] Претензии, быть может, и умерились: та высота, с которой искусство прежде поучало, вело за собой, обличало пороки, воспитывало добродетели, — поддерживалась именно «патетикой» человекознания и человековластия. Но трансцендентность — это вовсе не высота человеческого самомнения, а скорее глубина человеческого смирения. В этом смысле *дегуманизация искусства есть знак его растущей трансцендентности.*

---

① Гальцева Р. Судьба искусства и культуры в западноевропейской мысли XX века, М.: Институт научной информации по общественным наукам АН СССР, 1979. с.153.

Искусство освобождается от религиозно-благоговейного отношения к своему предмету, человеку, — и углубляется в область подлинно религиозной свободы, не подлежащей уже никакому опредмечиванию.

Собственно, с дегуманизации искусства и начинается новая история художественной трансценденции, которая преодолела свой главный предел: антропоцентризм — и теперь свободно движется дальше в форме отрицания предыдущих стадий своего движения. Не оттого ли так стремительно, одно за другим сменяются направления авангардного искусства: кубизм, футуризм, дадаизм, экспрессионизм, сюрреализм, конструктивизм, абсурдизм, поп-арт, оп-арт, минимализм, концептуализм...? Десятки школ, обгоняющих друг друга в лихорадочном темпе, — это и есть растущая власть трансценденции, которая снимает любую достигнутую форму предметности как заскорузлую, заслоняющую истинный Свет. Порывая с фигуративностью и антропоморфизмом, авангард восстанавливает религиозные задачи искусства — очищение от человеческой субъективности, восхождение к чистейшему и внеобразному Субъекту. Но это достигается именно десакрализацией и деконструкцией всего предметно-человеческого мира, доминирующего в современной цивилизации. В отличие от сакрального искусства Средних веков и секулярного искусства Нового времени, авангард — это *сакральное искусство секуляризованного века*. Отсюда его напряжённое, *мироборческое* отношение к действительности и одновременно *идолоборческое* отношение к традиционным религиозным верованиям.

附译文：

先锋主义与宗教[①]

［美］米哈伊尔·爱普施坦　常景玉 译

先锋主义是现代的，但本身又具有强烈的宗教性，看似矛盾的两种特质实际上却有千丝万缕的联系。先锋主义与圣愚一样，关注用语言难以表达的东西，喜欢打破权威，反对偶像崇拜。他们把丑提升成美，否定社会公认的美学标准。这种否定究竟是消灭了信仰还是让信仰得以净化？不同于接受经典作品的“理解”和“审美享受”两个原则，先锋主义作品中审美主客体的距离被拉大，对作品的阐释也可以多种多样。观众与作品之间的“怀疑”只有通过信仰才能解决。先锋主义不为现实生活塑形，而是展示打破形象性的过程。它并不依赖刻画宗教实物来体现宗教性，而是着重表达神圣的状态和情感，这正与第二戒律的精神相吻合。

俄罗斯和欧洲的先锋主义者都是无神论者，或者是反上帝的。马塞尔·杜尚是先锋主义的奠基人和重要代表，曾有人问他是否相信上帝，他是这样回答的：“不，完全不信。别问我这个问题！对于我来说它并不存在。上帝是人类的发明……我甚至都不想谈这方面内容，就像不想讨论每个周日蜜蜂都做什么。”[②]对于信仰，似乎20世纪所有先锋主义者都和杜尚持有同样的态

---

① 此文为学者爱普施坦参加2018年10月在首都师范大学举办的“20世纪俄罗斯先锋主义文学”国际学术会议的论文，有删节。——译者注

② Pierre Cabanne, *Dialogues with Marcel Duchamp*, New York: Plenum Publishing Corporation, 1971. p.107.

度——“不信，我甚至不想谈”。确实，先锋主义艺术家喜欢对此保持沉默、避而不谈。但是逃避本身表现出了一些隐含的深刻含义。在与杜尚对话的谈话录中，记者在绪言里提道：“他说话非常平静、稳定、从容不迫……只是对于一个问题他非常激动，那就是在最后我问他是否相信上帝的时候。”①

为什么杜尚对这个问题的反应如此强烈，但又极力否认它的重要性？他为什么不想谈这个问题呢？

一、反艺术——圣愚的姿态

有时候，先锋主义的特点是艺术的自我毁灭和否认艺术性。苏联官方的先锋主义评论家认为：“先锋主义不仅称不上是伟大的艺术，甚至根本称不上是艺术。所以不能从艺术理论的角度去分析它（因为不能对一个本质上并非艺术的事物进行艺术理论分析）。”② 但若如通常所说，先锋主义是种反艺术，那么就有必要思考这个问题——是什么东西把艺术从它本来的领域中排挤出来并取而代之的呢？我们要把“反艺术”当作一种社会和宗教现象进行正面定义。

破坏和破坏也并不相同。大约在同一时间发生过这样两件事，它们都和同样的物品相关。1917 年，马塞尔·杜尚曾想把一个被命名为“喷泉”的小便池当成艺术品在纽约的展览上展出（最终他被拒绝了）。1919 年，在彼得堡举办了一次“贫民代表大会”，与会者住在冬宫。“当代表大会结束，参会者离开以后才发

① Pierre Cabanne, *Dialogues with Marcel Duchamp*, New York: Plenum Publishing Corporation, 1971. p.7.

② Ванслов В., *Модернизм-кризис буржуазного искусства*, М.: Искусство, 1980. с.19.

现，不仅冬宫里所有的浴盆，就连大批珍贵的色佛尔[①]花瓶、萨克森[②]花瓶和来自东方的花瓶都被他们当作便器用了，弄得肮脏不堪。他们这样做并不是真的需要——冬宫里的厕所是完好的，水管也是通畅的。不，这种流氓行为是毁损、糟蹋美好的东西的欲望的一种表现。"[③]高尔基说道。高尔基并不反感普通劳动者，但他对他们这样的行为感到气愤。

第一个例子中，便池被当成了艺术品。第二个例子中，艺术品则被当成了便池。

显而易见，毁灭艺术和创造反艺术有根本区别，就像暴徒和圣愚也有所不同。把色佛尔花瓶当成便器纯粹是虚无主义的，它具有社会属性：这是黑暗无知的大众对于高雅艺术的态度。而第一个例子则是艺术家"亵渎地"把个人的艺术创作拉到了低俗丑陋的位置。艺术从而被拉下了宝座，它自觉地放低自己，故意出丑。然而读者们早已习惯于美好和完美的事物，他们非常气愤地对此表示反对。圣愚不也是这样的吗？人们期待的是虔诚恭顺，但他们故意与之背道而驰，以此来表明，真正的神性不仅在于主教们华丽的衣着，还在于受尽折磨的肉体。

古罗斯文化学者阿·姆·班琴科关于圣愚有这样的观点："圣愚……就是有意识地否定美，拒绝社会公认的美的标准，更确切地说，是把这个标准从头到脚颠倒过来，把丑陋提升到了美学的正面。"[④]人们批评先锋主义也正是因为它反对"高雅的品位"和"崇高的标准"。先锋主义是一种圣愚式的艺术，它自觉地走向低

---

① 法国出产瓷器的地方。——译者注

② 德国出产瓷器的地方。——译者注

③ Горький М., В. И.Ленин, *Избр.соч. в 2 т.*, М.: Издательство политической литературы, 1963. с.410.

④ Лихачёв Д., Панченко А.М., Понырко Н.В., *Смех в Древней Руси*, М.: Наука, 1984. с.80.

俗，丑化美学外表，一直到便池变成展览上的雕塑作品，通俗易懂的美好词语变成丑陋造作的“дыр бул щил убещур”。[①] 显然，这种怪诞是反美学现象，还可以被当作宗教现象。阿·姆·班琴科认为，“怪诞中的丑陋元素还可能是因为美学元素已经被伦理侵蚀干净了。这就回到了早期基督教时期，那时人们认为肉体之美来自魔鬼……基督教和优雅艺术是对立概念的观点一直延续下来，一直体现在怪诞当中”。[②]

从上文可看出，先锋主义就是以艺术的手段在宗教上否认艺术。艺术堕落成丑陋，这是为了神灵能够参与进来，随后对丑陋进行羞辱和嘲笑。

当然，先锋主义可能并没有自觉树立这个宗教目标，因为它毕竟是艺术，只有抛弃所有的美学概念，它才能看到自身超美学的特性。先锋主义的宗教不是为了自我肯定，而是为了自我否定，因此先锋主义没有宗教宣传的任务。它不是在布道台上谆谆教诲的神甫，而是在教堂门前撒泼打滚的圣愚。先锋主义艺术中，自我毁灭这种形式极为重要，它让反艺术在本质上仍是一种艺术，即使其失去了宗教元素。反艺术的消除是在艺术自身的范畴中进行的，而社会暴力则是从外部消除了艺术。应该对这两种去美学化加以区分：一种是社会行为，它消灭了艺术；一种是宗教行为，是艺术进行自我毁灭。自我毁灭给了艺术一种新的、反常的反艺术特点。

先锋主义艺术家个人的行为举止就能表明他们与社会成规是格格不入的，他们嘲弄“神圣”。艺术家朝观众吐口水、说脏话，

---

① 选自克鲁乔内赫创作的超理性诗歌。——译者注

② Лихачёв Д., Панченко А.М., Понырко Н.В., *Смех в Древней Руси*, М.: Наука, 1984. с.80.

为的是让观众气愤地挖苦他们。……“他总是挑唆观众，简直是让观众打他，他朝观众扔石头、丢泥巴、倒垃圾、吐唾沫，玷污体面的感觉。”这些做法类似圣愚，又与俄罗斯和意大利的未来主义者、法国达达主义者和超现实主义者的荒唐行为完全符合。荒唐就是颠覆固有的社会秩序，表达一种更加深刻和荒诞的价值体系，这种价值体系高度评价了低俗的外表。从本质上说，在中规中矩的、喜欢法则的犹太人的世界观中，基督耶稣的行为就是场荒唐的闹剧：耶稣说自己是上帝的儿子，却以一个行乞的漂泊者的形象出现，与税吏和妓女交朋友。怪诞现象本身就建立在基督教的这个天然的悖论之上，先锋主义艺术以最激烈、最尖锐的方式重建美学和道德观念的危机感受，这些感受被抛在了某种荒诞的、不可思议的超价值面前。

这并非否定信仰，而是用信仰去否定。甚至先锋主义艺术对神灵的亵渎都与圣愚的做法类似。例如，“在朝圣者震惊的眼神中，瓦西里·布拉任内朝瓦尔瓦拉的广场上的圣母像扔石头，人们一直认为这个圣像能显灵。似乎在圣像下面的木板上画着魔鬼”[①]。先锋主义意识中的许多反上帝元素，都有意无意地反对偶像崇拜。甚至马雅可夫斯基在早期也有这样惊世骇俗的做法：“我以前以为——你是万能的上帝。原来你是个小偶像，既无能又渺小……我把你这遍身发着馨香的东西，从这里打到阿拉斯加！”由此得出的结论当然并非“无神论”：首先，与上帝斗争已经证明上帝是活着的。其次，主人公通过自我牺牲感到了自己与信仰的联结：“哪里有痛苦——我便在哪里停下；我在每一滴泪水上都把自己钉上十字架。”

---

① Лихачёв Д., Панченко А.М., Понырко Н.В., *Смех в Древней Руси*, М.: Наука, 1984. c.104.

应该把消灭信仰的虚无主义式否定与净化信仰的“新教徒”式否定加以区分。先锋主义更接近第二种否定。无论先锋主义艺术家看起来多么傲慢无礼和颐指气使，他们身上始终怀有某种易于牺牲的脆弱性，他们自愿把自己献作牺牲品。他们粗野无礼是为了在观众面前贬低自己。“这是世界上彼得格勒、莫斯科、敖德萨、基辅的讲坛的各个他，没有一个人不曾大声呼叫‘钉上十字架，把他钉上十字架！’”粗鲁无礼和易于牺牲的脆弱性相结合，这是先锋主义者行动的心理基础。例如，在马雅可夫斯基的《拿去吧！》一诗中，抒情主人公就是两个互相矛盾的形象的统一体：抒情主人公是个野蛮的匈奴人，他哈哈大笑，往听众脸上啐唾沫，同时，他也是温柔的、脆弱的，是肮脏的人们想要爬上去的“诗心的蝶蕊”。这样的对立一旦失去，就像马雅可夫斯基在革命之后的创作，匈奴人沉重的脚步挤走了“蝴蝶的颤动”（脚步知道，他们在用谁的尸体行走），那么基督教的怪诞也就消失了，取而代之的是多神教的英勇精神，而先锋主义诗人就变成了一个履行社会使命的“带头鼓动者”。先锋主义诗人就不再是用惊世骇俗的行为让观众震惊，而是努力唤起观众的热情，带领他们向前进。这是祭司的角色——不是牺牲自己，而是牺牲他人。祭司是多神教最核心的人物，而圣愚、贫穷和谦卑等宗教现象只可能发生在基督教之中。这两者的区别在于：一种是官方的、为国家服务的艺术家，另一种是“浪荡派”艺术家，他贬低自我，甚至是用挑衅的、不体面的方式。

有时，先锋主义喜欢采用否定的表达形式：口齿不清、故弄玄虚，最终彻底走向沉默，脱离符号系统。观众早已经习惯了传统的语音形式和优美的词语组织，因此把这看成是种亵渎。但是“故弄玄虚”的未来主义诗歌取消了诗歌的必要元素，要求“尊重诗人的权利……他们有无法控制地痛恨存在于我们之前的语言的权利”（摘自《给社会趣味一记耳光》），在这些诗中还能感觉到某种宗教特点。“圣愚及其语言让它与社会疏离，与通用的语言疏离。”[①] 阿列克谢·克鲁乔内赫的“дыр бур щил убещур”或者是韦利米尔·赫列勃尼科夫的“гзи-гзи-гзео”都类似于“无声嗫嚅，只有圣愚才懂的模糊的喃喃低语，以及安德列·察列格拉茨基说的‘迷糊的话’”。[②] 口齿不清也有方法去表现用语言难以表达的、没有名称的东西。先锋主义正是艺术地掌握了存在的这方面内容，这种看不见的、感觉不到的、难以用语言表达的内容。但是先锋主义的艺术特点在于，这种难以用语言表达的东西应该被说出来（而不是一直保持沉默），看不见的东西应该被展示出来（而不是藏在黑暗之中）。这种被自身形式所否定的内容上的悖论，让先锋主义与圣愚在精神上相近。

这种相近不仅表现在“迷糊的话”当中，还表现在赫列勃尼科夫的面貌和行为举止当中。克鲁乔内赫与圣愚也有很多相似之处。“他两颊的皮肤像孩子似的有许多小疙瘩，硬硬的灰胡子是荒凉的一片一片的，就像被烧焦了的小鸡仔。他很高大，穿着破衣服。他眼含泪水地乞讨，如果讨到了点什么，他就突然向您尖叫‘飨宴的春天’(весну с угощением)。他的声音高亢，嗓音像天籁一样纯净，这是当今流行歌手梦寐以求的。”这是阿·沃兹涅先斯基对阿列克谢·克鲁乔内赫的描写。[③] 外表的贫苦、残破、“庸俗”与孩子般的意外纯净的嗓音结合在一起，让人想起了有

---

① Лихачёв Д., Панченко А.М., Понырко Н.В., Смех в Древней Руси, М.: Наука, 1984. с.106.

② Лихачёв Д., Панченко А.М., Понырко Н.В., Смех в Древней Руси, М.: Наука, 1984. с.96.

③ Вознесенский А., Собр.соч.т.1, М.: Художественная литература,1983. сс.427-429.

关圣愚的传说。“孩子式的含着眼泪，沉默的‘啊啊啊’，不知道说了什么，无声地记录着。”（丹尼尔·维库林的墓志铭）。

未来主义者的衣着打扮滑稽可笑——因为没有西装，马雅可夫斯基穿上了著名的黄外套。开始时候的黄色带子后来逐渐变成了短上衣，这是“领带式的衬衫和衬衫式的领带”。圣愚的那种特殊的、破布头似的衣服还可以和马雅可夫斯基的“没用的衬衣”进行比较。所以，为了做圣愚，安德列·察列格拉茨做的第一件事就是剪碎自己的衣服。圣愚在方方面面都破坏了文化的符号外壳，回归到赤裸和沉默，贬低自己的人性，从而提升神性。

二、先锋主义信仰：理解的彼岸

在列宁与克拉拉·蔡特金的对话中，有一段评价先锋主义的话非常有名：“我不认为表现主义、未来主义、立体主义和其他‘主义’的作品有艺术天分，我不理解它们。从这些作品中我感觉不到任何快乐。”[①] 这些话明显地表达了接受先锋主义艺术和接受传统艺术（对于20世纪来说就是现实主义）的根本区别。“理解”和“体验快乐”是接受经典作品的基本标准，经典作品要满足观众的期待和需求。当然，“经典”这个词本身是有条件的、模糊的，在这里它是“先锋主义”的对立面。本文中的“经典”指的是新时期的艺术——文艺复兴的、启蒙主义的、浪漫主义的和现实主义的艺术。在这个背景下，先锋主义就是背离规则，脱离传统。

事实上，经典艺术源于一种假设，即假设艺术创作能被完全理解。当然，自古以来的经典作品中有很多极其深刻的、现代人

① Маркс К. и др. *Искусство и литература в марксистско-ленинском освещении*, М.: Мир, 1934. с.344.

无法理解的思想。但是对于现代人来说，经典作品是容易理解的，它本身也是想让人理解的。经典艺术的这种“透明性”与经典哲学的“透明性”是一致的。一直到黑格尔，经典哲学的出发点认为现实是透明的、可以被理解的，所有存在都能用理性解释。只有在克尔凯郭尔、叔本华、费尔巴哈、马克思、尼采等思想家身上可以看到一些例外。通过批判“德国思想体系”、启蒙主义的唯理论和黑格尔的泛逻辑主义，这些哲学家打破了经典哲学中清晰的世界图景。似乎，浓稠的、黏腻的、源于物质和存在主义的存在并不符合理念，而是按照其本身的、自我意识以外的规则发展。

存在的非透明性由非经典哲学提出，在非经典艺术当中得以表现。接受经典作品所必需的基础——存在的透明性——如今被果断地弃之一旁，似乎它具有欺骗性，或是有害的。因为在与理性的碰撞中，真正的现实难以屈服、难以理解。光为了是真正的光，为了看到自己的影响力，就应该损害视力。就像先锋主义创作中的存在让理性失去了作用，遮蔽了我们的理解能力——只有这样，存在才能看到自身非理性的强烈特质。

在赫列勃尼科夫的超理性诗歌 *Zangezi*(Зангези) 中，厄洛斯说了这样的话：

Эмчь, Аминь, Умчь!	Крукарики кикиу.
Думчи, дамчи, домчи.	Ричи чичи ци-ци-ци.
Макарако киочерк!	Ольга, Эльга, Альга!
Цицилици цицици!	Пиц, пач, поч! Эх амачи!

这些声音对于理智来说是“不透明的”，人们无法用理性分

析它的内容和思想。这些是“自在的”词，它们是一种独立存在，就像叶子的簌簌声和小鸟的啼啭声一样，它们是最原始的、不可或缺的，又是无法弄懂的声音。

除了“理解”之外，接受经典艺术的第二个标准——审美享受——在先锋主义艺术中也不复存在。欣赏经典作品的前提是什么？显而易见，是能让人完全掌握作品内容的透明性。审美享受是主体与客体完全融合，而经典艺术——从莎士比亚、拉斐尔，到贝多芬、巴尔扎克——就是创造了一种主客体互相“拥有”的错觉。

当然，任何一个读者或观众都不能完全读懂经典作品，因为有许多谜题是专门留给未来读者的；但是读者可以完全沉浸在这部作品中，虚构的“另一个”现实在作品中如此清晰，以至于人不觉得这是虚构的。作品慷慨地让观众进入它的世界，充分地给观众展示想象中的生活。这种想象的生活或许是可怕的、悲惨的、渺小的、可笑的——总之，这些不同的感觉引发了审美享受，因为这些感觉激起了人的情感共鸣，帮助人们接受作品。理解和享受所要达到的目标是艺术的唯理论和享乐主义——这些是“经典式”接受的特点，它反映了多神教的透明性和审美客体对读者的渗透作用。这个客体被完整地体现出来，它是开放的，可以被理解和感受。

先锋主义艺术反对观众和作品有精神上的契合。准确地说，作品要引起刺激的效果，跟观众保持距离，让观众一直有疏远、奇怪和神秘的感觉。当然，先锋主义作品可以从多个角度来解读和阐释，但是这和上文所说的理解完全是两回事。阐释就是我们创造一个概念体系，它与作品的形象体系相同：比如说，A 的意思就是“a”，B 的意思就是“b”，A-B 的联系就意味着“a-b”……

但是理解不是作品在概念上的增多，而是读者把自己和艺术家视为同一，感觉自己就是思想活动的主体。理解是合二为一，而阐释是分一为二。阐释就是“不理解”，就是创造一个与作品一致的体系来代替它，改变并取代理解。

对先锋主义作品的阐释往往在很短的时间内就有很多，这恰好证明了它在原则上是无法理解的。人们无法将它们据为己有，而是一直身在其外。有时，先锋主义作品可以让人快乐，但是这并非“审美享受”式的快乐，而是另一种快乐。它不是理解和享受，而是独立于存在物之外的快乐。它常用荒诞手法，而不表达任何意义。前面所说的赫列勃尼科夫的诗就可以让我们体验到这种快乐。……

在先锋主义艺术中，类似于“理解”和“享受”的美学范畴是什么呢？我认为是另外两个与宗教思想相近的范畴——“怀疑”和“信仰”。

“怀疑一信仰”的自相矛盾反映了宗教事物本身存在的悖论。宗教事物不能用理性去理解。分析这种悖论可以借用克尔凯郭尔的著作《恐惧和颤抖》中的“引诱亚伯拉罕”这个例子。年迈的亚伯拉罕和妻子撒拉违背自然规律，被神赐生下了儿子以撒。儿子顺利地长到了青年后，亚伯拉罕听到了内心深处上帝的声音，上帝要他把儿子杀了当作祭祀品。正是因为没有任何其他迹象来证明这个声音，并且这个声音也无法让人理解，亚伯拉罕才对此深信不已。克尔凯郭尔认为，如果我们以还没有复活的现代人的角度去看待基督，而不是像以前一样把他看成是位布道者，那么是基督自身引起了这种“怀疑一信仰”的态度。宗教现象总是充满悖论的，因为上帝这种“非理智”的行为，既可以看成是在引诱人犯罪——引诱人杀儿子，引诱人把自己当成上帝，又可以看成是上天的启示和体验信仰。

先锋主义艺术也是一种引诱。先锋主义让“艺术”这个词本身回归了类似于“苦修”和“引诱”的原始意义。所以许多人认为，先锋主义者的本性是魔鬼的。毕竟，朝圣像扔石头、吐口水，咒骂圣像的圣愚也被认为是对上帝的亵渎的下流行为。人们责怪法利赛人亵渎了耶稣，因为他把自己叫作上帝之子。犹太经文也有这样的宗教特点，它一次又一次地引起怀疑，破坏正面的认识——信仰正是建立在这样的废墟之上。“相信，是因为难以相信。”怀疑让直接观察到的东西失去了地位，也为信仰开辟了一席之地——就像“实现了期待的东西，确信了看不见的东西”（使徒巴维尔）。为此，双眼能看到的东西就渐渐地不可信了。

在先锋主义艺术中我们也看到了这种隐蔽的、非自觉的宗教感受，这种宗教感受把怀疑引领成信仰。首先，先锋主义的作品引起了观众的怀疑甚至是绝望：人们不清楚该把它如何归类，该怎样理解它。先锋主义作品与其说是提供了新的内容，不如说是提供了新的交流方法，也就是把自己当作不明的客体加以构造，这种客体的审美本质就是怀疑。达达主义、结构主义、最简单派艺术和概念论等流派的作品就是这样。例如，在艺术博物馆入口堆上许多石头（约瑟夫·博伊斯），或者是写给博物馆的一封电报，谈谈艺术家在不久前地震中的责任（弗·科马尔和阿·梅拉米德）。如果在我们面前的仍是一幅带框的画，那么，激烈交流的组织位于其内部，它发生在绘画空间的语法或语义层面上。甚至，不走符号学极端的、“温和”的马克·夏加尔也让在经典艺术方面颇有学识的观众有所质疑：他如此自由地结合了不同的空间层面，大的放进小的里面，移动了匀称的东西，把爱人极小的形象放到巨大的马头旁边，黑色的老人跨过了黑农舍……

怀疑之后人们就尽可能地猜想、推测和阐释，就像宗教里的传说一样。既然先锋主义艺术无法理解，那么就要去寻找一条绕回去的路，这些路通常有很多，他们都想给一个本质上的悖论做出合理解释。所以，关于基督有很多不同的说法：他想成为犹太人的王；他教唆人们造反去反抗罗马大帝；他打算破坏教堂。克尔凯郭尔在分析亚伯拉罕的故事的时候给出了几种可能来解释这位“荒诞人物”的行为——但这只是为了说明每种阐释都无法令人信服。对于先锋主义作品也有多种阐释，但是这些阐释并不能让人满意：最好的情况就是，阐释是俏皮的、机敏的，像思想作品一样表现出独立意义，但是它却没有涉及先锋主义赖以存在的悖论。悖论需要的是信仰。

先锋主义艺术本身蕴含着多种合理的阐释，但它又拒绝被阐释，它大声呼唤的是信仰。观众不明白先锋主义想表达什么，能解决他们的怀疑和绝望的只有信仰——对艺术家的信仰，对他创造出来的世界幻象的信仰。因此，对待先锋主义艺术家和经典艺术家的态度是完全不同的，经典艺术家首先被当作具有自身价值的作品的创作者。而在先锋主义者的作品中总是有些难以捉摸的固有成分，它们超出了作品本身，符合创作者的个性。应该相信毕加索、达利、乔伊斯、赫列勃尼科夫、阿尔托等人的天才。他们比他们所创造出来的作品更有天分。作品只代表着造物主灵光一现的独特天赋，对于众多的艺术爱好者来说，接受艺术作品只是一种与上帝和神性产生有益关联的方法。维亚切斯拉夫·伊万诺夫能非常敏锐地理解艺术家，并且对此非常有经验，他说：“从赫列勃尼科夫那里可以闻到神性的气息，我刚一进入他的房间里就感到了这种神性气息。”回忆录作家姆·斯·阿利特曼对此又进行了补充："诚然，他确实是个新人，他不是我们这类人，甚至，他已经不是我们这种性质的人。"[①]

先锋主义的整体氛围非常好，这种氛围充满了对"不是我们的这类人"、不可理解的天才和上天使者的敬仰。先锋主义，就是崇拜艺术家，神化创作天赋。……所有源于天才的东西都是天才的，即使是无意识的乱涂乱画或是一口痰的形状。[②]

在经典艺术中，"什么"要比"谁"重要得多。后人可以创造出对艺术家的崇拜，把艺术家的私人物品当成圣物收藏起来。但是对于现代人来说，这种崇拜仅限于创作出来的作品。除此之外，崇拜早已离世的艺术家，崇拜他的"实力"经常与民间和民族元素的圣化相关，体现了这一点的是经典艺术家——例如普希金和叶赛宁。先锋主义者抛弃了这种民间多神教的残余，确立了单独的创作个人的神圣性，这个人被预先选中，最先开始精神顿悟。"什么"是否珍贵取决于这是"谁"说的、谁做的、谁画的。正是因为每个独立的作品都会引起怀疑，所以信仰就直接作用于作品的创造者。追求事物本身并感叹它的美，这是经典艺术的特点，现在取而代之的是对创作者个人的追求，他们被创作之神庇护、难以理解、独一无二。艺术性，这是成为艺术家的特性，是个人的神秘和灵感，由它再产生其他所有东西。在经典艺术中，创作出艺术作品的人是艺术家，而在先锋主义中，只有艺术家创造出的东西才是艺术品。

证实了这一点的不仅是批评家，还有艺术家本人。"没有人能够自信地说出，什么是艺术作品，什么不是艺术作品……后艺术的艺术家再次定义了艺术，到目前为止，艺术里除了艺术家本

① Альтман М. Из того, что вспомнилось, *Литературная газета*, 3 ноября 1985 г.
② 这是毕加索的自我定义。——作者注

人，什么也没有。”著名的先锋主义理论家哈罗德·罗森伯格这样写道。“那么，是什么让艺术家成为艺术家呢？这个问题在后艺术的世界中不会被提出来，因为后艺术世界中艺术家被认为是一切事物的推动力量，是一切的起因。因此只要自己宣布，艺术家就出现了。”当著名的安迪·沃霍尔被问到为什么他的《切尔西女孩》是艺术，他这样回答：“首先，因为这是由艺术家创作出来的，其次，因为这是一件艺术作品。”①

在先锋主义初期有这样一种对艺术的定义，即认为艺术是艺术家自己有意识地表达某种意图，甚至是反映了艺术家的无意识。“艺术，当然不存在。但是，我们创造艺术，因为它就是那样，而不是其他样子。”1917年，雅克·瓦谢在给安德列·布勒东的信中这样写道。②

实质上，区分艺术品和非艺术品的唯一标准就是——这是谁创作的？如果是毕加索用纸盒做了一些小鸟，那么毫无疑问，这就是艺术品；如果是其他人做的，那就不是艺术品，而是装饰的和有用的手工制品。如果是哈尔姆斯写了关于普希金和果戈理的笑话，那么这就是艺术品；如果是其他人写的，那就只是笑话、俏皮话或小故事。除了“信仰”，现在没有将来也不可能有一个客观的标准去确定某个作品的价值。这种信仰就是艺术家对于自己的信仰，以及其他人有多么认同这种信仰。

于是，经典艺术里的“理解”和“享受”在先锋主义艺术中变成了观众和作品天然的割裂。观众和作品之间消失的联系也就是怀疑，只有信仰能让它们重新联结。在这个意义上，先锋主

① Harold Rozenberg. *The Re-definition of Art: Action Art from Pop to Earthworks*, New York: Horizon press, 1972.pp.12-13.

② Dawn Ades. *Dada and Surrealism*, London: Thames and Hudson, 1974. p.6.

义把我们带回了前经典的、中世纪的艺术价值之中，那个时候，“理解”和“享受”也不是中心原则。后来怀疑逐渐消失了，因为信仰占据了主导地位，它是种没有经过自由选择的固有的文化状态。这就是为什么在神秘的宗教热情方面，有时候先锋主义艺术比中世纪艺术更加“本源”，先锋主义艺术脱离了预先的信仰传统，每一次都从怀疑当中产生信仰，而中世纪艺术的信仰来自文化传统本身。先锋主义信仰的一直是有天赋的艺术家和他无与伦比的天赋。

因此，先锋主义的信仰完全没有，或者是几乎没有有意识的宗教内容。这并非因为宗教的不可知。宗教意识努力逃避本身的矛盾性，即把信仰最初始的悖论解释清楚。表现在先锋主义中的宗教无意识性有一种危险的倾向——走向模糊，把神性特征转移到人间的实物之上。但是宗教无意识性是一种保持宗教性的形式。这些宗教性常常消失在具体的宗教信仰之中……信仰比具体的宗教更加深刻，先锋主义让人重新领略到了信仰的矛盾性。

“我梦想中的文学是带有无意识的基督性，而不是思考的结果……”20世纪伟大的诗人托马斯·艾略特这样写道。他坚定地信仰天主教，同时又坚持先锋主义风格[①]。实际上，先锋主义就是一种无意识的信仰形式，这种形式在不同情况下可以与有意识的宗教性和冷漠地对待宗教，甚至是无神论相结合。……德·卢卡奇指出：“……出现了一种悖论，与上世纪相比，当宗教世界被瓦解和破坏的时候，艺术对于宗教的依恋更加强烈。”[②] 他还说，“最新的先锋主义艺术是由于宗教需要，以本质的形式发生的”。[③]

① Лукач Д. *Своеобразие эстетического в 4 т.*, М.: Прогресс, 1987. с.449.
② Лукач Д. *Своеобразие эстетического в 4 т.*, М.: Прогресс, 1987. с.459.
③ Лукач Д. *Своеобразие эстетического в 4 т.*, М.: Прогресс, 1987. с.402.

但是这种宗教需要是什么样的呢？卢卡奇说它的特点是“模糊的、失去轮廓的”，确实是这样——从消极的方面说，它缺少信仰所固有的形式。积极的方面在于它的悖论和强烈的末世论预感，如果没有这种感受，就算依靠权威和强硬教义，宗教本质也会丧失。

三、第二戒律的艺术

先锋主义艺术的特点之一就是拒绝模仿生活，拒绝跟随现实本身的形式。一般来说，先锋主义艺术里没有具体形象，所以有人认为，这是道德和美学的堕落、唯我主义和不可知论、对现实的无能为力，以及对认识和理解现实的抗拒。但是不难找出证据证明，在先锋主义的非形象性中有宗教礼仪艺术的特点，即不模仿和夸大现实。模仿现实是非常危险的，因为这会使被模仿的东西固定化，并使人把该形式奉若神明。因此第二戒律是这样说的：“不可为自己造任何偶像，也不可仿造天上、地上或地底下、水中的任何形象。”（《出埃及记》，20:4）随后又提出了更确切的要求：“不可为自己铸造任何形状的偶像，无论是男是女，是野兽或飞鸟，是爬虫或鱼类，都不可以……如果……你们铸造了任何形状的偶像，犯了罪，这在上主眼中是邪恶的，将激怒他。……你们就会很快从那土地上被消灭……主要把你们驱散到各国……”（《摩西五经》中的《使命记》，4:16-18，25-27）

因此，在上帝面前，造型就是恶……严格的一神教宗教，例如犹太教和伊斯兰教都遵循这条戒律，禁止把有生命的东西形象化。

在这一方面，先锋主义继承和发展了非形象性的古老原则。但是因为先锋主义生长于欧洲文化的土壤，这种文化有强烈的造型传统，如圣像画和把上帝凡人化的传统，因此先锋主义艺术中允许有具体形象存在，但它们又应当被直观地、明显地消除。先锋主义艺术中的几个流派或多或少地带有一些具体形象，如立体主义让自然富有了几何特点，抽象派幻想出各种几何形状。但整体上看，先锋主义展现的是形象逐渐分解的景象，为了让分解过程是可见的，被分解的形象保留了一个轮廓。它模糊不堪，仅能让人分辨出这个原本的形象到底是什么。奥特加·伊·加塞特在其论文《艺术的去人性化》（1925）中的说法很有道理："问题不在于画一种完全不像人的东西，而在于画一个人，但他要尽可能地不像人；房子保存了它是房子所绝对必需的东西，为的是在它被变形的时候我们也能存在……每一次扼杀掉具体形象的时候，都必须对这次胜利做出具体说明。"①

先锋主义当然异于欧洲以外的非造型文化，但它与经典的欧洲造型文化也截然不同。先锋主义就是这两种原则激烈厮杀的战场。而且，非形象性为了取得胜利，应该保留自己的对手，让它活下去，把它紧紧地压在怀中，时而像是一种扼杀，时而又像是一种爱抚。抽象派没有成为，也不可能成为先锋主义的主导流派，因为在抽象派中，非形象性太过轻松地取得了胜利——它完全消除了具体内容。一起被消除的还有给先锋主义带来压力的悖论，是它让先锋主义世界观带上了活生生的痛苦悲剧性。除了可视性本身，没有办法能够消灭可视性。形象把自己身上的形象特征给消除了。造型会改变形象，以至于没有什么可塑造的，或是要塑造虚无本身。先锋主义是一种超艺术，但它也应该一直是种艺术，展示它消灭和超过了什么，否则它就会走向神秘主义和巫术。

---

① Гальцева Р. Судьба искусства и культуры в западноевропейской мысли XX века, М.: Институт научной информации по общественным наукам АН СССР, 1979. с.128.

这也是信仰的痛苦和矛盾之处，所以多马才把手指伸向复活后耶稣的伤口里。所有人都说“多马是不信教的”。但是在这种不信当中正是信仰的本质。摸摸不到的，看看不到的，这样神秘的事物就会自己表现出来。这是不可能的，但这又发生在信仰之中。摩西得到了上帝的保证，在燃烧的灌木丛中与他说话的正是上帝本人，从摩西开始，信仰就寻找证据来证实看不见的和难以置信的东西。

当然，先锋主义拒绝了具体形象性，准确地说，是牺牲了具体形象。促使先锋主义这样做的不是一神教文化，而是现代文明中真实的危机感。没有人禁止刻画本质，但是本质自己失去了形象，在净化了世界的精神的强烈影响之下，本质分解了，分散了。艺术失去了日常的快乐：“哦，愿能归还视觉手指的羞怯，和彼此相认时凸出的喜悦。”（奥·曼德施塔姆）……

20 世纪初的物理学突然引发了一种失去物质的恐慌。物质世界跌进了地狱，跌进了跳动的力场和流动能量的深渊。物质平台正在真空中不断下沉，艺术怎么会没有感觉呢？卢卡奇认为先锋主义对现代宗教的需要投降了，正是这种模糊的宗教需要瓦解了所有实物性。但问题只在于此吗？现实本身没有刺激这种模糊的精神渴望吗？卢卡奇的这个观点对吗？……不，恩·别尔加耶夫说得更对一些，在雕塑艺术的危机中，他找到了更确切的证据来证明世界本身的物质分层。世界不断地再现于自己的外壳，艺术不可能保持旧的形式……雕塑艺术危机的真正意义在于紧张地尝试穿透世界的物质外壳，找到更加细微的具体表现来克服不透明性……这样，它才能具体地表现世界，由死亡走向新生。[1]

---

① Бердяев Н. *Кризис искусства. Философия творчества, культуры и искусства*, М.: Искусство, 1994. сс.408-410.

与描绘实物和机械模仿的现实主义相比，先锋主义所谓的非实物性（非具象性）更准确地反映了一种进入弦震的现实的非具象化状态，此时现实像是震颤的弦索。[①] 模仿现实的原则在 20 世纪中叶的社会主义现实主义时期轰轰烈烈，但是后来它变得多么黑暗和冷酷：新建筑、街区、路标、管道这些大型实物仿佛是社会上发生灾难时的寻欢作乐！精神已经离开，去了天上——画家注意到了这个现象，他们拙劣地描绘精神在人间的情景，把胭脂涂在尸体的两颊上。先锋主义艺术家的语言就像瞎眼的燕子迎面对上普叙喀——“带着自由的温情和绿色的树枝”；无形的思想返回到“暗影的厅堂”，“舞动剪翼，与透明嬉戏”（奥·曼德施塔姆）。这就是我们在普·克莱和赫·米尔的画作中，在这些线条和各种符号上所能了解的。

先锋主义与启示录的世界观密切相关，这种世界观在早期基督教时期达到了顶峰，而后的很长一段时间中，它被世俗的宗教性传统所取代。这种世俗的宗教传统想方设法地把生命固定到世俗生活上，在把世俗宗教限定在物质世界的过程中就形成了世俗艺术。从文艺复兴到 19 世纪（包括 19 世纪），艺术都紧紧地依附于世界的表面，直到二者相似到难以辨认。但是在这所温暖舒适的房子里，风把门和百叶窗从合页上拽下，推开了窗户……能否不描写形象的出现和消失而以另一种方式刻画这个世界？先锋主义破坏了表面能看到的东西，创造了形象。这是启示录的现实主义，它意识到了建构世界的虚构性。

有人认为宗教艺术就是刻画典型的具体的宗教物品：十字

① “雾里有弦索在响”——这是果戈理的话，又被陀思妥耶夫斯基重复。这句话意外地描述了现代物理学的“超弦理论”所展示的世界图景，即一维的、宇宙物质基础不断振动的世界。——作者注

架、圆顶、圣像、蜡烛……（例如，伊利亚·格拉祖诺夫的绘画。）但是很明显，突出地刻画某种宗教实物，把宗教拉到实物的世界里，这并不一定是宗教性的。宗教性与创作的形象特征并无共同点。可以画一个在桌子上的碗，或是一个在祭台上的蜡烛，此时，画家用鲜明生动的细节来描绘世界，但他手中的笔并不颤抖。当代的宗教艺术与宗教实物无关，它不把圣物当作创作对象，而是让自己处于神圣的状态之中。马列维奇的“黑色正方形”或康定斯基的乐曲中包含不少集中的宗教感情，这些感情超出了感观世界。而瓦斯涅佐夫或涅克拉索夫则是带着感情、津津有味地关注宗教实物。实物并不神圣，神圣的是精神，精神不愿与实物有相似之处。“黑色正方形”——这是在白色背景上深刻地体会疏远，是过去世界的一种可视形象，为我们打开了通往另一个世界的道路。

为什么某些宗教思想家怀疑先锋主义与魔鬼相关，怀疑恶魔式的冷酷无情和道德堕落是源于先锋主义呢？因为在先锋主义作品中，荒诞性大于思想性，人的出场形式是疏远的、对自己有敌意的，先锋主义关注的不是人，而是成长的特点、分子和洞。通过先锋主义，艺术吸收和整理了以前和现在都没有表现的东西，打破了富有表现力的形式。

…………

宗教世界观在本质上完全不是保守的，而是危机性的：它是所有准则和基础的坍塌。上帝的概念已经被否定了，他不是这个，也不是那个，他什么都不是，那么所有其他东西也都站不住脚了。

什么样的艺术可以表达这种宗教反抗的深度？先锋主义艺术是宗教性的，在这个意义上说，宗教也有先锋主义的性质。也就是说，先锋主义艺术走在了世界末日之前，又把一切稳定的、获得了统治地位的东西抛在了身后。先锋主义信仰不是在教堂的高墙内找到自己的位置，而是在世界之外……因此，现代的宗教艺术不是细致地描绘教堂、十字架和圣经情节，而是指向了在尘世生活中看不到的、成不了的东西。在先锋主义作品中，现实失去了可视性和与人的相似性，但获得了上帝的形式和人类历史之外的形式。先锋主义是终点美学，先锋主义是艺术的终结，它之于艺术，就像末世论之于宗教。这二者把剑置于词语和世界之间，把它们隔绝开来。第二戒律的艺术，也是最后的启示录的艺术。

Театр Пригова

Марк Липовецкий

Екатерина Деготь первой отметила значение драматургии как центрального жанра эстетики Пригова: « “Драма” — действие по-гречески — было основой его акционизма и синтетического перформативного жанра, но она же лежала в основании как приговской поэзии и прозы (с постоянной инсценировкой конфликтующих голосов), так и […] его работы в области визуального искусства. Пригов не только сам постоянно был “на сцене” (как чтец, рапсод, актер, общественный деятель), но и мыслил всегда категориями сцены».[1] Метапозиция пьес в его творчестве, в частности, проявляется в том, что «в литературном отношении эти тексты Пригова […] представляют собой некий “нарратив о пьесе” , нечто среднее между расширенной ремаркой автора, который еще только надеется увидеть свое произведение на сцене, и подробным отчетом критика, уже видящего эту сцену и декорации на ней…»[2] Иными словами, именно в пьесах Пригов разрабатывает различные модели перформатизма, которые затем воплотятся в его литературном и визуальном творчестве.

К драматургии Пригов приходит через остранение самого

① Деготь Е. Пригов и «мясо пространства» // НК, 620 [617-29] .

② Там же.

языка: свои первые пьесы он пишет для СТА (студенческого театра на английском языке, создан в 1960 г.) при филологическом факультете МГУ. Сотрудничество Пригова с этим театром возникает благодаря его жене Надежде Георгиевне Буровой, преподававшей английский на экономическом факультете в МГУ, и длится с 1966-го по 76-й год. Первоначально, это быливеселые скетчи с очень простым языком (студенты должны были исполнять их по-английски), и лишь потом пошли полноценные пьесы, которые Пригов сам же и ставил. Однако, генеалогия примечательна: пьеса для Пригова — это жанр для языка «другого».

Самые ранние пьесы Пригова носят цитатные названия -«Гамлет», «Ромео и Джульетта», «Свинопас», «Винни Пух», «Укрощение строптивой», «Дон Жуан», «Суд Париса», «Похищение Елены». Однако, цитатность за редкими исключениями, обманчива: классический сюжет, как правило, не сдвигается дальше завязки (а то и названия). Либо на первый план выходят смешные обмолвки и непонимания, ведущие к нарастающему языковому абсурду. В иных случаях доминирует собственно театральность, и персонажи вытесняются актерами, их играющими (под собственными именами) и их забавными взаимоотношениями. В этих пьесах, во многом еще близких поэтике «капустника», тем не менее оформляется стиль приговской драматургии.

Этот стиль противоположен психологическому театру, поскольку не предполагает никаких характеров. Герои театра Пригова — актеры, вступающие в определённые отношения с залом, а также с риториками и «грамматиками» культурных текстов, причем, текстов, так или иначе соотнесенных с авторитетной культурной традицией. Разумеется, такая установка не могла прочитываться сразу и потому требовала разъяснений - либо исходящих от фигуры «ведущего», а позже и «режиссера», действующего на сцене;либо разворачивающихся в огромные, то комедийные, то почти теоретические ремарки. Этому театру требовался и особый актер, о котором Пригов писал в «Пьесе в постановке»: «Актер мне нужен для всего этого вполне определенный. Уж не знаю, должно ли все это быть структурой самой его личности, просто ли мастерством и техникой — не знаю. Но мне нужно, чтобы он гаерничал, клоуничал, шутовничал и при всем при этом постоянно прислушивался к чему-то внутри себя, к чему-то не очень понятному и легкому, я бы сказал, легко звучащему. Чтобы он мог застыть посреди трюка, заслушавшись этого, и только один пальчик, на левой, скажем, руке, еще не расслышавши этого легкого, как колокольчики в снежную пургу, звучания, один по инерции продолжал начатый трюк. Такой актер мне нужен всегда. А другой актер ко мне и не приходи. Другой мне не нужен. Другой нужен другому. Другому мой не нужен».Что же касается отношений с залом, то они также оказываются неконвенциональными, поскольку, как правило, предполагают провокацию, вовлекая зрителя в хеппенинг — далеко, не всегда приятный (как, например, в пьесе «Я играю на гармошке»). Короче говоря, Пригов создавал оригинальный театральный язык, в котором сплелись капустник, явное влияние Пиранделло и уроки популярного в 60-е европейского театра абсурда.

Оглядываясь на Хармса, Пригов так описывает идеальную пьесу:

> *И все равно, самая правильная пьеса представляется мне следующим образом: выходит из-за кулис человек, доходит до центра сцены и падает в люк, в это время появляется второй человек, он тоже доходит до середины сцены и тоже падает в люк, потом появляется третий человек, и на середине сцены он падает в люк, потом четвертый падает в люк, потом пятый падает, потом падает шестой, потом седьмой, потом восьмой, потом девятый, десятый, одиннадцатый, двенадцатый, тринадцатый… Открывается занавес. Да, несколько слов о себе. Мне 32 года, имею жену и сына Андрея. Это не первая моя пьеса. Зачем я их пишу? Но ведь жизнь дается один раз, и надо мучительно прожить ее так, чтобы не жег позор.*(«Мы рождены, чтоб сказку сделать пылью», 1973-75)

Переход от описания «самой правильной пьесы» к «нескольким словам о себе» подчеркнуто резок. Зачем писать пьесы, приближающиеся к абсурдистской «идеальной» модели? Ответ, перефразирующий знаменитую цитату из Николая Островского, также подчеркнуто абсурден. Это совпадение между абсурдом «идеальной пьесы» и абсурдностью «ответа» на вопрос о смысле жизни и творчества, и есть настоящий ответ на заданный вопрос. «Самая правильная пьеса», состоящая из серии повторяющих друг друга актов самоуничтожения, и есть базовая формула существования; цитата из Островского воплощает эту же формулу — только более пафосно.

Но поле театра абсурда достаточно широко и многообразно распахано к началу 70-х. Пригов это поле сужает, фокусируясь на насилии как на наиболее явной материализации абсурда. Насилие функционирует как особого рода «грамматика» уже в таких пьесах, как«Козел (козлиная песнь)», «Я играю на гармошке», «Стало быть» и «Вопрос закрыт». Каждая из этих пьес драматически разыгрывает один из «диалектов» насилия: будь то грубый и тавтологичный волапюк повседневной («народной») коммуникации в «Козле» и «Я играю на гармошке», или революционно-бюрократический жаргон в «Вопросе», или даже язык, усвоенный в кругу друзей, в «Стало быть». При этом Пригов все более и более радикально разрушает «четвертую стену», вовлекая в провокацию и зрителя. Диапазон вовлечения зала в действие у него достаточно широк: от комедии положений («Третий») до трагифарса («Я играю на гармошке»).

Так, пьеса «Я играю на гармошке» состоит из нарастающих издевательств персонажа Васи и его товарищей над публикой. Пьеса начинается с того, что Вася убивает скорпиона, якобы укусившего его. Затем он заставляет зал петь вместе с ним «Я играю на гармошке», быстро переходя от психологического террора к физическому. Сначала он и товарищи избивают зрителя за то, что тот не участвует в пении. Затем раздевают догола и чуть было не насилуют девушку, также выдернутую из зрительного зала. Наконец, доводят до смерти старушку-зрительницу.Появляющиеся три милиционера, вместо того, чтобы обуздать террористов, поддерживают их («милиционеры хлопают по плечу каждый своего подопечного и улыбаются»), и уже все вместе продолжают «поруганье зала». Происходящее в пьесе глумление над беззащитными жертвами при всеобщем попустительстве не оставляет надежд на катарсис, наполняя каждого сидящего в зале страхом и чувством вины.

Пригов нарочито строит пьесу на грани между провокацией (неужели никто не возмутится и не остановит насильников?) и театральной конвенцией (персонажи из зала, полагает зритель и читатель, являются частью труппы). Однако, по мере развертывания сюжета и, особенно, по мере того, как безнаказанность Васи становится все очевиднее, насильник вырастает почти в мифологическую фигуру, что превращает всю пьесу в аллегорию, несмотря на ее «бытовой» язык и кажущийся натурализм. Аллегорию отношений с Богом? Вполне возможно. Во всяком случае, расправа со скорпионом, чья голова «убежала» от Васи в зрительный зал — сцена, служащая эпиграфом по отношению к последующему действию - подкрепляет такую интерпретацию.

Недаром и в пьесе «Месте Бога» (1973) на сцену выходит мифологический персонаж, черт по имени Легион — метафизический циник — который с виртуозным артистизмом соблазняет праведного отшельника, предлагая самые разнообразные, часто очень тонкие, аргументы в пользу неразличимости добра и зла. Однако, как и в «Я и играю на гармошке», на самом деле, объектом его усилий становится зритель, превращаемый «по ходу пьесы» в соучастника его перформанса. Ведь зритель, несомненно, проникается сочувствием к дьяволу, а не к упорному праведнику. Черт красноречив и умен, а отшельник безмолвен в своем сопротивлении. Вместе с харизматичным чертом, зал хором призывает Отшельника к порядку:

Легион: (*К залу ласковым голосом.*) Давайте позовем его. Он великий, мудрый, умный человек, но он заблуждается, он в прелести. Позовем его. Повторяйте за мной. Приди к нам!

Зал: Приди к нам!

Легион: Забудь свою гордыню, ум и обиды!

Зал: Забудь свою гордыню, ум и обиды!

Легион: Возьмемся за руки над пропастью!

Зал: Возьмемся за руки над пропастью!

Легион: Спасение в единстве!

Зал: Спасение в единстве!

Легио н: Приди к нам, мы прощаем тебя!

Зал: Приди к нам, мы прощаем тебя!

Более того, сцена избиения Отшельника Легионом также возникает как бы из спонтанного порыва зала — разумеется, подготовленного всем ходом пьесы и управляемого чертом:

(*Отшельник пытается перекрестить его, но Легион вовремя парализует его руку. Обращается к залу.*) Вы видите всю тщетность моих усилий. Это просто выродок какой-то. Позор ему!

Позор!

Долой!

Зал: Долой!

Легион: Смерть предателю!

Зал: Смерть предателю!

(Легион вдруг срывается с места, легко вспрыгивает на сцену, подбегает к Отшельнику и начинает его избивать. Избивает достаточно жестоко. При этом неприятно кричит на высоких нотах.)

Легион: Думал, умнее всех! Ах ты гнида, вша пустынная! Таракашечка божия! Дерьмо слюноточивое! Добренький! За нас решил помолиться! За себя молись!Все печеночки повымотаем,кишки повыпускаем, ребра повытаскиваем! (*Передразнивая.*) Господи! Пожалей бедных чертиков, во тьме живущих, не ведающих, что творят. Я тебе сейчас покажу, что не ведаю. Сам меня позвал. Сам освободил нас от слова, которым мы были связаны. Мы и не таких скручивали!

(*Легион теряет всякий контроль над собой, впадает почти в истерику, в припадок какой-то, выкрикивает уже совсем что-то несвязное.*)

Сходным образом в ранней пьесе «Козел» игра в карты приводит к тому, что два солдата без видимой причины убивают своего партнера — Козла. Поначалу кажется, что Козел это прозвище или имя, но по мере того, как нарастает дистанция между гуманным и образованным Козлом и солдатами, он превращается действительно в животное, в козлика, которое его партнеры, при поддержке Майора, скручивают, убивают и волокут на кухня, вероятно, чтобы съесть. Сюжет пьесы разворачивается в грубом языке карточных разговоров и шуточек, строясь на переходах от разноязычия к отчуждению, а от него к прямой дегуманизации социально и культурно «другого». Причем все эти переходы происходят стремительно, почти магически. Соблазнительно увидетьв Козле мифологического козла отпущения, убиваемого взамен царя; козла, за которым мерцает тень античной трагедии (козлиной песни). Но Пригов не допускает такого прочтения, поскольку никакой телеологии за действиями солдат не просматривается. Они дегуманизируют социально «другого» автоматически, почти не задумываясь. Более того, даже невозможно воспринимать этих персонажей как несущих какую-либо моральную ответственность. Они — актеры, отвечающие только за правдоподобность репрезентации,но не за действия персонажей. Что подтверждается, например, таким диалогом между одним из солдат и Майором:

Майор: Слова какие? Вот — черт возьми, опаздывают. Договорились на семь.

Сообразительный: Разве же так говорят! Вот как надо — черт возьми, договорились на семь.

Майор: Я так и говорю — договорились, говорю, где-то около семи, черт возьми.

Солдат: Ты, Вась, слушай его. Товарищ Иванов знает, что говорит. Он правильно говорит. [···]

Козел: И это так у вас разговаривают с режиссером? У нас бы давно прогрессивки лишили.

Не только в этой, но и во других пьесах Пригова мифологическая или квазимифологическая подоплека действия накладывается на его обнаженную театральность, превращая последнюю в метафору первого. Театральность (или перформативность)— это и есть *форма мифа* у Пригова, и если отношения персонажа с залом прочитываются как отношения бога с человеком, то безответственность актеров по отношению к своим персонажам становится моделью социальности, метафорой неких автоматических моделей, диктующих поведение и освобождающих человека от моральных проблем. «Актер — это не поэт, не художник — он живет, пока жив. Он играет, пока на него смотрят» - говорит автор в «Пьесе в постановке». Это определение не только относится ко всем пьесам Пригова, но и может быть прочитано, как философская характеристика существования, подчиненного готовым, а часто и автоматизированным моделям.

Пригов по-разному пытается описать эти автоматические модели. В пьесе «Революция» (также известной как «Переворот», 1979), названной автором «радиотрагедией для двух репродукторов», источником насилия становятся лозунги, исторгаемые громкоговорителями, дискурсивные триггеры, возбуждающие толпу и в конечном счете толкающие ее к самоуничтожению, которое в свою очередь уравнивает людей с камнями — «сверху с высоты, с высот неведомых камни от людских голов и не отличить, да и от всего людского тоже — не отличить»:

ПЕРВЫЙ Коммунизм, товарищи!

ТОЛПА Ура!

(они еще кричат: Ураааа! — Господи!)

ВТОРОЙ Народность, товарищи!

ТОЛПА Народность!

ПЕРВЫЙ Интернационализм, товарищи!

ТОЛПА Интернационализм!

ВТОРОЙ Свобода, товарищи!

ТОЛПА Свобода!

ПЕРВЫЙ Социализм, коммунизм, интернационализм, товарищи!

ТОЛПА Социализм, коммунизм, интернационализм!

ВТОРОЙ Равноправис, православие, народность, товарищи!

ТОЛПА Равноправие, православие, народность!

ПЕРВЫЙ Сувана Фуми! Фуми Насована, товарищи!

ТОЛПА Сувана Фуми! Фуми Насована!

Сувана Фуми! Фуми Насована!

Сувана Фуми! Фуми Насована!

Сувана Фуми! Фуми Насована!

ВТОРОЙ. Элои! Элои! Лама савахфани, товарищи!

ТОЛПА. Лама савахфани! Лама савахфани! Лама савахфани! Лама савахфани! Лама савахфани! Лама савахфани! Лама савахфани! Лама савахфани! Лама савахфани! Ламасавахфани! (*И дальше, дальше по нарастающей.*) Лама савахфани! Лама савахфани! Лама савахфани! Лама савахфани! Лама савахфани!

ПЕРВЫЙ. Това···

ТОЛПА. Лама савахфани! Лама савахфани! Лама савахфани!

В пьесе «Мы рождены, чтоб сказку сделать пылью» таким «автоматом» становятся механически повторяемые действия и механические фразы, утрированная кукольность персонажей. Здесь Пригов предпринимает попытку театрализовать серийность, знакомую по его стихам. При этом выясняется, что серийность, воплощенная перформативно, не может не привести к вспышке насилия. Если серийность у Пригова это организация, обращенная против самой себя, то именно насилие воплощает ее самоуничтожение:

Иван 1	Они всю водку выпили.
Иван 2	Они всю водку выпили?
Иван 3	Они всю водку выпили?
1 спортсмен	Они всю водку выпили?
Иван 2	Кто выпил?
Иван 3	Кто выпил?
1 спортсмен	Кто выпил?

И в а н 1	Спортсмены.
И в а н 2	Спортсмены?
И в а н 3	Спортсмены?
1 спортсмен	Спортсмены.
И в а н 1	У меня на глазах.
И в а н 2	У тебя на глазах?
И в а н 3	У тебя на глазах?
1 спортсмен	У тебя на глазах?
И в а н 1	Гады!
И в а н 2	Гады!
И в а н 3	Гады!
1 спортсмен	Гады?
И в а н 1	Бей его!
И в а н 2	Бей его!
И в а н 3	Бей его!
1 спортсмен	Бей его?

(И тут начинается безобразная сцена. По наущения Ивана 1 все Иваны начинают зверски избивать 1 спортсмена. Бьют с какой-то подспудной тоской, словно он лишил их счастья, не каждого в отдельности, а некоего общего счастья. Бьют они правдиво и зло, бьют сначала руками, потом ногами, Иван 1 бьет даже головой. Я не буду описывать все это, вы сейчас сами увидите.)

В ремарках к этой клоунаде Пригов описывает исторические сцены, относящиеся, например, к времени революции, но также неизменно завершающиеся вспышкой насилия: «Да, помните, я рассказывал про Квашнина-Самарина? Ну, про старого генерала. Так я забыл сказать, их всех расстреляли». Логика серийной клоунады — напоминающая, естественно, идеальную пьесу, описанную в прологе — только обрастает «мясом» подробностей, но не изменяется в пространстве истории.

В этой же пьесе, впрочем, Пригов высказывает предположение, что насилие заложено в самом языке искусства, в данном случае — театра:

> *Тут мне хочется коснуться одного, как раз к этому времени назревшего вопроса. Убивая образ, убивая самое понятие образа, вправе ли автор лишать актера того единственно оставшегося содержания, с которым он выходит на сцену — его личности, его человеческого, этического и гражданского я? Но, с другой стороны, навязывая актеру четкий характер, определенный конкретными чертами, не совершает ли автор большего, лукавого, несмываемого насилия над человеческим, этическим и гражданским я актера? Не происходит ли от этого всепроникающего извращения? [...]*
>
> *И в зале нам не нужны ни смешки, ни тишина. Нам не нужен аплодирующий зритель, нам не нужен оценивающий зритель, нам не нужен понимающий зритель, нам не нужен участливый зритель, нам не нужен восторженный зритель.*
>
> *Нам нужен зритель не помнящий себя.*

Тема театра как спектакля насилия — насилия над актером и насилия над зрителем — предельно обнажена в лучшей пьесе Пригова «Катарсис, или Крах всего святого» (1975). Два главных персонажа этой пьесы — сам Пригов и известная острохарактерная актриса Елизавета Сергеевна Никищихина (1941—1997). Как и в стихах, добиваясь максимального обострения противоречия между «реальной» личностью и культурной ролью, Пригов подчеркивает в предуведомлении к пьесе: «События эти реальны не случайно, не потому, что они подходят для некоего сценического действия, но потому что они прямо рассказывают про меня и прямо про Елизавету Сергеевну Никищихину, а не про каких-то там сценических героев Дмитрия Александровича и Елизавету Сергеевну Никищихину. Так что Елизавета Сергеевна Никищихина не играет Елизавету Сергеевну Никищихину, а она и есть прямая Елизавета Сергеевна Никищихина и знает про себя, естественно, больше и лучше, чем любой автор, даже если они и Дмитрий Александрович Пригов, и чем любой уж режиссер, с любой там знаменитой фамилией. [...] Это не театр, это акция»[1]. Акция, собственно, состоит в том, что разыгрывая на сцене ситуации из личной жизни актрисы, — одна мучительнее другой — вовлекая

---

① В архиве Пригова сохранилось письмо, в котором он преподносит пьесу в подарок Никищихиной на день рождения и предлагает «при малейшем Вашем желании или даже дуновении желания [···] поменять все имена и фамилии внутри (а при желании - и снаружи) сей пьесы». Однако, Пригов оговаривается: «··· все дело в той непонятной и до определенной степени подлой организации моей как художника и литератора, когда мне было бы гораздо легче переменить все до единой ситуации внутри любого сочинения, нежели поменять имена собственные, вокруг которых и организовалась, кристаллизовалась вся вещь. Поменять имена было бы равнозначным для меня написанию совсем другой вещи». (Архив ДАП).

ее в них, «Пригов» провоцирует «Никищихину» на то, чтобы она убила его. Что и происходит. И в то же время не происходит — поскольку в финале пьесе «убитый» Пригов благополучно уходит за кулисы вместе с Никищихиной.

«··· мы с вами представим искусство реальное как жизнь! Без обмана!»— декларирует автор. Однако, возможно ли это? Сюжет пьесы опровергает это обещание. Как точно отмечает М.Ямпольский: «Весь "Катарсис" построен как бесконечный переход от одной модальности к другой: от реальности — к акции, которая с трудом от нее отличается, а от акции — к театру, который эта акция призвана разрушить, от театра же — к литературе»[①]. По ходу действия выясняется, что самые, казалось бы, интимные признания актрисы, сочинены Приговым (и взяты им из собственного опыта). Более того, провоцируя Никищихину на насилие,автор сам становится актером — т.е. выступает как «другой», перевоплощаясь в женщину. Никищихина говорит ему: «Да вы актер, Дмитрий Александрович! Просто актер! Натужился, напружился. А как неожиданно — так и страх, инстинкт самосохранения. Увернулся-таки!»

Однако, последняя история про Никищихину, история, рассказывая которую, Пригов рвет свою рукопись — поскольку в ней этого текста нет, — именно она вызывает желаемый взрыв насилия. В ней сообщается о постыдном, хоть и ничтожном, моменте в ее жизни, который актриса постаралась забыть и который Пригов восстановил на сцене. Именно «раскрытие себя» оказывается

---

① *Ямпольский*. Пригов. с.33.

самым невыносимым, вот почему именно эта история заставляет Никищихину «убить» Пригова.Впрочем, и тут все далеко от однозначности. Никищихина понимает, что ее «воспоминание» состоит из многих выдуманных деталей. Да, и читатель понимает, что это «аутентичное», я кобы на написанное, а родившееся прямо тут, на сцене, высказывание георини о себе, уже присутствует в тексте пьесы, которую мы читаем. Поэтому и «смерть автора» далеко не окончательна, а по-театральному условна.

Надеясь убить театр как искусство, Пригов вместо этого демонстрирует его неуязвимость. Да, театр основан на насилии, поскольку заставляет актера, а в случае успеха, и зрителя, подчиниться чужой воле и чужому (авторскому) воображению, принимая навязанные фикции за полноценную, причём интимную и неповторимую реальность. Но эта трансформация в другого предпочтительнее и для актера и для зрителя «аутентичного я», которое все равно оказывается недосягаемым и нереализуемым. Пригов объясняет этот парадокс так:

Все думают, что катарсис — это трагедия, страсти, герой погибает, а жизнь продолжается! И все глотают светлые слезы восторга. А глотают-то вовсе не потому, что жизнь продолжается. Нет! Нет! Это выдумка всяких там шекспироведов. Нет! Зритель просто всегда знает: вот актер умер, а сделал шаг всторону — и снова жив! снова стоит улыбается! цветы, аплодисменты! И зритель все это на свою жизнь пересчитывает: значит и в жизни так: смерть, ужас, страх! А вроде бы всегда есть некая возможность сделать шажок в сторону — и снова жив! Стоишь в некоем райском пространстве среди ада! Легко, весело, и мухи не кусают! А нет этого в жизни! Нет! Нет! Нет! (96)

Театр, иными словами, указывает на множественность «я» и, соответственно, на проблематичность единственного и аутентичного «я». В «Катарсисе», таким образом, разрушается дихотомии вымысел/реальность, свое/чужое, для того, чтобы обнажить «вымышленный» и «игровой» характер кажущегося искренним и аутентичным. Многих смертей, как на сцене, в жизни, может быть, действительно нет (хотя как посмотреть), а вот от неконтролируемых превращений «я» в «другого» и обратно избавиться не удается именно потому, что, по-видимому,без этого нет жизни — а соответственно, и театра.

Именно это качество театра или вернее, театральность как неотъемлемое свойство жизни, является фундаментальной предпосылкой того, что Пригов делает в своих стихах, помещая перформанс художественного (литературного) в гущу повседневной практики, создавая себе перформативного «бытового» двойника — Дмитрия Алексаныча, и в конечном счете, превращая «искренность» (вернее, иллюзию последней) в набор сильнодействующих приемов, направленных на подрыв разнообразных культурных мифологий власти - в том числе и символической власти поэта, гения, творца, художника и т.п. Происходящее в финале этой пьесы убийство автора («Пригова») может быть также прочитано как манифест, выражающий приговское представление об искусстве как провокации, заставляющей зрителя взбунтоваться против авторитарной власти. А последняя воплощена в тексте произведения не кем иным как автором — а на театре режиссером или драматургом. Иначе говоря, перед нами смерть автора, явленная средствами театра.

Последняя из пьес Пригова «Черный пес, или Путь в высшее общество» (начало 1980-х), доводит до предела все те шуточки и игры с залом, которых было предостаточно и в более ранних пьесах. Однако, в «Черном псе» именно театральность театра становится главным предметом представления, в котором смешиваются балаган и трагедия («трагедия-буфф»), «Гамлет» с «Войной и миром», где все перевоплощаются во всех остальных, и где границы между авторами, актерами и персонажами невозможны и незаметны. «Черный пес» превращает капустник, с которого начинал Пригов-драматург, в постмодернистскую драматургию высокого порядка. В этой пьесе участвуют Дон Кихот, Гамлет,Андрей Болконский (все трое в исполнении одного актера), Шекспир и Толстой (другой актер), Черный Пес, Клавдий и Наполеон (третий актер), все персонажи превращаются друг в друга, причем, задняя часть коня ведет разговоры с Дон Кихотом или Львом Толстым, а Черный Пес без видимой причины кочует по векам и литературным шедеврам. По ходу этих метаморфоз возникают пародийные версии «Гамлета», и сцены из «Войны и мира» (в последнюю также проникают могильщики из «Гамлета»). «Гамлет» сводится к попыткам Клавдия научить Гамлета убивать. А в «Войне и мире»

Толстой так суммирует для Наполеона суть дела: «Это Андрей Болконский, Болконский Андрей. Не слыхали? У него еще роман с Наташей Ростовой был. Совсем девочка. Знаете? Так вот, а она возьми да и заведи эти — куры, нет — муры, нет — шуры, а — шуры-муры с Курагиным, братом Элен Безуховой. Она по мужу Безухова. Ее муж, Пьер…»

Надо при этом заметить, что «Черный пес» — чуть ли не единственная пьеса Пригова, в которой насилие откровенно не страшно, а по-театральному условно. В игровом пространстве бесконечных метаморфоз нет и смерти, есть сплошные взаимные превращения. Пространство сцены, таким образом с минимальным педагогическим нажимом проясняет важнейшую тему Пригова: насилие отступает и съеживается перед напором метаморфоз, разрушающих разделительные границы между своим и чужим и бинарные оппозиции, структурирующие традиционную культуру.Практически все работы для театра, созданные Приговым, пронизаны этой, страшно сказать, сверхзадачей. Хотя он сам вряд ли одобрил такое словоупотребление.

Пьесы Пригова удивительным (а может быть, и вполне логичным) образом резонируют с происходившими практически в то же время театрально-перформативными работами современных западных художников — таких монументальных версии Gesamtkunstwerk, как проекты Роберта Вильсона «Жизнь и время Зигмунда Фрейда» (1969), «Жизнь и время Иосифа Сталина» (1972), «Письмо королеве Виктории» (1974) и «Эйнштейн на пляже» (1976), а также «Онтологически-истерического театра» и «Театр картинок» (Theatre o fImages) Ричарда Формана. Возможно, Пригов был знаком с описаниями этих представлений — во всяком случае, его развернутые ремарки, в которых возникает параллельное сценическому речевое действие, обращенное непосредственно к зрителю, напоминают перформансы Формана, в которых "Foreman' staped voice spoke directly to the audience making sure that each section was 'correctly' interpreted as it occurred […] Foreman's overlaying of taped voices and sound with the action attempted to penetrate the consciousness of the audience — the voices that filled the space were the author thinking aloud, as it were. These clues to the intentions behind the work — presented within the work — were meant to trigger off similar unconscious questioning in the audience. In this way, the Theatre of Images gave considerable importance to the psychology of making art" . ①

В сущности,эти слова могут быть отнесены и к пьесам Пригова — только в них речь шла не столько о психологии искусства, сколько о театральности и насилии как парадоксальных «грамматиках», скрытых и в повседневной реальности, и в культурной истории. Как мы могли убедиться, в центре этой грамматики оказываются категории аутентичного и вымышленного, искреннего и актерского — категории, вовлеченные в поток взаимных превращений. Именно этим категориям будет посвящен и следующий — наиболее масштабный — перформанс Пригова. Перформанс, который с неизбежностью, предсказанной театром Пригова, сделает автора объектом насилия.

---

① Goldberg, RoseLee. *Performance Art: From Futurism to the Present.* London: Thames & Hudson World of Art, 2011. p.185.